Ámame o Déjame

pero no ambas

Ámame o Déjame

pero no ambas

Roxana Altuve

ISBN: 979-8-9956646-3-5

Publicado por Roxana Altuve

Impreso en los Estados Unidos de América.

Para mis padres, Reinaldo y Rosanna.
Gracias por repetirme que los sueños se hacen realidad.

No sé cómo puedo dejarme llevar por Melissa. Soy una mujer de veinticuatro años, independiente, trabajo en una reconocida multinacional y, aun así, parece una tarea titánica decirle no a mi mejor amiga. Pero hoy no es cualquier día: es su cumpleaños (y no siempre cumples veinticinco).

Melissa, mi amiga demente, llegó a su cuarto de siglo. Si no fuese por los casi diez años de confidencias que nos unen, no veo cómo en el presente pudiéramos ser amigas. Ella tan libre, creativa, arriesgada y yo… Bueno, una *adicta al trabajo*, tal como le gusta llamarme. Pero Melissa lo entiende, entiende el ambiente en el que crecí, y lo mucho que he trabajado para llegar a donde estoy. Por eso, y por tantas otras cosas más, accedí a ir esta noche a ese mugriento local para acompañarla a ver una exposición nueva de no sé qué y a un concierto de reggae… .

Casi como si pudiera escuchar mis pensamientos, Melissa entra disparada en mi cuarto.

—¿Conoces esa tabla mágica que separa mi habitación del resto del apartamento? Se llama PUERTA y se usa para tocarla antes de entrar. ¿Ves? —le digo dirigiéndome hacia la puerta y dándole pequeños toques con el puño cerrado—. Es casi magia.

—Muy graciosa —replicó Melissa, claramente acostumbrada a este discurso, pero, por supuesto, inmutable a él—. ¿Conoces tú a esa persona tan mágica llamada *compañera de apartamento* con quien se comparten alquiler y gastos, y para quien no existen restricciones de espacio personal? ¿Ves? —finalizó señalándose a sí misma sonriendo—. Es casi mágica.

No pude evitar reírme. Era una loca, sí, pero graciosa.

—¡¿Puedes explicarme por qué no estás lista?! Ya nos vienen a buscar, me llamó Álvaro y dijo que estaba a una cuadra.

—¡Estoy lista! No entiendo qué más necesito —y era cierto. Estaba perfectamente vestida para ir a un sitio así: jean negro, blusa vaporosa escotada blanca y Converse negros—. Me puse exactamente lo que me dijiste. ¡No puedes reclamar nada!

Melissa había sido enfática en que no podía vestirme como usualmente lo hago, según ella parezco una secretaria a punto del divorcio, sea lo que sea que eso signifique.

—La ropa está genial. ¡Te ves de veinticuatro años! Lo cual debería pasar más a menudo porque luces increíble. A lo que me refiero es a tu cara: ¡no llevas nada de maquillaje!

—¡Claro que sí!

—Sabrina, sabes que te adoro, pero difícilmente consideraría protector solar como maquillaje, además, son las 7:00 p.m., no creo que los rayos ultravioleta decidan atacarte justo esta noche. Ven —dijo señalando el borde de mi cama donde ella estaba sentada—, déjame maquillarte. ¡Quedarás preciosa! El imbécil de Anthony sabrá de lo que se ha perdido.

—Dudo mucho ver a Anthony en ese sitio.

—Uno nunca sabe. De hecho, ¿no había muchas cosas de Anthony que no sabíamos? —acto seguido, hizo ese gesto tan particular con las cejas, uno que conocía bastante bien y que gritaba «te lo dije».

Me molestaba, pero tenía razón. Hubo muchas cosas que no sabíamos.

—Ok, ok. Maquíllame. ¡Pero no demasiado! No quiero lucir como un payaso.

—¿Entonces solo como una prostituta iniciándose en el oficio? —replicó burlona.

—A veces me pregunto cuánto me darían por ti en el mercado negro.

—No lo suficiente como para pagar los gastos de este apartamento.

No pudimos evitar reír e inmediatamente la abracé. Sí, estaba tan loca como una cabra, pero era mi mejor amiga desde que teníamos dieciséis años. La quería con todo mi corazón y hoy era su cumpleaños. Así que si ella quería maquillarme y que la acompañara a ese espantoso evento, pues la acompañaría. Todo para que tuviese el día especial que se merecía.

Unos minutos más tarde, ya estaba lista. Realmente no había hecho un mal trabajo: pintó mis labios de rojo pasión (así lo llamó), delineó mis ojos de negro y aplicó tres capas de máscara de pestañas. Luego de la primera capa le dije que era suficiente, y cuando estaba echando la tercera entendí que no tenía sentido razonar con ella.

—¡Ni se te ocurra llorar! —me había advertido—. La máscara no es a prueba de agua.

—No creo que un concierto de reggae logre conmoverme hasta las lágrimas…. Por cierto, repíteme el itinerario de esta noche.

—Iremos a la galería, allí habrá una previa con tragos y abrirá El humo de Alcatraz…

—¿Es en serio, Melissa? — la interrumpí mientras la veía fijamente.

—Sí, es en serio. ¡Nada de juicios a priori, Sabrina! La verdad son bastante buenos. Como te seguía diciendo, los escuchamos y luego comienzan las exposiciones. La atracción principal es un pintor que dará una charla sobre cómo el arte ha evolucionado en el siglo XXI. La gente está alucinando con su participación, yo he visto varios de sus trabajos y son excelentes, la cosa es que él prefiere mantenerse bajo perfil y no hace muchas presentaciones en público.

—Pensé que el objetivo de un artista era alcanzar el reconocimiento ¿Por qué no disfrutar lo que se ha ganado?

—Yo no lo conozco, pero Álvaro dice que él siempre deja claro que la obra debe ser la protagonista y no el artista per se. Por eso evita en lo posible cualquier cosa que pueda atraer el foco hacia él.

—Pero mira quién tiene un *crush* con el pintor —comenté en broma. Si hay algo que Melissa odia casi tanto como yo, es que le hagan ese tipo de chistes infantiles sobre enamoramientos. Tal como supuse, me lanzó una mirada gélida.

—Te cuento que aunque me parece ¡oh, tan hilarante! tu chiste, no creo que ningún pintor se le compare a Álvaro.

—Álvaro, a quien conoces desde hace dos meses, pero a quien ya amas ¡oh, tan profundamente!

—Tengo un buen presentimiento con él, Sabri; es una corazonada —dijo guiñandome el ojo.

Melissa solía tener muchas de esas. Cuando teníamos diecinueve fui testigo de cómo puso su vida en pausa para irse de viaje durante tres meses con un novio con el que llevaba saliendo el mismo tiempo. Cuando se acabó el viaje también lo hizo la relación, pero Melissa nunca mostró remordimiento, tampoco estaba frustrada, no hacia él ni hacia el semestre que había perdido en la universidad. Él fue quien le terminó y rompió su corazón, y aunque tuvimos nuestra dosis de noches llorando y odiándolo en conjunto, a los pocos meses ella estaba mejor que antes.

¡Con qué libertad podía amar, abrirse y arriesgarse! Por supuesto que los resultados no siempre habían sido los deseados, pero eso nunca la detuvo. Disfrutaba la sensación de sentir por el hecho de estar viva, de experimentar, de caerse para levantarse otra vez.

Qué no daría yo para tener un poco de la valentía de Melissa, de abrirme desenfrenada al mundo, sin cautela, con prisa. Ser libre de todo, incluso de mí misma.

El sonido estridente de la bocina de Álvaro interrumpió mi introspección.

—¡Es él! ¡Es él! —exclamó Melissa como una niña emocionada— ¡Vamos, Sabrina! Es hora.

Antes de salir dimos un último vistazo a nuestros atuendos.

Melissa iba con una falda ajustada que llegaba un poco sobre la rodilla, botines estilo combate verde oliva y una blusa escotada con una chaqueta de jean encima. Los colores favorecían su tono de piel e iban muy bien con su cabello. Su autoregalo de cumpleaños había sido hacerse un cambio de *look*, y cuando llegó al apartamento recibí a una Melissa que había dejado atrás una espesa melena rubia para ahora ser pelirroja con un corte cuadrado hasta la barbilla.

Ella es de estatura promedio, piernas gruesas y senos grandes, completamente diferente a mí. Yo soy alta y de contextura delgada gracias a una rutina estricta de yoga y pilates. Al principio, el yoga fue la más desafiante, implicaba largos periodos de silencio y concentración que me enloquecían; luego, con la práctica, me ayudaron a callar las voces ansiosas de mi mente agitada.

Como resultado, además de ayudarme a mantener la cordura, también me ha regalado un cuerpo estilizado. Mi cabello es castaño oscuro (caoba, me parece que es el color), aunque la verdad para mí es casi negro. Tengo un corte tradicional hasta los hombros y siempre lo uso lacio. Aunque en días especiales como el de hoy, me gusta hacerle ondas.

Bajamos las escaleras y, tal como suponíamos, la bocina estridente era la de Álvaro.

Álvaro me caía bien, era un tipo simpático. A diferencia de los antiguos novios de Melissa, él era decente, tenía un buen trabajo y estaba siempre aseado. Parece algo innecesario de resaltar, pero Melissa a veces podía tener gustos cuestionables.

Él iba manejando y atrás estaba Andrés, su mejor amigo y compañero de trabajo de Melissa; de hecho, fue él quien los había presentado. Andrés me parecía un enigma. No se graduó de la universidad, estuvo unos meses en rehabilitación a causa de una sobredosis de heroína y Melissa me contó que siendo adolescente estuvo en el retén juvenil porque había robado a sus padres. Aparentemente son muy adinerados y hubiesen podido pagar la fianza o ni siquiera denunciarlo, pero, al parecer, esa había sido la gota que derramó el vaso. Luego de eso le dieron un ultimátum: o se regeneraba y ponía su vida en orden, o lo abandonarían a su suerte.

Supongo que fue lo que necesitaba, porque después de eso empezó a enderezar su vida.

Ahora que lo conozco, puedo decir que hay tres cosas sobre Andrés que son innegables:

1) Es un genio en programación.

2) Es guapo. Muy guapo. Yo nunca atravesé una fase de sentirme atraída por chicos malos, pero hasta yo tenía que reconocer que Andrés era atractivo. Alto, delgado pero musculoso, con pestañas largas y gruesas. Tiene cabello rubio y del largo hasta las orejas, además, tiene los ojos más verdes que alguna vez haya visto. A todo ese paquete hay que sumarle tatuajes y un hábito de fumar que había reemplazado al de las drogas, y ¡allí estaba! Era el espécimen perfecto del chico malo… No sólo físicamente, sino con el encanto de uno. Y eso me lleva al punto final,

3) Es absurdamente encantador. Andrés era reservado, pero cuando hablaba sabía exactamente cómo capturar tu atención y hacerte sentir… especial.

Yo lo conocí hace unos tres meses, el mismo tiempo que Melissa lleva trabajando en la agencia. Él la llevó un día hasta el apartamento y allí nos presentaron. Hablamos poco esa noche, pero al día siguiente Melissa me dijo que le preguntó por mí. Recuerdo que durante esa semana llevó todas las noches a Melissa hasta el apartamento, pasaba y conversábamos un rato los tres, luego Melissa discretamente se iba a hacer otra cosa y nos dejaba solos. Andrés es un oyente fantástico, y cuando hablaba parecía que sabía exactamente qué decir y lo que querías escuchar, pero, aun así, nunca me sentí totalmente cómoda con su presencia.

No era su pasado ni las cosas que había hecho. No se trataba de eso. Andrés no me inspiraba confianza porque se sentía muy cercano, con un dolor interno muy parecido al mío. Y aunque quizás se pensaría que eso pudiese convertirnos en afines, lo cierto es que no. Todo lo contrario: me volvía más cauta a su alrededor, y él lo notó.

Al final de esa semana, mientras hablábamos, recuerdo que se quedó en silencio y me miró fijamente. Me empezó a escrutar con sus intensos ojos verdes y se acercó lo suficiente como para quedar muy cerca de mí. Pensé que intentaría besarme y ya estaba cerrando el puño para el puñetazo que le daría. Pero no lo hizo, no había ademán de beso ni coqueteo. Al contrario, manteniendo la mirada fija en mí, me dijo:

—Cuando vine el lunes me pareciste preciosa, obviamente eso no ha cambiado, pero nunca podría tener algo contigo. Estás tan rota como yo.

Sus palabras me dejaron helada. Estoy segura que debí quedarme callada varios segundos, porque continuó hablando.

—He tenido una vida muy jodida. Y es evidente que tú también. O permíteme corregirme: no es evidente. Es solo que funciona de esa manera, entre soldados reconocemos nuestras cicatrices de guerra. Y sé que tú también lo notaste en mí. Que viste más allá de mis errores y mi pasado. Que me viste a mí. Pero eso no es suficiente, porque ambos queremos lo mismo. ¡Oh, preciosa! Deseas tan encarecidamente ser amada, que me recuerdas mi propio vacío. Porque yo necesito que me amen. Y mucho. Pero tú no puedes. Tienes murallas tan altas que a este punto no sé si tú misma seas capaz de flanquearlas. Lleno mis días de camas con bellas mujeres, pero en el fondo sé que ninguna puede darme lo que necesito. Al final, ellas también desean que las amen, y yo no puedo. ¿Ves? ¿Entiendes mi punto? Ambos buscamos ser amados, pero tenemos miedo de ser nosotros mismos quienes comencemos a amar. Sin embargo —y antes de continuar sonrió. Lo hizo con la sonrisa inocente de un pequeño niño encerrado en un magullado cuerpo adulto—, qué bonito hubiese sido llenar mi vacío con tu vacío.

Yo seguía en silencio. Él se puso de pie y se marchó. Luego de ese día, cuando traía a Melissa no entraba, y las pocas veces que coincidíamos había casi una complicidad oculta, como de dos niños que han sido enviados juntos a la dirección. Responsables de un mismo crimen y, a la vez, inocentes. Creo que en el fondo me agradaba Andrés y deseaba profundamente que encontrara a alguien que lo hiciera sentir feliz y amado, porque tal vez, y solo tal vez, si él lo lograba, quería decir que también había esperanza para mí.

Melissa se subió en el asiento del copiloto y yo me monté atrás.

En unos veinte minutos ya habíamos llegado y el lugar estaba atestado. En el carro yo comenté que parecía que íbamos a llegar muy tarde, pero ellos insistieron en que no debía preocuparme, que llegar a esa hora era lo mejor porque es cuando comenzaban a llegar todos, y efectivamente fue así. Al parecer un reloj colectivo impuntual coordinaba sus eventos.

Álvaro estacionó el carro y todos nos bajamos. La galería no estaba nada mal: era un local amplio, tenía una bonita barra donde el bartender se lucía preparando toda clase de cócteles haciendo piruetas al aire con los vasos y tenía un pequeño escenario dispuesto un poco más al fondo. Afinando los equipos había cinco chicos con aspecto desdeñoso y poco higiénico. Eran los músicos.

Fuimos hasta la barra a pedir unos tragos y allí nos encontramos con el resto de los amigos de Melissa: Claudia, Marcela, Víctor y, por supuesto, Abraham, quien a cuenta de tener ese nombre, se creía profeta y no desperdiciaba una oportunidad para aleccionar sobre teología.

Sé perfectamente lo que sus amigos pensaban de mí, ya me lo habían dejado claro en otras ocasiones. No es que les cayera mal, pero no me consideraban una de ellos. Al parecer, tener un trabajo estable, metas en la vida y no emborracharme era considerado ser aburrida. No es que Melissa encajara en su nivel de inutilidad aceptable, pero, al parecer, tenía una vibra que era más compatible a la de ellos. Aunque tenía objetivos y un buen trabajo, era de mente abierta, amaba la vida y estaba dispuesta a experimentar.

Todos pidieron cerveza menos Álvaro, que era el conductor designado, y yo, que pedí un mojito. Mientras hablaban, yo me dedicaba a escuchar. Había algo fascinante en insertarme en su mundo, el ambiente era distinto pero acogedor. Se notaba lo mucho que querían a Melissa.

Después de un rato escuchamos el anuncio del presentador, que todos se fuesen acercando al escenario. La banda iba a comenzar, la gente que estaba afuera comenzó a aglomerarse para entrar y los guardias cerraron las puertas. Todos estábamos apretujados y juntos esperando que comenzara.

Fue peor de lo que imaginé.

No era solo reggae, ¡no! Era un desastre musical entre rock, metal Y REGGAE. Y todos parecían disfrutarlo. Había tanta gente bailando al extraño ritmo de esa música que me separé del grupo. Además, el humo empezó a irritarme los ojos.

—¡Maldito cigarro! —¡¿A qué clase de personas se les ocurría fumar en un espacio cerrado?! ¡Es inhumano!

Un tipo bajito a mi lado comenzó a reírse y cínicamente me dijo:

—Reina, aquí nadie está fumando cigarrillos —y, dicho eso, continuó riendo.

Al principio lo tomé como un tipo extraño y ya, pero luego lo detallé con cuidado y vi sus ojos rojos, giré a mi alrededor y vi a la gente que me rodeaba riendo sin sentido y bailando con movimientos descoordinados. Luego, lo que faltaba para comprobarlo: a lo lejos vi a una pareja compartiendo un porro del tamaño de un lápiz.

—¡Eso sí que no! ¡Una cosa es escuchar esta música de marihuaneros y otra es convertirme en una!

Saqué rápidamente de mi cartera un pequeño paquete de servilletas, tomé una y la puse sobre mi nariz para evitar inhalar esa inmundicia. Traté de buscar entre la gente a mi grupo, pero no había señal de ellos. No podía quedarme más en ese sitio, así que a duras penas me hice paso entre la multitud y logré abrir la puerta de salida.

Ya afuera pude dar un respiro. Tengo una política personal muy seria contra drogas de cualquier tipo, incluyendo marihuana. No me importa que sea algo inofensivo, no quiero consumir, no de forma voluntaria… ¡Y menos involuntaria!

No había muchas personas afuera; de hecho, estaba algo desolado en comparación al interior. Quienes estaban afuera parecían salidos de un catálogo de los años dos mil: desgarbados, con boinas, camisas a cuadros y lentes que claramente no eran de prescripción. Era de noche y la calle estaba pobremente iluminada. No era una mala zona, pero tampoco la mejor.

Saqué mi celular y empecé a llamar a Melissa para avisarle dónde estaba. Las puertas sólo se abrían desde adentro, así que ella tendría que dejarme entrar.

La llamé seis veces y el teléfono repicaba inútilmente, cada pitido parecía una burla de la compañía telefónica diciéndome «ríndete, no va a contestarte». Decidí hacerle caso al mensaje subliminal y opté por dejarle un mensaje avisando que estaba afuera. En algún momento tendría que leerlo.

Pasaron treinta minutos y nadie salía. Las pocas personas que estaban afuera me ignoraban por completo. Creo que incluso vestida como estaba, era obvio que no pertenecía a ese lugar. Y eso estaba claro en muchos aspectos, porque ni siquiera podía ubicar la calle en la que me encontraba o qué quedaba cerca.

Me senté en la acera y decidí que, aunque eso transmitía una imagen más deprimente, al menos descansaría un rato.

Cuando se está sin otra cosa que hacer, todo resulta un entretenimiento en potencia, así que no me sorprendió encontrarme viendo con la mayor concentración posible un hormiguero que se formaba en mis pies.

—Disculpa, pero ¿te encuentras bien?

El sonido de esa voz gruesa me devolvió al presente y apartó mi atención del hormiguero. Subí la mirada y frente a mí estaba él: alto, delgado, de espalda ancha, ojos negros como la noche a nuestro alrededor, cejas negras pobladas y cabello del mismo color, todo en contraste con una piel casi pálida. Tenía ojos grandes y penetrantes que en ese preciso momento me miraban directamente.

Era inusualmente bello.

Salí de mi asombro instantáneo y le respondí con precaución, al fin y al cabo, era un extraño. Un extraño atractivo... Pero extraño.

—Sí, todo bien. Gracias —respondí sin ánimos de continuar la conversación. No podía olvidar que después de todo yo era una mujer sola, en una acera, con mi cartera a la vista y sin ningún conocido cerca que pudiera auxiliarme.

Sí, en esencia era la víctima perfecta.

—Lamento ser yo quien te lo diga, pero luces totalmente perdida. ¿Sabes dónde estás? ¿Necesitas ayuda para llegar a algún lugar? Te puedo llevar si lo necesitas.

—Disculpa, no pretendo ser grosera, pero ¿qué te hace pensar que me subiría en un carro contigo para que me mates y me violes?

Mierda, no.

Me excedí. «Filtro, Sabrina. Tienes que usar filtro antes de hablar». Eso es lo que siempre me repite Xavi, pero obviamente nunca le presto atención y termino teniendo estos ataques de verborrea. ¡Dios mío! ¡Qué vergüenza! Es obvio que solo trataba de ser amable… Aunque, pensándolo bien, es una posibilidad que no puedo descartar. ¿Acaso esas mujeres que salen en el programa *Sobreviví* no cuentan que sus atacantes eran hombres guapos y encantadores? Era completamente válido que yo tuviera dudas. No es sencillo ser mujer. Una tiene que velar por sí misma.

Él no reaccionó ante mi comentario. De hecho, me pareció que una pequeña sonrisa se asomaba en la comisura de sus labios.

—Si lo prefieres, puedo matarte y violarte en ese callejón de allá, ¿ves? —dijo mientras señalaba una calle ciega completamente oscura—. Aunque, si no te importa, prefiero invertir el orden. La verdad, la necrofilia nunca ha sido lo mío —e inmediatamente hizo un gesto de asco con la boca—. ¡Ah! Otra cosa

—agregó como si nada—: no creo que se considere violación si hay consentimiento. Y créeme... Lo habría —y me dio la mirada más pícara que alguna vez haya visto.

No pude evitar reírme. Con una carcajada alta y sonora. ¡Era una locura reírme de aquello!, pero lo estaba haciendo. En el fondo sabía que era un chiste. Me estaba siguiendo el juego y por si la duda aún existiese, él también comenzó a reír. Con una risa grave, de carcajadas abiertas que dejaban entrever sus bonitos dientes y amplia sonrisa.

—Lo lamento —inició—. Tengo un sentido del humor bastante peculiar. Oscuro, te dirían mis conocidos, pero no pude resistirme —y me dio una mirada de niño travieso que ha abierto sus regalos de Navidad antes de que fuese permitido—. Si te reconforta, debo decir que NO soy un asesino en serie ni nada semejante. Tengo dos hermanas y no puedo evitar sentir que es mi deber proteger si veo a una mujer que pueda necesitar ayuda.

—Está bien, yo hice mal al contestarte así cuando solo tratabas de ser amable. Lo que sucede es que…

—Tranquila —me interrumpió brindándome una cálida sonrisa de comprensión—. Es totalmente entendible. Pero, dime, ¿de verdad estás bien? Porque lo que dije antes es cierto, luces bastante perdida.

—Sí, estoy bien. Estoy con mi mejor amiga y sus amigos celebrando su cumpleaños.

Él miró a mi alrededor y enarcó una ceja. Por supuesto, el panorama no colaboraba en hacer creíble mi historia.

—No es lo que parece… Llegué con ella y unos amigos porque vinimos a las exposiciones de arte. Pero cuando se montó la banda empecé a notar que estaban fumando marihuana, así que salí a tomar aire fresco, pero las puertas solo se abren por dentro. Así que, heme aquí –dije señalándome a mí misma

—No vienes a menudo a este tipo de eventos, ¿verdad?

—¿Se nota tanto?

—De asistir sabrías que cada vez que se presenta esa banda de mierda la gente empieza a fumar, por eso el nombre: El humo de Alcatraz.

¡Ah! Ahora todo tenía sentido.

—Lo siento, supongo que error de principiante. Pero te digo una cosa, si pensabas escucharlos, llegaste tarde.

Él se sentó a mi lado en la acera.

—Nunca llego tarde —dijo mientras me guiñaba el ojo—. Al contrario, creo que he llegado demasiado temprano. Vine únicamente por las exposiciones. Además, si quisiera escuchar música en vivo, no lo haría yendo a ver eso.

—¿Así que el reggae metalero de rock no es tu estilo? —pareció divertirle mi descripción de la banda y sonrió.

—No precisamente. Mi estilo de música nunca acompaña a sitios como estos. De esto solo me interesa el arte. ¿Tú por qué viniste?

—Ya te dije. Por mi amiga. Ella quería venir y es su cumpleaños. Eso le da pase libre durante las veinticuatro horas que dure este día.

—¿Pero a ti no te gusta nada de esto?

—No es la clase de sitios que suelo frecuentar, pero —le dije viéndolo fijamente— tú tampoco pareces encajar aquí.

Y era cierto: traía puesto un pantalón beige con una camisa azul celeste arremangada hasta los codos y zapatos de vestir marrones. Parecía muy elegante para una exposición de arte.

—Tienes razón. Yo no pertenezco a los shows como este, pero sí al arte. No me gustan esta clase de eventos porque siempre hay un protocolo de bienvenida, gente a quien saludar, escuchar los mismos comentarios sobre las pinturas y esculturas, los sabelotodos creyendo hacer críticas extraordinarias que en realidad son basura. Prefiero las galerías en su forma más pura. Llegar un día de semana, cuando son pocos los visitantes y admirar las obras en su estado natural, ver cómo son apreciadas crudamente por los verdaderos amantes del oficio. Aquellos que sin previo aviso ni necesidad de un preludio musical o una barra libre, llegan un martes a maravillarse por las combinaciones de colores y texturas. Eso es lo que prefiero.

Nunca había escuchado a alguien hablar de arte de esa forma. Ni siquiera a los amigos más intensos de Melissa, aquellos que se creían expertos en *pop art* y adoraban a Andy Warhol. No había escuchado de ellos frases tan profundas y sinceras que describiesen lo que significaba apreciar una obra en su estado natural.

Me dio curiosidad y no pude evitar preguntarle:

—¿Entonces qué te trajo aquí esta noche?

—Es una noche diferente, iba a hacer algo diferente. Y mira, ¡sí que tenía razón! —concluyó con una sonrisa. Su risa era contagiosa, daba gusto, era libre. Sin tachuelas del pasado que la hicieran más pequeña.

Por un momento volteé hacia la dirección de la puerta a ver si había algún movimiento y alguien entraba o salía, pero no pasaba nada. La verdadera acción estaba ocurriendo aquí afuera, los *hipsters* nos miraban a mí y al tipo a mi lado con atención absoluta mientras, nada discretamente, murmuraban.

Especialmente lo veían a él. Quizás yo estaba equivocada y él si encajaba en este sitio después de todo.

—Tengo hambre —me dijo de repente mientras se ponía de pie—. ¿Por qué no vamos a comer algo?

—No lo creo. Además, el show debe estar por terminar y pronto comenzarán las exposiciones. ¿No es eso por lo que viniste?

—Sí, pero algo me dice que una comida contigo será más interesante que cualquier pintura. Casi todos los días estoy viendo obras de arte, pero no siempre tengo la oportunidad de conversar con una —me dijo pícaramente y extendiendo su mano para ayudarme a ponerme de pie—. Entonces, ¿qué me dices? ¿Nos vamos?

—No lo sé… Es decir, eres muy amable, pero —me daba algo de pena resaltar lo obvio pero era necesario— ¿por qué debería irme con un perfecto desconocido hacia otro lugar que no conozco?

—Ok, solucionemos esto paso a paso. Primero: mi nombre es Fernando, tengo treinta años, una licenciatura en Artes Plásticas y una maestría en Arte Hispanoamericano. Tengo dos hermanas, de trece y quince años, y yo, evidentemente, soy el mayor. Me gusta el karaoke y leer a Stephen King. Segundo: iremos a pie, es un sitio cercano. Una pizzería donde todo es hecho a leña. Muy tradicional, creo que te gustará. Y por último, pero no por eso menos importante, mira —y, acto seguido, juntó sus manos y comenzó a frotarlas una contra la otra y después rozó sus antebrazos con ellas—. No tengo drogas en polvo, ni cargo un pañuelo lleno de formol en el bolsillo. Así que cualquier intento de secuestro o similar se encuentra descartado. ¡Al contrario! ¡Soy yo quién debería temerte! Una mujer sola, en una acera, con una pseudo historia de unos amigos a quienes espera, yo diría que todo es muy sospechoso —y, dicho eso, enarcó una ceja y frotó su inexistente barba— Sin embargo —y nuevamente extendió su mano hacia mí—, estoy dispuesto a dar un salto de fe. Así que, ¿qué me dices? ¿Saltas conmigo?

No lo sabía, pero tomar su mano fue firmar mi carta de rendición.

Me puse de pie y comenzamos a caminar, la calle estaba oscura y eran pocos los transeúntes, sin embargo, no estaba asustada, Fernando emanaba una calma que parecía trasbordar a su entorno, transmitía una serenidad a la cual yo solo había comenzado a familiarizarme siendo adulta. Mientras caminábamos a la pizzería sentí que debía corresponder la información que me había dado.

—Mi nombre es Sabrina, cumplí veinticuatro este año, tengo una licenciatura en Negocios Internacionales y trabajo en el departamento de exportaciones de una trasnacional. No me gusta el karaoke y nunca leería a Stephen King a menos que fuese de día y tuviese una biblia a mi lado —mi comentario le causó gracia—, pero me gusta Pablo Neruda, he leído todos sus poemarios. No tengo hermanos, o bueno… —decir algo al respecto sería explayarme sobre un tema que representaba arenas movedizas y, una vez adentro, no había manera de salir—. Soy hija única —reafirmé—. Y no, no soy una *femme fatale* con motivos ulteriores sentada en una acera. Soy solo una desadaptada para sitios como en el que estábamos.

—Tienes un nombre muy bonito. Si mi papá te conociera, lo asociaría directamente con aquella película de Audrey Hepburn.

—Fue precisamente de esa película que se originó mi nombre.

—¿Tus papás son amantes de la época dorada de Hollywood?

—Mi mamá. Y mi papá la complació en eso —así como hacía con todo. Un deseo de ella era una orden para él. Para evitar que hiciese preguntas sobre ese tema delicado decidí cambiar la dirección de la conversación—. Así que… Una licenciatura en Artes Plásticas y una maestría. Suena bastante impresionante.

—¿Pensabas que todos los que asisten a estos sitios son unos vagos malolientes? —inquirió mirándome de reojo.

La verdad sí, pero esta vez preferí seguir mentalmente el consejo de Xavi y usar filtro.

—No se trata de eso, es solo que siempre pensé que todo lo asociado al arte era algo innato, ¿me explico? Que quienes hacían de eso su vida tenían un talento descomunal y en el lienzo o la arcilla, o lo que fuera, plasman su visión del mundo.

—Y tienes algo de razón. Esa es en realidad la manera de pensar de muchos artistas que creen que el arte no es más que la expresión de un talento que te fue dado al nacer, pero yo creo en la profesionalización del oficio. Conocer los aspectos teóricos y prácticos de una obra, su creación, su impacto en el entorno, los antecedentes de ciertas tendencias, entender la importancia sociocultural de la pintura, escultura y otras formas de expresión artísticas en el desarrollo del patrimonio cultural de un país. Fue por eso que hice la maestría en arte hispanoamericano, especialmente por México, allí la estudié y luego viví durante dos años. El legado dejado por los pintores es ¡impresionante! y la forma en que estos artistas, estos bohemios, lograron a través de sus obras defender posturas políticas, generar revoluciones sociales y tantas cosas más, es avasallador.

Lo único que yo conocía de arte es que nunca aprendí a dibujar y que en secundaria la única materia que reprobé fue, justamente, Educación Artística, sin embargo, ¡con qué atención hubiese escuchado cada clase de tener un profesor como Fernando! Hablaba con una pasión profunda que era contagiosa.

—Lamento sonar tan intenso —me dijo a modo de disculpa—, pero disfruto lo que hago. ¡Me encanta pintar! Cada vez que estoy hecho un asco en el taller, con los óleos derramados, es cuando más vivo me siento. ¿Y tú? ¿Cuándo te sientes más viva?

Buena pregunta.

—No lo sé. Me siento viva porque… ¡estoy viva! Nunca me he detenido a pensar si hay algún momento en el que disfruto más ser un humano que respira y camina.

Claramente mi respuesta era una muy pobre, pero su pregunta me había tomado por sorpresa. No era en lo absoluto difícil ni algo que requiriese pensarse demasiado, pero yo… ¡Me siento viva solo por el hecho de estarlo!

¿Realmente era necesario contar con algo que despertara en mí una pasión profunda por existir cada mañana?

Fernando escuchó mi respuesta con mucha atención e inmediatamente me dijo lo siguiente:

—Está bien que te sientas viva solo por el hecho de estarlo —inició suavemente—, pero ten cuidado de vivir tus días como una autómata. La vida es mucho más que sólo despertarse, ir al trabajo, cumplir una rutina y seguir un plan de vida. ¡Eres joven! ¡El mundo y sus posibilidades deberían emocionarte! ¿No has pensado en eso? ¿Que la vida debe ser emocionante? ¿Que cada día puede Y DEBE sorprenderte?

—Sinceramente, no. Y no quiero sonar robótica ni nada de eso, pero siempre he tenido una concepción distinta sobre lo que es vivir. Para mí, se trata de estabilidad, de orden, de saber a dónde irá todo, qué es lo que sucederá al día siguiente; de crear una rutina con la que me sienta cómoda. Saber que cada día tiene un inicio y un final y, desde ese punto A hasta el punto B, no hay sorpresas ni sobresaltos, sino seguridad. Que hay algo con lo que puedo contar que permanezca igual.

—Entonces no eres una autómata. Lo que tienes no es un deseo de rutina, ¡sino de control! Y eso, eso es mucho peor. Porque precisamente la vida comienza cuando nos entregamos a lo inesperado, a las sorpresas de cada día, ¡a las infinitas posibilidades que una hora puede darnos! Así que —y lo que diría a continuación fue dicho como terciopelo, pero lo recibí como una daga en lo más profundo de mis inseguridades y ansiedades— sí, estás viviendo, pero no lo estás disfrutando.

Afortunadamente, parecía que habíamos llegado a la pizzería.

El restaurante se veía encantador y desde afuera se sentía un delicioso olor a pan con ajo. Si me parece que algo huele delicioso, probablemente sea divino y repleto de carbohidratos. Y en este caso no estaba equivocada.

Fernando abrió la puerta y la sostuvo para que yo pasara. El sitio estaba decorado con fotos en blanco y negro de hombres y mujeres cocinando, también había banderas de Italia; a la par, los comensales reían y disfrutaban con sus generosos platos de pasta, pizza y calzone que tenían al frente. Quedaban algunas mesas libres y Fernando escogió una para dos. Estaba un poco apartada y cerca de una pequeña chimenea, lo cual fue perfecto porque la caminata me había dado algo de frío.

Apartó la silla para que me sentara, le agradecí y, luego, él también tomó asiento frente a mí.

—Espero que no te hayas tomado a mal lo que te dije sobre disfrutar cada uno de tus días, pero, Sabrina, —pronunciaba mi nombre muy lento y casi se podía sentir cómo la S se deslizaba por su lengua— no me arrepiento de habértelo dicho. No puedes renunciar a tener una vida emocionante sin siquiera intentarlo.

—Y si así fuera, ¿por qué te importaría?

—Es solo que sería un verdadero desperdicio que tu paso por este mundo no sea inolvidable.

Y allí estaba nuevamente. La daga.

De repente fuimos interrumpidos por una camarera que nos recitó los especiales de la noche y nos hizo su recomendación personal. Ambos elegimos su sugerencia. Mientras tanto, Fernando pidió pan con ajo y dos copas de vino.

Casi enseguida llegaron la entrada y el vino. Fernando alzó su copa al aire y me dijo salud. De forma instintiva imité sus movimientos y choqué mi copa con la suya. Ambos sonreímos al escuchar el tintineo. ¡Dios! Qué raro era todo, ni siquiera podía recordar cuándo había aceptado una invitación a comer por última vez, ¡mucho menos que fuese con alguien a quien conocía desde hace menos de una hora!

—¿Sabes una cosa? No hago esto normalmente —me dijo de repente, casi como si pudiese leer mi mente.

—¿Ah, sí? Con la facilidad con la que lo hiciste, creería que es algo frecuente.

—La verdad no. Nunca estoy demasiado tiempo en un sitio como para llevar a alguien a comer y ese tipo de cosas.

—¿A qué te refieres con que no estás mucho tiempo en un sitio? ¿Viajas mucho por trabajo?

—Bastante. A este punto ya dejé de considerarme un viajero y ahora soy más bien un nómada. Me gusta estar permanentemente en movimiento. Asentarme nunca ha sido lo que he deseado.

—¿En todos los sentidos? —le pregunté enarcando una ceja y él pareció comprender mi mensaje dándome una sonrisa torcida, casi felina.

—En todos los sentidos. Creo que eso de los compromisos no es lo mío. No me gusta el sentido de permanencia, de cotidianidad. Me parece que tuve una infancia y adolescencia tan rutinaria que siendo adulto solo busqué lo diferente. ¡Me encanta mudarme! De casa, de ciudad, y si es de país, ¡mejor todavía! Lo único que no disfruto de mudarme de país es el ser foráneo. El sentirme permanentemente extranjero. Pero fuera de eso, adoro la sensación de desplazamiento.

¡Qué ironía! ¿Acaso era este un mal chiste del destino? ¿Cómo pude caer de frente a una persona a quien le apasiona todo aquello que tanta tristeza me causó? ¡¿Una infancia rutinaria?! No era la primera vez que lo escuchaba, Melissa solía quejarse de eso todo el tiempo. Con nuestros compañeros del colegio hacía lo que parecía una competencia de reproches existencialistas de adolescentes sobre quién tenía el papá con el trabajo más aburrido o quién tenía siempre la misma rutina y horario para todo. ¡Cuánto lo envidiaba! Recuerdo que durante esas conversaciones siempre me quedaba en silencio. ¿Cómo explicarles a un montón de adolescentes que en tan sólo dieciséis años yo había vivido en nueve ciudades, estudiado en siete colegios y que aquel era mi octavo?

Y ahora, en el presente, ¿cómo decirle a Fernando que lo que más añoraba hubiese sido una infancia rutinaria y una adolescencia llena de cotidianidad? ¿Cómo hacerle ver que lo que tanto le emocionaba, era lo mismo a lo que yo le huía desde niña?

—Quizás no lo veas de esa manera, pero creo que fuiste muy afortunado. Yo hubiese querido una infancia así —fue lo único que pude decirle. Al hacerlo, me miró con sus grandes ojos negros que semejaban el mar cuando era de noche. Profundo y, al mismo tiempo, claro. Esperando que alguien se sumergiera.

—Cuéntame.

—No.

—¿Por qué?

—Porque después de todo somos un par de desconocidos —dije de forma tajante. No quería que sonara tan severo, pero Fernando estaba queriendo adentrarse muy profundamente en un tema sobre el que yo no quería extenderme.

—Al contrario, Sabrina —y allí estaba otra vez esa manera casi provocativa que tenía de pronunciar mi nombre—. Porque somos extraños es que podemos permitirnos todo tipo de confidencias. Esta puede ser una noche de secretos e intimidades. Yo no te conozco a ti, ni a tu entorno, ni a tus amigos. Tú no conoces mi trabajo, mi dirección o mi apellido. ¿Qué impide una noche de cercanía y honestidad? Ninguno juzgará al otro. Y al salir de aquí podremos olvidarnos. Sin ningún intercambio de datos esenciales ni nada que permita reencontrarnos. Solo tenemos esta noche. ¿Por qué no aprovecharla y conversar?

—¿Así que solo esta noche?

—Sí.

—Una noche de secretos y verdades.

—Sí.

—¿Te gusta esa idea? ¿La de compartir secretos con una extraña?

Pude escuchar cómo en el fondo empezaba a sonar *Asshole* de The Lumineers, y los suaves acordes parecían acompañar ese momento entre nosotros, cada vez más cercano, cada vez la voz volviéndose más ronca.

—No puedo decir que me disgusta. Me emociona lo nuevo, y como te dije, esto no lo hago a menudo.

—¿Sabes lo que yo creo? —inquirí suavemente inclinándome sobre la mesa y viéndolo directamente a los ojos.

—Dime —respondió concentrado en mí.

De forma seductora le sonreí alzando la curva de mi boca y, lentamente, acercándome más y más para acortar la distancia entre nosotros.

—Que eres un maldito imbécil.

Amplié mi sonrisa y con la misma lentitud volví a mi posición inicial.

Su expresión no tuvo precio. Pareció despertar repentinamente de una ensoñación. Por su reacción pude ver que se debatía entre sentirse confundido o divertido al respecto.

—Bueno... —inició con una mueca de diversión dibujándose en sus labios—. Debo confesar algo: no es la primera vez que me llaman así, pero quisiera saber por qué crees que soy un imbécil.

—Un maldito imbécil —le corregí.

—¡Ah! Disculpa. Tienes toda la razón: un *maldito imbécil.* Porque ser solo un imbécil no tiene ninguna gracia, es preferible estar de una vez maldito. Dime, ¿por qué lo crees?

—¡Porque es la verdad! ¿En serio pretendías envolverme con esa labia mediocre de que esto es una noche de confidencias y secretos? Sé que soy más joven que tú, ¡pero respétame al menos un poco! No soy una adolescente anhelando escuchar frases bonitas mientras toma una copa de vino. No hay razón para andar inventando cosas que solo funcionan para favorecerte. Acabas de declarar con mucho orgullo que no te gustan los compromisos ni involucrarte, y que en esencia eres un nómada, ¡¿y aún así pretendes hacerme creer que eso de no intercambiar nuestros datos y olvidarnos después de esta cena es por mí?! ¡¿Por mi beneficio?! ¡Por favor, Fernando! Valora mi inteligencia y al menos sé honesto. Somos adultos y no hay razón para inventar excusas absurdas. Lamento si has tenido encuentros bizarros con mujeres intensas que luego no te han querido soltar, pero si algo he perfeccionado a lo largo de mi vida, es el arte del desapego.

Fernando me escuchaba atento y no hacía ademán de interrumpirme para decir algo. Tampoco había en su rostro señal alguna que delatara lo que pasaba por su cabeza. Seguía completamente inmutable sorbiendo de su copa y ni por un segundo despegó su vista de mí.

Posiblemente el sermón que acababa de darle habría sido suficiente para cualquier persona, pero no para mí. ¡No, señor! Yo solo acababa de servir la cena: ¡faltaba el postre!

—Por lo tanto, Fernando —continué—, quiero dejar muy claro que después de esta noche no tenía ninguna expectativa, ni contemplaba la posibilidad de intercambio de teléfonos. En lo absoluto. Así que te agradezco que en el tiempo que nos queda por compartir esta cena, no me subestimes y, por favor, no hagas creer que dices o haces algo por mí cuando realmente es para ti.

Había hablado demasiado y sentía la garganta reseca, así que empecé a tomar de mi copa mientras veía a Fernando observándome. Su semblante seguía imperturbable y por un momento pensé que llamaría a la mesonera, cancelaría el pedido y pediría la cuenta.

No hizo nada de eso. Por el contrario, la llamó, le hizo señas para que trajera dos copas más de vino y, acto seguido, habló.

—Lamento profundamente si sentiste que te subestimé a ti, tu inteligencia o nivel de madurez. Verte a simple vista es suficiente para que cualquiera se dé cuenta de lo que emana de ti. Y con eso me refiero a un espíritu inteligente y maduro. Mí día a día consiste en pintar, y cuando lo hago tengo que entrenar mi ojo para que vea lo que es realmente puro, la esencia de las cosas, tomar lo real y apartar lo efímero. Ese entrenamiento me acompaña permanentemente, incluso más allá del estudio donde trabajo. Y es así como al verte, no te miro, sino que te veo. A ti y a todo lo que proviene de ti. Por lo tanto, y en esto quiero ser enfático, disculpa si te has sentido ofendida y subestimada. No era mi intención.

Mierda, no, no, no. ¡¿Por qué se disculpa?! ¡Grita! ¡Haz una escena! ¡Haz algo! ¡Deja de ser tan encantador!

—Por otro lado —siguió dejando que las palabras se pasearan suavemente entre su lengua y labio—, has tenido razón en algo muy importante: soy un maldito imbécil, pero lo soy por razones mucho más reprochables, y reales, que aquellas que dijiste —antes de continuar, se inclinó sobre la mesa y cerró sus manos entrelazando sus dedos al frente, de forma muy corporativa—. Es gracioso que tu reclamo sea que yo trataba de endulzar el no querer verte después de esta noche, cuando lo cierto es que si de algo he sido catalogado, es de ser brutalmente honesto. Si no quiero ver a alguien se lo digo de entrada, antes de cualquier cosa, así la persona lo sabe y yo no tengo el remordimiento de haberle engañado. Y, sobre eso, déjame decirte: la sinceridad es muy solicitada, pero terriblemente recibida.

Soy un maldito imbécil por muchas razones, Sabrina, enumerarlas nos tendría aquí toda la noche, pero para tu deleite puedo decirte que sí, efectivamente odio los compromisos y eso ha resultado en que esté constantemente en movimiento y mi corazón sea un recipiente vacío que no alberga sentimientos por nadie más que mi familia. A mi juicio, tener sentimientos no es más que una pérdida de tiempo porque te atan a un sitio y a una persona y, francamente, de solo pensarlo siento claustrofobia.

Soy un maldito imbécil porque tengo mucho sexo y no me avergüenzo. Afortunadamente, son mujeres adultas que entienden mi desapego y disfrutan del placer consensuado, pero nunca ha faltado alguna que haya entendido mal y desarrollado sentimientos por mí, lo que me lleva al otro punto. Efectivamente, soy un maldito imbécil porque aun cuando han sido buenas mujeres, no he sido capaz de corresponderles, ni siquiera con un burdo *te quiero*, así que he roto corazones y eso me ha roto a mí un poco en el proceso, porque lastimar a alguien, incluso sin intención, también te termina dañando.

Así que sí, Sabrina, soy un maldito imbécil, pero también soy Fernando, y me gustaría seguir cenando contigo.

Su franqueza me desarmó brevemente, y por un instante me quedé sin palabras. Se acababa de revelar tal como era frente a mí, confesando su oscuridad y trayéndola a la luz de esta cena. ¿Me sentía escandalizada? No, en lo absoluto.

Lo cierto es que era refrescante oír a alguien tan honesto, incluso si la verdad resultaba cruda. De hecho, lo apreciaba, pero ¿era esa una confidencia compartida a tenor del momento? ¿O acaso era, quizás, una advertencia camuflajeada?

Fue la camarera quien respondió la pregunta, trajo a la mesa nuestra comida. Ambos habíamos pedido el risotto de camarones. Posó suavemente el plato frente a Fernando quien le agradeció gentilmente, y luego, con un movimiento ágil, colocó el mío frente a mí y, mientras lo hacía, me dio una mirada que solo las mujeres comprenderíamos. Una mirada discreta que revelaba que, tal vez sin querer, había escuchado el monólogo de Fernando.

Una mirada que decía «Estás jodida».

En retrospectiva, debí atender a esa mirada y saber que ella tenía razón. ¡Por supuesto estaba jodida! Estaba cenando con una persona que representaba todo lo que repudiaba y, aun así, lo estaba disfrutando.

La curiosidad es una cómplice peligrosa, nos alienta a descubrir nuevos lugares, pero no nos detiene cuando hemos ido demasiado lejos.

—La camarera se merece el premio a empleada del año. Gracias a ella no te has levantado dejándome solo. Creo que hasta debería agradecerle al terminar.

—Aun si no hubiese llegado, tampoco me hubiese ido —era cierto. A una pequeñísima parte de mí le gustaba alimentar el lado masoquista de mi personalidad, aquel que adoraba llegar al fondo de todo. Y en este caso, quería llegar al fondo de Fernando.

Me pregunto qué significaría eso a nivel físico…

No, no, no. No voy a siquiera pensar en eso.

—Me alegra saberlo. Significa que detrás de tu fachada de rutinas, orden y practicidad, hay una temeraria dentro de ti.

—Podría decirse —le contesté con una pequeña sonrisa.

—Dime algo —inició en tono pícaro—. Ya que esta noche las confidencias íntimas y profundas están descartadas, aún tenemos que conversar. La mejor parte de compartir una comida es, precisamente, hablar. ¡Vamos! Cuéntame algo de ti que crees pueda sorprenderme. No tiene que ser un secreto de infancia ni nada por el estilo, simplemente algo curioso acerca de ti.

—Déjame pensar… —dije mientras llevaba un bocado de rissotto a mi boca—. ¡Ah! ¡Ya sé! —exclamé triunfante—. Maldigo como una camionera.

Fernando casi derrama el vino que había tomado y comenzó a reír histéricamente.

—No, no, ¡es verdad! No es broma. No puedo evitarlo —comenté ligeramente avergonzada—. Las groserías son mi válvula de escape. Obviamente no voy por la vida diciéndolas a diestra y siniestra, pero si pudieras saber lo que pasa por mi mente durante tan solo un día…

Fernando tomó aire para detener su risa incontenible y cuando se vio capaz de hablar retomó la palabra.

—¡Me encanta eso! La mayoría de las mujeres se cohíben terriblemente al decir una grosería y que vengas tú y proclames tu amor por ellas tan abiertamente me parece fantástico —a continuación, hizo ademán de aplauso y reverencia hacia mí.

—Bueno, no creo que sea tan impresionante —dije tratando de restarle importancia—. Es tu turno.

—A ver, algo interesante... Creo que quizás algo interesante es que esta es mi ciudad natal. Aquí viven mis padres y hermanas, y es donde está mi primer taller de pintura. Estar aquí es lo más cercano que tengo a estar en casa.

—¿Lo más cercano? ¿No te sientes del todo a gusto estando acá?

—No del todo. Pero no culpo a la ciudad ni a mi familia, es sencillamente algo mío. Creo que un hogar debe ser algo más allá de un espacio físico, más que una dirección estable. No lo sé, supongo que si le preguntas a mi mamá te diría que siempre he sido de esa manera.

—¿Fuiste un niño retraído?

—Algo así, es complicado. Me adapto a todo muy fácilmente, me parece incluso que he desarrollado una habilidad camaleónica para ello, pero son las conexiones con los demás lo que me resulta desafiante.

—No lo tomes a mal, pero me parece difícil de creer. Lo que acabas de describir no se parece en nada a la impresión inicial que me habías dado.

—¿Y cuál es esa?

—Que eres la persona que siempre está rodeado de amigos, siempre extrovertido, conversador, amable. ¡Es lo que transmites! Alguien a quien se le hace sencillo eso de conectar con los demás.

Me regaló una sonrisa un tanto melancólica, como si mi descripción hubiese sido la repetición de una que ya había escuchado otras tantas veces.

—Sí, creo que parte de mi trabajo consiste en proyectar esa imagen, y no me malinterpretes, ¡me encanta la gente! Disfruto rodearme de ellos. Creo que las personas, cada quien en su individualidad, representan un enigma grandioso, pero —prosiguió en voz pausada— es algo difícil de explicar. Me resulta complicado hacer amigos; puedo tener muchos contactos y allegados, no amigos.

—Entiendo —afirmé asintiendo levemente—. Los amigos implican involucrarse. Hay un apego de por medio. Debes dar una parte de ti a ellos para corresponder a la que ellos te dan de sí mismos.

—Exactamente... ¿Y tú? ¿Haces amigos con facilidad?

—No. La verdad creo que solo tengo dos amigos. Del resto, colegas de trabajo con quienes me reúno a veces para tomar un trago, pero, en esencia, no se me da muy fácil hacer amigos.

—Te preguntaría el porqué de eso, pero creo que estaría cruzando la línea, ¿verdad?

Alcé mi copa en señal de concordancia y, acto seguido, di un sorbo sonriendo.

—Bien —accedió él, también con una sonrisa en respuesta—. Entonces, dime, ¿por qué te resulta difícil hacer amigos?

Reí y le reproché su pregunta, a lo que él ingeniosamente contestó:

—Podemos hablar de amistad o de tu vida amorosa. Realmente este risotto amerita comerse con temas jugosos.

—La razón por la que me cuesta hacer amigos es porque de pequeña y siendo adolescente me mudaba mucho —sí, sería breve en cuanto a ese pedazo de mi vida. Después de todo, era claro que Fernando no desistiría fácilmente, así que era preferible adentrarse en este tema antes que en el brevísimo tópico de mi vida amorosa, o bueno, de la inexistencia de una—, así que cada vez que me encariñaba con alguien, más pronto que tarde era necesario decirle adiós. Después de un punto te cansas de las despedidas y simplemente te preparas para no sentir afecto ni ninguna otra emoción fuerte de la cual sea dolorosa separarse después. No fue sino hasta que llegué al último año de secundaria que las mudanzas ya se habían detenido —no había necesidad de entrar en detalles en cuanto al porqué habían parado—, que conocí a Melissa y fue como encontrar a la hermana que me había estado esperando. Desde entonces, hemos sido inseparables.

Casi como si el mero hecho de nombrarla la hubiese invocado, inmediatamente recibí un texto en mi celular. Me excusé con Fernando para leerlo y no pude evitar exclamar un ¡AL FIN! Cuando vi que era ella.

Sab, acabo de ver tu mensaje y llamadas perdidas. ¿Todo en orden?

Ya la banda terminó e iba a comenzar la charla, pero resulta que el pintor que iba a darla no llegó.

Veremos un par de las obras expuestas y nos vamos. ¿Tú dónde estás?

Le contesté diciéndole que todo estaba excelente y le dije el nombre del restaurante.

Rápidamente recibí un texto de ella diciendo que en veinte minutos estaría aquí

—¿Todo está bien? —inquirió Fernando en tono preocupado.

—Sí, sí. ¡Perfecto! Es que justo me acaba de textear Melissa, mi amiga. ¿Recuerdas? Con quien te había dicho que vine. Me dijo que vendrá en unos veinte minutos.

—Algo pronto… —me pareció percibir una nota de decepción en su voz—. Pensé que verían todas las exposiciones.

—Yo igual, pero solo mirarán algunas obras. Al parecer, el pintor de la charla principal ha faltado. ¿Puedes creerlo? ¡Qué irresponsable! Faltar a su propia exposición, qué tipo tan miserable debe ser.

—Tienes toda la razón. Quizás sea un maldito imbécil —y, dicho eso, me sonrió. Me pareció divertido su comentario y también le sonreí en respuesta.

—Dime una cosa, esa exposición que tu amiga se perdió, ¿De verdad tenía muchas ganas de escucharla?

—Sí, bastante. Al parecer este tipo que iba a dictar la charla es un referente en su área, supongo que algún sexagenario con barba y aire exótico listo para deslumbrar a sus jóvenes pupilos.

—Tienes el concepto más alocado sobre los pintores —comentó divertido—. Podría decir que, incluso, nos sobreestimas. Lo cierto es que no somos tan exóticos como el oficio da a entender. Creo que simplemente somos gente normal con mucha mierda interna que drenamos en la pintura. Eso es todo.

—¿Todos ustedes tienen mucha mierda con la cual lidiar?

—Sí —afirmó mientras ladeaba su cabeza—, así como todos. El detalle está en que mi mierda la puedes ver en una pintura, mientras que la de un contador no se refleja en un estado financiero. Mis ansiedades son más gráficas que las de un abogado, pero no por eso más o menos reales. De hecho, mucho de mi trabajo se basa en eso: en proyectar las angustias, sueños y deseos humanos. No me gusta pintar paisajes ni naturaleza, únicamente personas, y es precisamente porque cada una transmite una multiplicidad de emociones y sentimientos con un solo gesto... Y captarlas... vaya, captarlas es sentir que tocas en íntimo un fragmento de la esencia humana. Pero no quiero desviarme de mi pregunta inicial: ¿te gustaría darle eso de cumpleaños?

—¿A qué te refieres? —no entendía de qué estaba hablando. ¿Cómo que un regalo de cumpleaños? En primer lugar, Melissa estaba encantada con mi regalo (un lente nuevo para su cámara), y en segundo, ¿qué poder podía tener Fernando en la agenda o vida de ese pintor?

—Pues a eso. Si quieres puedo organizar una exposición privada para que ella pueda recibir su charla e incluso visitar el taller del pintor.

—¡¿Es en serio?! ¡Melissa enloquecería si pudiese hacer eso! ¿Pero cómo? ¿Lo conoces o algo así?

—Lo conozco desde hace mucho tiempo, y si yo se lo pido, no tengo ninguna duda de que accederá a hacer eso por tu amiga.

—Wow. De verdad no sé qué decir. ¡Ese sería el mejor regalo! Gracias, pero —dije reflexionando de repente y recordando lo que habíamos hablado previamente— no creo que eso vaya a poder ser. Solo el hecho de que te hayas ofrecido en pedirle ese favor, significa mucho, pero no creo que pueda aceptarlo.

—¿Pero por qué no? —preguntó sorprendido.

—Porque eso implicaría contacto después de esta noche. Y eso no va a ser posible —recalqué con pose seria—. Ya lo discutimos y me parece mejor así. Hay cosas que no deben estropearse dándoles continuación, y la de hoy ha sido una cena tan especial —confesé tímidamente— que es mejor dejar que permanezca de esa manera. Como un recuerdo.

Xavi decía frecuentemente que yo transmitía un aire frío, casi distante, que entre el resto del mundo y yo prevalecía una burbuja de espacio que marcaba una sana distancia y me protegía de cualquier contacto humano en el que hubiese la posibilidad de sentirme vulnerable. En el fondo sé que tiene razón, porque incluso él mismo la experimentó en su momento.

Tal como ahora lo estaba haciendo Fernando.

Pero es mejor así. No soy lo que se considera una mariposa social. Adaptarme a eventos sociales me toma tiempo y nada me genera más ansiedad que conocer nuevas personas. El problema está en que con él no había sido así. Había algo en Fernando que me daba confianza e incluso si mis palabras mordaces cortaban la conversación, no importaba. Fernando se mantenía inmutable ante ellas, sin importar si mis frases pretendían ahuyentarlo, él seguía allí… aquí.

Sin duda, era necesario decirle adiós y hacerlo esta misma noche. Porque de lo contrario, algo muy dentro de mí sabe que si no lo hago, querré continuar diciéndole muchos hola.

Fernando continuaba mirándome tratando de escrutar alguna señal de que yo bromeaba y mi mensaje era solo una maniobra para hacerme la difícil, pero no iba a encontrarla; de hecho, solo confirmaría lo que ya había dicho en voz alta.

—Está bien. Supongo que tienes razón —dijo finalmente—. Nuestro tiempo no ha terminado. ¿Te apetece otra copa?

—No, gracias. Creo que ya ha sido suficiente vino por esta noche.

—¿Y postre? ¿Te gustaría algo dulce?

¡Nunca puedo rechazar el postre!

Casi como si escuchase el clamor de mis entrañas anhelando el azúcar, de forma siniestramente seductora agregó:

—El tiramisú de aquí es excelente —musitó haciendo énfasis en la última palabra.

—¡De acuerdo! —accedí. Mierda, qué débil soy—. ¡Pero hay que compartirlo! No quiero uno para mí sola.

—¡Trato hecho! —cantó victorioso y, sin perder tiempo, avisó a la mesonera nuestro pedido.

Era cierto: el tiramisú estaba increíble. Comimos en silencio mientras nos dábamos miradas furtivas. Fernando se detuvo por un momento y yo imité su movimiento. Acto seguido, me regaló una mirada tan llena de ternura, que pude sentir cómo el rubor se asomaba en mis mejillas.

—¿Qué pasa? —le pregunté mirando sus ojos negros, grandes y profundos. Si fuesen agua, estoy segura de que estaría templada. Como cuando llegas de un largo día a casa y de la ducha hay una cascada que se derrama sobre tu cuerpo desnudo en la temperatura perfecta, y solo quieres permanecer allí, no hacer más nada, sino existir. Definitivamente los ojos de Fernando eran de esa temperatura.

—Creo que ya han venido por ti —me dijo señalando con su cabeza la ventana, allí estaban un chico y una chica, leyendo el letrero y, a su vez, la chica constatando la información con la que tenía en su celular..

Eran Melissa y Álvaro.

—Sí, son ellos. Si quieres, pide la cuenta y así yo puedo pagar mi parte.

Se mostró genuinamente ofendido por ese ofrecimiento y me dijo:

—Una cosa es ser un maldito imbécil y otra muy distinta ser un patán. Yo invito, yo pago. Siempre es así y continuará siéndolo. ¿De acuerdo?

No es que me haya dejado un gran margen de opciones para responderle, así que sólo asentí y le dije: «Ok».

Escuchamos las pequeñas campanas de la entrada sonar, indicando que alguien había llegado. Yo estaba de espalda, pero no fue necesario que volteara para saber que empezaba la cuenta regresiva.

—Préstame tu teléfono —dijo abruptamente—. Necesito hacer una llamada importante.

—Claro —le entregué el celular y, al hacerlo, sentí el suave roce de su dedo índice en mi palma. Lo mantuvo bajo mirando la pantalla y marcó un número rápidamente. Casi de forma inmediata empezó a sonar un timbre muy cerca. Fernando hizo ademán de sacar algo de su bolsillo y allí estaba, ¡era su celular el que estaba repicando!

Estoy segura de que mi cara mostraba lo desconcertada que estaba, pero él seguía concentrado en lo que hacía. Con su teléfono en mano trancó la llamada y guardó mi número como contacto e hizo lo mismo con su contacto en mi teléfono. En silencio me lo devolvió y, antes de que yo pudiese decirle algo, sentí una mano cálida tocando mi hombro desnudo.

—¡Te encontré! —exclamó Melissa abrazándome por detrás. Me giré y como pude le devolví el abrazo.

Tal como las viejas costumbres lo dictan, Fernando se puso de pie mientras me miraba fijamente como quien espera ser presentado.

En el mensaje que le había enviado a Melissa momentos antes omití que estaba cenando con un hombre a quien acababa de conocer. Imitando a Fernando, me puse de pie y comencé la presentación.

—Quiero que conozcas a Fernando, él es pintor. Y, Fernando, ella es mi mejor amiga y compañera de apartamento, Melissa.

—Mucho gusto, Melissa, es un placer conocerte. Y feliz cumpleaños —le dijo dulcemente mientras estrechaba su mano.

Me sorprendió mucho la reacción de Melissa y es que estaba deslumbrada: su piel tenía un rubor que solo salía a flote en situaciones en las que se sentía profundamente nerviosa o avergonzada.

Podría decir que se veía un poco en shock.

—Eres tú —dijo finalmente en voz baja.

¿Tú? ¿De qué estaba hablando? ¿Acaso estaba ebria?

Fernando continuaba sonriendo imperturbable ante su reacción.

—Creo que nuevamente los bárbaros de los organizadores de la exposición han puesto mi foto en el programa. ¿No es cierto? —preguntó un tanto apenado.

¿Programa? ¿Exposición? ¿Acaso el risotto me ocasionó una embolia y estoy alucinando todo esto, mientras en la realidad estoy tirada en el piso del restaurante?

Melissa asintió sonriendo levemente y casi como una señal divina para despertarme de mi letargo vi que Álvaro, de cuya ausencia no me había percatado, pero cuya entrada era ahora muy bien recibida, se hizo paso entre nosotros y abrazó efusivamente a Fernando.

—¡Típico, Fernando! Congregas a una audiencia para verte y faltas a tu propia exposición. ¡Eres un infeliz!, pero uno muy talentoso —agregó con una cálida sonrisa.

¡¿Qué?! ¿Había escuchado bien? ¡¿Su propia exposición?!

—Lo sé… Lo sé. Hice mal en faltar —respondió sin un ápice de arrepentimiento—, pero surgió algo más importante que ameritó mi atención —y al decirlo me miró.

Y ellos en reflejo también me miraron. ¡Maldición! ¡Hasta yo me miré de lo sorprendida que estaba!

—Melissa —continuó Fernando con voz pausada—, Sabrina me dijo que tú de verdad querías ver la exposición y escuchar la charla. Para serte completamente franco —dijo encogiéndose de hombros—, yo no siento que sea la gran cosa, pero si tú quieres puedo organizar que visites mi taller y tener una mini presentación privada, también puedes llevar a tus amigos ¿Te gustaría eso?

Melissa parecía una niña pequeña a quien le acababan de decir que había ganado tickets a Disney World. Su emoción era tanta que solo asentía repetidas veces diciendo una y otra vez «sí, sí. ¡Me encantaría!».

—¡Excelente! Considéralo un regalo de Sabrina. De ella ha sido la idea —dijo viéndome de reojo pícaramente—. ¿Verdad, Sabrina? ¿Verdad que ha sido tu idea regalarle esto a tu amiga?

¿Y que has accedido a que yo te contacte para planificar la reunión?

¡Con que esas tenemos! Muy astuto, Fernando, pero estás muy equivocado si piensas que puedes acorralarme de esa manera. ¡Yo también puedo dejarte en evidencia a ti! Y decir que todo esto es una farsa, y que la verdad yo no tenía ningún deseo en contactarme contigo después de esta noche. ¡Y mucho menos para planificar un encuentro!

Justo cuando iba a desenmascararlo, Melissa se arrojó a mis brazos y me apretujó fuertemente como cuando éramos adolescentes.

—¡Sab! ¡Muchas, muchas gracias! ¡No puedo creerlo! —exclamó contenta y con voz chillona de la emoción—. Mis compañeras de trabajo van a alucinar cuando se los diga. Y gracias a ti, Fernando —dijo dirigiéndose a él mientras aún me apretujaba—. De verdad es el mejor regalo de cumpleaños. ¡Le diré a mi jefa también! ¡Ella ama tu trabajo!

—No hay de qué. Como te dije, fue todo idea de tu amiga. ¿Verdad, Sabrina? — seguía repitiendo esa frase como un mantra: ¿verdad, Sabrina? ¿Verdad, Sabrina? ¿Verdad, Sabrina? ¡Él sabía que no me rehusaría a algo para mi amiga!

¡Qué golpe tan bajo me había jugado!

Melissa me veía con sus grandes ojos llenos de alegría y yo no pude más que responder:

—Es verdad —por segunda vez en una noche, estaba sellando mi carta de rendición. A lo que él no pudo menos que sonreír ampliamente.

—Nosotros vamos al carro. Andrés nos está esperando afuera —dijo Melissa, finalmente soltándome de su abrazo de oso—. Te esperamos allá, Sab. Nuevamente muchas gracias, Fernando.

—Todo un placer —respondió él cordialmente.

—Cuídate mucho, Fer. Nos vemos pronto. ¿Tienes el mismo número? —preguntó Álvaro.

—¡Sí! Por supuesto. Llámame y nos vemos para tomar algo.

—Seguro. ¡Adiós! Te vemos afuera, Sab.

Otra vez éramos solo Fernando y yo. Cerré los brazos alrededor de mi cuerpo y en mi rostro se notaba el malestar que sentía por su trampa.

—Pensé que teníamos un trato —comencé diciéndole en voz baja—. ¿Por qué lo hiciste?

Fernando era más alto que yo, me llevaba más de una cabeza, así que se inclinó un poco hasta que nuestras miradas pudiesen coincidir. Esta vez sí lucía un tanto culpable, como si el peso de lo que hizo estuviese recayendo sobre él.

—Lo lamento.

—Al menos podrías hacer un esfuerzo para que tu disculpa suene más convincente.

—Es que lo que lamento es haberte emboscado frente a tus amigos, pero no me disculpo por la esencia del acto.

—¡Pero teníamos un trato!

—Lo sé, es solo que… Me agradas. Y la verdad siento que es hora de tener una amiga, y me gustaría que seas tú. En el proceso, quién sabe, quizás puedas ayudarme a valorar la rutina y yo pueda ayudarte a liberarte de ella. Tal vez encontrarnos no ha sido casualidad, sino la forma que tiene el universo de decir que nos necesitamos. ¿No te parece?

—No lo sé, Fernando, las señales cósmicas nunca han sido realmente lo mío. Lo de esta noche pudo haber sido una mera casualidad.

—Tienes razón, pero si de algo estoy seguro es de lo primero que te he dicho. Me gustaría que fueses mi amiga. ¿Me dejarías ser el tuyo? Dame la oportunidad. Te prometo ser un buen amigo

—sus palabras parecían algo que un niño le diría a otro. Un discurso de una época donde todo era más simple.

Su petición era tan sencilla y transparente que encerraba todo su propósito en esa pregunta: *¿me dejarías ser tu amigo?* Admitirlo en voz alta hubiese sonado deprimente, pero lo cierto es que me gustaría tener un nuevo amigo. En el fondo, la amistad responde un deseo tan inherente a la naturaleza humana que por más que se trate de ahuyentar, siempre termina volviendo y resonando con más fuerza.

Sí, quería un amigo, pero, más allá de eso, quería que fuese Fernando.

—Está bien. Seamos amigos. Pero antes, una condición —dije firmemente—. ¡Y esto es inapelable! Si vamos a ser amigos, debemos ser siempre honestos, sin importar las circunstancias, el lugar o lo que sea. ¡Siempre honestos! ¿De acuerdo?

—¡De acuerdo!

—Bien, entonces, por favor, no vuelvas a ocultarme cosas sobre ti... ¡Pudiste haber mencionado que era tu exposición la protagonista de la noche!

—No me pareció algo relevante. Tan solo iba a dar una charla sobre algo de lo que hablaría normalmente de todas maneras. Amo el arte y detesto que esté confinado a esos protocolos estructurados. Ya te lo dije antes, prefiero el arte en su forma más cruda.

—Sí, lo recuerdo, pero igual podías haberlo mencionado. Ahora me siento culpable de haber sido la responsable de que faltaras.

—Sabrina, comprende esto desde ya: todo lo que hago es porque quiero y me place. Nadie me obliga o fuerza para que haga lo contrario. Si falté para cenar contigo es porque así lo quise y fue una decisión que tomé conscientemente. Borra cualquier cargo de conciencia de tu cabeza. No cambiaría esta cena por ninguna exposición.

Sus palabras sonaban convincentes. Era claro que Fernando no tenía una personalidad sumisa que pudiese ser fácilmente moldeada a hacer algo que no quisiera. De manera que faltar a su exposición para quedarse conmigo tenía mucho más valor.

—Gracias por la cena. La pasé muy bien.

—Gracias a ti por acompañarme, Sabrina. Nos veremos pronto —y dicho eso, se inclinó para darme un suave beso en la mejilla.

Así cerrábamos nuestra noche.

Al hacerme paso en el restaurante, podía sentir cómo su mirada me seguía hasta la salida. La sensación de saberme observada traspasaba mi blusa y quemaba en lo más profundo de mi espalda. Me concentré en atravesar el local con paso tranquilo y pausado. Al cruzar la puerta de salida sentí el aire frío de la noche que azotaba mi escote y refrescaba mi rostro. Cerré los ojos un segundo y aspiré la calma nocturna en un intento de sosegar mis pensamientos.

De repente, sentí un golpe en el hombro y abrí los ojos rápidamente. Alguien me había tropezado, pero no cualquier alguien.

Era Anthony.

—¡Mierda! Sabrina, dis… discúlpame. No te vi —balbuceaba sorprendido mientras hacía ademán de limpiarse la boca. Tenía pintalabios rojo regado. Casi del mismo color que el mío. Quizás él también había notado la ironía del asunto—. Luces muy… muy bonita. Qué sorpresa verte aquí.

¿Era acaso su forma sutil de preguntarme qué hacía allí?

—Vine temprano a la galería con Melissa —inicié de forma mecánica (sin atender reglas de trato social al encontrar a alguien y preguntarles banalmente cómo están)—. Y justo ahora estuve cenando con un amigo —sonreí provocativamente mientras pronunciaba la palabra amigo. Él pareció entender mi mensaje—. ¿Y tú? ¿De dónde vienes? —lucía un traje con corbata azul marino y una camisa de vestir gris. Su pelo, que yo recordaba siempre lustrosamente peinado, estaba convertido en una maraña (consecuencia, tal vez, de un trato salvaje). Lo que permanecía invariable era su porte recto y elegante de hombros fuertes. El maldito seguía siendo guapo.

Pareció mirar a los alrededores tratando de vislumbrar algún sitio abierto del cual fuese creíble que provenía. Su semblante compuesto se transformaba en nervioso y, mientras veía a su alrededor, seguía intentando quitar el labial de su boca.

Yo misma hice una revisión rápida de la zona y, a su espalda, discretamente iluminado por un pequeño cartel de neón, se veía a unos veinte metros un pequeño establecimiento. Anthony notó que yo trataba de ver más allá de él y se volteó instintivamente mientras yo descifraba lo que decía el peculiar letrero.

Leí el nombre del local y no pude disimular mi sorpresa.. Anthony bajó la mirada y trató de explicarse

—Sabri, yo… yo…

—Por favor, no me llames Sabri.

—Lo lamento. Es solo que, déjame explicarte… yo... yo. Es solo algo que hago de vez en cuando… No es todo el tiempo. A veces es algo que… Vaya, Sabrina, no es lo…

Alcé mi mano y froté su boca con mi pulgar desmanchando lo que él aún no podía. Lo hice sin delicadeza, con brusquedad, dejando entrever en mi toque la molestia por su constante engaño a sí mismo. Porque la mentira más grande no era la que me había dicho a mí, a sus amigos, ¡hasta a su familia! No. La mentira más grande se la repetía diariamente a él mismo.

Avergonzado, tomó mi mano aún en su boca y no me miró. Me solté y me dirigí al carro.

Melissa, Andrés y Álvaro habían visto toda la escena y, cuando me monté, Melissa exclamó:

—¡Qué equivocada estabas, Sab! Al parecer este sí es el tipo de sitios que frecuenta Anthony.

Sin duda, ella también leyó el pequeño cartel de neón.

***

El camino a casa fue silencioso. Andrés estaba sentado atrás conmigo. Parecía absorto mirando la ventana y en unas pocas ocasiones noté que me daba un vistazo rápido. La quietud en el interior del carro solo era interrumpida por las risas coquetas de Melissa mientras le besaba la oreja a Álvaro o le hacía cariños en el cabello.

¡Francamente! ¡Ellos de verdad se gustaban! Álvaro me caía bien y todo lo demás, pero no hubiese osado tocar sus rastas sin un antibacterial a la mano. Había que reconocer que las de él daban una apariencia muy limpia; sin embargo, no tan limpia como un cabello que experimenta la magia del shampoo y acondicionador diario.

Esa noche se iban a quedar en el apartamento. Álvaro lo había hecho en otras ocasiones, pero era la primera vez que Andrés lo hacía. Él vivía bastante lejos de nosotras y no había llevado su carro, así que decidió ahorrarle el viaje a Álvaro y aceptó quedarse.

Cuando llegamos al apartamento ya era bastante tarde y todos estábamos cansados. Bueno, corrección… Andrés y yo estábamos cansados. Álvaro y Melissa tenían energía para derrochar y ya podía imaginar cómo la gastarían.

Qué mierda que mi habitación compartiera pared con su cuarto.

Tal como sospeché, Melissa y Álvaro no habían puesto un pie en el apartamento cuando corrieron al cuarto de Melissa y cerraron la puerta.

Yo saqué unas sábanas de mi clóset y se las entregué a Andrés para que durmiera en el sofá de la sala. Le dije que se sintiera en su casa, tomé un vaso de agua y me fui a mi habitación.

No sé si era consecuencia de la cantidad de encuentros inesperados, las conversaciones densas con Fernando o las copas de vino, pero estaba agotada. Para colmo, me di cuenta de que no había lavado y tenía mis pijamas disparejos: tomé unos shorts negros de algodón con estrellas y por encima una camiseta de mi banda favorita: Queen. Me encantaba cómo se veía Freddy en la foto que adornaba el frente de la camiseta. Me quité el maquillaje, lavé mi cara y, sin pensarlo mucho más, me tumbé en mi cama y cerré los ojos.

¡Maldita sea!

Estoy segura de que no habían pasado siquiera quince minutos cuando empecé a escuchar los gritos de éxtasis provenientes de al lado. ¡Aquello sonaba como dos focas en celo copulando!

¿Qué estaba pasando en ese cuarto?

Me acosté boca abajo, traté de cerrar mis ojos y concentrarme en dormir, y puse la almohada sobre mi cabeza. Había pasado una hora más y los ruidos en lugar de disminuir, ¡aumentaban!

¡¿Qué había comido Melissa?! ¿Una bandeja de ostras? Ya había pasado UNA HORA, y, por los golpes que se escuchaban de la cabecera, no iba a detenerse pronto. ¡¿Qué demonios le hacía Álvaro?!

UNA HORA.

Melissa siempre se ha sentido muy cómoda con su sexualidad, pero marcaba una línea con el lenguaje sucio, siempre se reía de sus amigas que lo hacían porque le parecía de mal gusto, pero una vez me confesó que cuando la situación lo ameritaba, a ella le encantaba usarlo. Me armé de paciencia e hice mi mayor esfuerzo para dormir, pero cuando empecé a escuchar lo que estaba saliendo de su cuarto, sentí que la bilis me subía de inmediato a la garganta.

Tomé mi almohada, una sábana y me fui hasta la sala. Sentado en uno de los bancos del mesón de desayuno estaba Andrés sin camisa y con el mismo rostro asqueado que yo. Me invitó a sentarme en el taburete frente a él y así lo hice.

—¿Quieres comer o tomar algo? —le pregunté rompiendo el silencio que me regalaba su mirada penetrante.

—No creo que tengas algo lo suficientemente fuerte como para olvidar lo que acabo de escuchar.

Me reí y fui hasta la gaveta bajo el lavaplatos. Allí tenía a mi vieja amiga guardada. Era una botella nueva. La tomé y la puse sobre el mesón frente a Andrés; busqué dos vasos y me senté frente a él.

Pareció gratamente sorprendido.

—¡Wow, preciosa! ¿Crees que puedas tolerarlo?

Abrí la botella, llené el pequeño vaso de *shot* y lo bebí de un sorbo.

Oh, sí. Nos encontramos una vez más, mi querido José Cuervo.

Andrés sonrió complacido e imitó mis movimientos tomando un shot él mismo y sirviendo otra ronda para los dos.

La cocina y el resto de la sala estaban sumidas en la oscuridad absoluta, solo la luz proveniente de las farolas de la calle se colaba a través de las ventanas de nuestro pequeño balcón.

Tenuemente iluminados nos encontrábamos Andrés y yo. Con su pecho descubierto pude detallar sus tatuajes. Me sorprendió descubrir que cubrían casi la totalidad de su piel. Cada dibujo era una marca indeleble, quizás un recuerdo, una frase que lo marcó, un significado oculto entre figuras abstractas.

Andrés emanaba una sensualidad que me hacía sentir nerviosa, su mirada me generaba un cosquilleo, como si sus ojos cortasen la delgada tela de algodón que me cubría y veía más allá de mí, e incluso esa tela fina empezaba a sentirse gruesa ante la intensidad de sus ojos verdes viéndome.

—Parece que seremos sólo tú y yo esta noche, preciosa.

—¿Por qué siempre me dices «preciosa»?

—Porque lo eres.

—Sabes que no tienes que tener ese aire de galán conmigo. Puedes llamarme simplemente Sabrina.

—Lo sé, pero no quiero hacerlo. ¿A ti te molesta que lo haga?

—No.

—Entonces, si no te importa, lo seguiré haciendo, a menos que quizás lo que te preocupe sea que te llame de esa manera frente a alguien… Alguien a quien sí le importe, como, por ejemplo, el chico a quién encontraste fuera del restaurante.

Mierda. Íbamos a entrar en ese tema. Irremediablemente eso ameritaba tomar otro *shot*.

—No es lo que parece —le dije tratando de evadirlo.

—Parecías muy afectada con su presencia.

—Anthony me afecta, pero no de la manera en que supones.

—¿Es un ex?

No pude evitar reírme estrepitosamente y hacerle señas para que me sirviera otro trago.

—¡¿Un ex?! No sé si lo llamaría de esa manera.

—¿Entonces?

Aparentemente esta noche yo era Santa Sabrina, patrona de las conversaciones profundas con hombres persistentes.

Ah. ¡Qué más da! El tequila me daba valentía, así que tomé un trago y comencé a contar la historia.

—Anthony fue mi amor platónico durante toda la universidad. Lo vi por primera vez en cuarto semestre y me pareció el chico más guapo que había visto. Por amigas supe que estudiaba Economía y que era futbolista. Solía ir a verlo en las prácticas, pero él ni siquiera sabía quién era yo. Era tan masculino y fuerte… En la universidad hay un par de materias que compartimos los estudiantes de su carrera y la mía, y cuando estábamos en décimo semestre las vimos juntos. ¡Yo estaba eufórica! Después de nuestra primera clase él me esperó para decirme que le había gustado mi punto de vista en el debate y que coincidía conmigo. Aún recuerdo cuando me dijo «Sería un privilegio si me aceptaras un café algún día, Sabrina». Comprenderás que en ese momento yo morí y fui directo al cielo: era una chica de veintiún años a quien su *crush* le estaba invitando a salir.

¡Obviamente dije que sí! —incluso contándolo no podía evitar emocionarme. La ingenuidad de mi yo del pasado era abismal, quién hubiese podido sospechar todo lo que Anthony sería, cómo mi yo de veintiún años podía anticipar lo que vendría a continuación. Nadie lo hubiese podido prever… o bueno, dos personas sí lo hicieron—. ¿Seguro no te estoy aburriendo? —le dije de repente.

—En lo absoluto, preciosa —respondió sonriendo dulcemente—. Me gusta conocer a esa tú del pasado. Continúa.

—Él y yo comenzamos a salir. Siempre citas muy sanas: íbamos a tomar café, al cine, cosas normales. Anthony era sumamente respetuoso, nunca me tocaba de forma inapropiada o hacía gestos que insinuaran que quisiera propasarse. A mí me encantaba que fuese de esa manera, siempre me ha parecido detestable la gente que no respeta el espacio personal e incansablemente buscan formas de acercarse…

—Lo sé.

—¿A qué te refieres?

—Sé que eso te molesta

—¿Pero cómo?

—¿Recuerdas una vez cuando fuiste a llevarle comida a Melissa al trabajo hace como dos meses y medio? Tenías puesta una falda roja y tus pantimedias negras con el pelo recogido. Te veías muy bonita —acotó—. Recuerdo que me saludaste y Melissa fue a presentarte a un compañero de trabajo. Tú extendiste la mano, pero él la tomó para acercarte a él y darte un beso en la mejilla. Tú te rehusaste. Y continuaste extendiendo la mano para marcar distancia, él pareció comprender el mensaje de que no cederías a su agarre y te dejó ir. Cualquiera se hubiese inclinado y dado el beso, pero tú no. Al hacerlo no serías tú.

Era impresionante la claridad de sus recuerdos acerca de ese día, yo ni siquiera podía recordar lo que me puse ayer… ¡Mucho menos hace dos meses y medio! Andrés me miraba con una mezcla de ternura y gesto felino. La inminente cercanía y oscuridad sólo lograban acentuar aquello. Decidí hacer lo que cualquier mujer adulta haría.

Tomé otro *shot*, ignoré lo que sea que fuese esto y continué mi historia.

—Como te seguía diciendo —proseguí como si nada—, ¡yo sentía que todo marchaba de maravilla! Sin embargo, a Melissa nunca le gustó Anthony, no importaba lo encantador y amable que fuese con ella, las veces que halagara su trabajo de diseño, nada. Nada era suficiente para generarle simpatía. Cada vez que la interrogaba al respecto tenía las mismas respuestas: *no lo sé,*

Sabrina, no me parece un tipo confiable, hay algo en él que no me inspira confianza, tiene algo raro, no me da buena vibra y, seguidamente, iniciaba su cuestionario: ¿no te parece inusual que solo te agarre de la mano y no te bese con pasión?, ¿no notas algo diferente en su modo de ser contigo?, ¿no crees que hay algo raro en que todo el tiempo que llevan saliendo no haya intentado 'algo más'? Preguntas a las cuales respondía lo mismo: que él era un hombre tradicional, respetuoso, que creía en esperar para el contacto físico.

El día en que expuse mi tesis, Anthony llevó a sus padres para que me conocieran. Para ese entonces teníamos unos seis meses saliendo. Ellos se mostraron muy entusiasmados con nuestra relación, aunque la verdad nunca la llamamos de esa manera (en nuestra mente nosotros solo salíamos y disfrutábamos estar juntos, no había necesidad de darle etiquetas), pero aquel día me presentó como su novia, y al escuchar esa palabra ellos casi estallan de felicidad.

El día de mi tesis, además de Melissa, también me acompañó Xavi, para ese entonces no vivía aquí, sino en otra ciudad a cuarenta minutos. Cuando conoció a Anthony me dijo: «Él me parece conocido. Estoy seguro de haberlo visto antes, solo que no ubico de dónde».

Durante esa semana Xavi se iba a quedar conmigo y Melissa, y ese fin de semana yo iba a salir a un club nocturno con Anthony a celebrar, iba a ser nuestra primera salida en un sitio así y a mí me emocionaba hacer algo distinto con él —decidí omitir la segunda razón por la que me emocionaba esa noche en especial—, pero a última hora me dijo que tenía malestar estomacal y no se sentía bien para ir, que era mejor salir con Xavi y Melissa. Yo me ofrecí a verlo, pero él dijo que no quería arruinar mi celebración. Esa noche salimos los tres y a medianoche Xavi se nos separó y dijo que iría a otro club.

Este es un detalle importante: Xavi es gay y su pasatiempo es participar en shows como *drag queen,* así que fue a ver un show de *drags*.

Cuando Melissa y yo llegamos a casa, nos sorprendimos al ver a Xavi. Normalmente no llegaba sino hasta muy entrada la mañana del día siguiente. Sin embargo, estaba allí y nos esperaba con semblante petrificado. Cuando me vio se puso de pie y posó sus brazos en mis hombros:

—Anthony es gay —me dijo sin rodeos—. Lo vi besando a otro hombre en el club a donde fui, pero no solo eso, Sabri, él también estaba actuando. Anthony también hace *drag shows*. Por eso se me hizo tan familiar, porque lo he visto actuar en el club cerca de mi casa, en mi ciudad. Anthony está viviendo una doble vida. Y no creo que en la que tú estés sea la verdadera.

Yo no sabía qué decir, no sabía qué hacer. La única vez que me había dado la oportunidad en el amor y este era el resultado.

Ni siquiera sabía si era amor, pero era algo que nunca había sentido. Anthony me gustaba mucho, incluso esa noche quería ir más allá, quería que él fuese mi primera vez. ¿Cómo era posible que no fuese mutuo? ¿Cómo había podido engañarme por tanto tiempo?

—¿Qué hiciste? —preguntó Andrés, sorprendido por el giro que había tomado la historia.

—Pues pensé en hacer muchas cosas, desde confrontarlo en público en la universidad, decirle a su familia, ir a uno de sus shows y desenmascarlo —admití avergonzada—, pero lo cierto es que nunca podría hacerle eso a nadie. Sí, me sentía profundamente dolida, engañada e incluso humillada, pero una parte de mí no podía evitar sentir empatía. No es fácil tener que vivir una doble vida, no es fácil sentir que tienes que ocultar quién eres, a quién quieres amar. Pensé mucho en Xavi y su propia historia, y yo nunca podría ser capaz de hacerle daño a alguien simplemente por querer vivir su propia verdad, incluso si en el proceso yo había salido lastimada.

Así que hice lo que pensé que debía hacer. Lo llamé a mi casa y le dije que lo sabía todo y que era mejor terminar lo que sea que teníamos.

Anthony estaba furioso, me dijo que cómo podía creerle a Xavi por encima de él, que él no era gay, que todo era mentira, que cómo iba a creer que hacía *shows drags*, que si le daba la oportunidad él me probaría lo hombre que era.

—Preciosa, pero este cuento es increíble —dijo Andrés completamente enganchado—. ¿Y cómo reaccionaste?

—Cuando Anthony cuestionó a Xavi colmó mi paciencia y le di una bofetada —le dije seria sin inmutarme— y le dije que no quería volver a verlo, que me dolía que incluso ahora, teniendo la oportunidad de ser sincero y terminar como amigos, escogía seguir viviendo una mentira.

Y así fue, dejamos de vernos y hablarnos. Y nunca supe más de él hasta esta noche. Y no sé si lo viste, pero el local de donde salió es un club famoso de *drags*.

—Decir que estoy sorprendido sería quedarme corto —reconoció Andrés con una mueca divertida—. No te lo tomes a mal —dijo cauteloso—, pero me sorprende que tu actitud haya sido tan comprensiva desde el inicio. Siempre pensé que eras muy conservadora, pensé que la historia terminaría contigo juzgando y reprochándole.

No pude evitar mi cara de asombro e indignación.

—¡Andrés! ¿En serio piensas eso de mí? ¡¿Que soy alguien que juzga?! —pregunté.

—Preciosa —comenzó a responder Andrés enarcando una ceja—, ¡tú eres una persona que juzga! Y no tienes que sentirte mal por eso, pero tienes que admitirlo. Juzgas a las personas que beben mucho, que fuman marihuana, que no son ambiciosos, que tienen trabajos alternativos; juzgas música que no te gusta o gente que crees no es aseada. Tienes que admitirlo, sería muy sencillo pensar que ibas a juzgarlo.

—Está bien, puedo reconocer que a veces puedo tener opiniones muy fuertes que pueden interpretarse como críticas o parecer que estoy juzgando —reconocí entre dientes—, pero esas son todas cosas superficiales, jamás juzgaría a alguien en su ser, en lo que importa. Por eso incluso ahora, no podría estar molesta con Anthony, no realmente, porque él tendrá sus razones para hacer lo que hizo, para vivir su vida de esa manera. No puedo juzgarlo, solo puedo entenderlo, o al menos tratar de hacerlo.

—¿Alguna vez me juzgaste a mí? ¿A mis tatuajes, mi pasado con drogas? ¿Mi arresto? —me preguntó sin levantar la mirada y tomando otro *shot*—. No te culparé si lo hiciste.

—No, Andrés, ni a tus tatuajes, ni tu pasado con drogas, ni tu arresto. Me daba curiosidad entender cómo había sucedido todo, qué pudo haberlo desencadenado. Quería entender, no juzgar. Espero que no sea esa la impresión que tengas de mí.

—¿Y qué te gustaría que pensara de ti?

—Andrés, no hagas eso.

—¿Hacer qué? —preguntó inocente, aunque sabía muy bien de lo que hablaba.

—¿Estás coqueteando conmigo? —le pregunté directamente viéndolo a los ojos.

Entre los dos nos habíamos acabado la botella y con cada segundo que pasaba sentía el peso invisible del cansancio, el tequila y todas las confesiones de esa noche. Andrés me miraba también con semblante agotado, sin embargo, ninguno de los dos se levantaba.

Ninguno quería cortar el hilo que seguía tejiendo esta conversación.

Me costaba admitirlo, pero disfrutaba hablar con Andrés, incluso haciéndome sentir nerviosa, era fácil hacerlo.

—Preciosa, hay una dualidad de la que tú y yo no podremos escapar y tendremos que aceptarla —comenzó a decir solemne sin quitarme la vista de encima—: tú y yo nunca seremos amigos, siempre seremos algo más. No sé qué es, pero es algo más. Es un algo más donde nos reconocemos en el otro, pero también sabemos que no es en el otro donde encontraremos las respuestas que buscamos.

Hay personas que nos ayudan a entender mejor las preguntas y otros que nos dan las respuestas. Tú y yo juntos somos las preguntas.

Y afuera cada uno tiene a alguien que nos espera para darnos las respuestas.

No sé cuándo, no sé cómo. Pero hay alguien que nos espera.

Pero no puedo mentirte, no quiero —sonrió suavemente y alzó su mano para acunar mi rostro. No me moví. No sé si fue porque no podía reaccionar, o no quería, pero no me moví—. Te veo y no puedo evitar pensar que me gustaría que fueses mi respuesta. Descansa, preciosa —alejó su mano de mi rostro, y se alejó.

Yo me levanté sin decir nada y fui a mi cuarto.

Qué noche.

Agarré mi almohada, mi sábana y volví a mi habitación.

A la mañana siguiente sentí el peso del error que había sido tomar tanto un domingo cuando ahora, lunes, tenía que reunir la energía necesaria para levantarme, tomar mínimo tres litros de café para despertar, ducharme, desayunar, no lucir como una zombi postapocalíptica y salir al trabajo.

Salí temprano sin hacer ruido y no despertar a nadie. Todos seguían durmiendo. Incluyendo a Andrés en el sofá sin camisa.

Camino al trabajo solo podía pensar en la planilla de Excel que me esperaba en la oficina, tenía que entregar un reporte hasta el final del día y aún finanzas no me había enviado la información que necesitaba. ¡¿Por qué era tan difícil para las personas seguir instrucciones?!

Cuando llegué a la oficina no se hicieron esperar los buenos días pertinentes. El primero al portero, luego la recepcionista y, por último, uno sonoro y genérico para quienes trabajaban en mi piso.

Me gusta todo inmaculado. Mis compañeros dicen que se podría comer sin problema en el piso de mi cubículo y, pensándolo bien, creo que podrían tener razón. Todo está limpio, y muy por encima de eso, TODO está ordenado. Mis carpetas están organizadas en orden de tamaño y coordinadas por colores. Mis libros están apilados en una pequeña biblioteca improvisada que armé con un par de contenedores transparentes. Y, por supuesto, la pizarra donde escribo las prioridades del día.

Pero no todo es tan impersonal, en el escritorio tengo mi artículo favorito de toda la oficina: una foto de mi cumpleaños número veintitrés en la que salimos Melissa, sus papás, Xavi y yo, todos riendo alrededor de la torta que me había preparado la mamá de Melissa.

Tengo que reconocerlo: mi trabajo es desafiante y lleno de responsabilidades, pero me encanta, y más aún cuando era una de las pocas mujeres en ese departamento dominado por hombres, además de la más joven en el área. Sólo Kevin era cercano en edad, el sobrino inútil del jefe cuyo trabajo era casi el de un pasante y quien todos sabíamos estaba allí para cumplir un único propósito fundamental: el de besuquearse con la recepcionista en la sala de copiado. El resto me llevaba una media de tres a cuatro años.

Estaba en medio del reporte cuando recibí un mensaje de un contacto nuevo.

Era Fernando. Estaba invitándome a almorzar.

¿No era muy pronto? Si nos habíamos visto ayer, ¿por qué quiere verme hoy?

¿Es esto normal?

Pero también necesito pensar: ¿normal para qué? ¿ Es esta su manera de ser amigos?

Tal vez estoy leyendo demasiado entre líneas. Esto no tiene que sentirse como muy pronto, o muy tarde, es simplemente un almuerzo, ayer cenamos, hoy almorzaremos.

Eso es todo.

Vamos, Sabrina, no hay necesidad de sobreanalizar esta situación.

Dile que sí.

Le respondí diciéndole que sí y que solo tendría una hora para comer, que dónde quería que nos viéramos.

Por supuesto, Fernando quería venir a buscarme.

Seguidamente le envié otro mensaje con la dirección a mi oficina, y él me envió otro con un emoticón feliz.

Era oficial. Almorzaría con Fernando.

***

En la oficina no había novedades, solamente un encuentro con la recepcionista y Kevin besándose en la sala de copiado, usualmente me los topaba unas tres veces por semana en lo mismo, así que atraparlos en el acto no podía considerarse *novedoso;* de hecho, era meramente un gaje más de la rutina.

Estaba tomando unos apuntes finales en el computador cuando de repente recibí un mensaje de Fernando.

Ya estaba aquí.

Mientras bajaba en el ascensor no podía evitar preguntarme a dónde iríamos, qué pensaría Fernando sobre mi *look* de oficina; después de todo, este era mi verdadero yo. La chica que conoció anoche no era más que una versión esporádica de quien soy realmente. Mi yo consistía en una trabajólica a quien le gustaba el orden, la limpieza, detestaba las muestras físicas de afecto y tenía un sentido del humor sarcástico que bordeaba lo inapropiado.

Caminando hacia la calle donde estacionan los carros frente al centro comercial empecé a buscarlo con la mirada.

—¡Sabrina!

Escuché de repente y, al girar en dirección a donde provenía el grito, allí estaba él. Era Fernando, agitaba su mano saludándome y sonreía de oreja a oreja parado junto a su carro. Me acerqué lentamente, y al tenerlo frente a mí, incluso usando mis tacones, él continuaba siendo más alto. Me sentía absorbida por el tamaño, por su presencia, incluso más que ayer.

Creo que una parte de mí no quería repetir un encuentro tan pronto, porque el de ayer había sido tan especial que no sabía si podría igualarse, si tal vez la facilidad de hablar con Fernando se debía a una mezcla de novedad, alcohol y sorpresa, que tal vez no era tan guapo como lo recordaba, y que mi mente me había jugado una mala pasada recordando un rostro más atractivo del que en realidad tenía.

¡No que eso importara! Porque ya estaba claro que solo seríamos amigos.

Sin embargo, a la luz del día, seguía siendo él.

Era Fernando.

—¡Vaya! No sabía que tendría el honor de almorzar con una ejecutiva tan hermosa —me halagó sonriendo mientras me veía de arriba a abajo con admiración.

—¿De verdad te gusta el estilo? Esta es la Sabrina real, ayer era más una versión «Sabrina complace a su amiga Melissa» —le confesé tímidamente.

—¡Este estilo te queda fenomenal! Es muy tú, luces más tú que ayer. Creo que va más con tu personalidad.

—¿Y cuál sería mi personalidad? —inquirí enarcando una ceja.

—Cuando hablabas ayer te escuché, Sabrina, genuinamente lo hice, y tu personalidad es la de alguien que valora el orden y control, y eso va desde tu ropa, hasta tu trabajo y se extiende a tu forma de ser.

—No sé si me gusta esa definición. Suena como una persona terriblemente aburrida.

—¿Por qué tendría que ser aburrida? ¿Acaso no te gusta el orden y el control?

—Sí —confesé entre dientes.

—Entonces no tiene nada de malo, no tienes que encajar en la definición de divertida de alguien más. Yo creo que eres divertida como eres —y al decirlo me miró con ternura—. Ven —continuó—, no quiero que perdamos nuestro tiempo hablando en un estacionamiento. Súbete e iremos a comer —acto seguido, me abrió la puerta del carro y subí con él.

Y aquí estaba yo, depositando toda mi confianza en este hombre a quien solo conocía de un día, quien me llevaba a comer a un sitio misterioso y, lo peor de todo, es que me sentía tranquila. Y era esa tranquilidad la que me preocupaba.

Íbamos callados en el carro, solo con la música del radio haciendo las veces de fondo musical.

De repente, se estacionó en una parte muy bonita y bohemia de la ciudad. Había cafés, galerías, unas cuantas *boutiques* artesanales y dos librerías.

—Ven, aquí es.

Me bajé del carro y seguí a Fernando hacia un local de fachada con mosaicos que lo cubrían en su totalidad y evitaba que los transeúntes se asomaran en su interior. Arriba se leía *Estudio de Arte F. S.* Fernando sacó una llave de su bolsillo y abrió, sostuvo la puerta para mí y me indicó que pasara. A mi espalda susurró en mi oído.

—Hoy almorzaremos en mi taller.

No podía creerlo, ¡era su taller!

Al entrar, lo primero que saltaba a la vista eran todos los atriles con lienzos en ellos, algunos cubiertos con sábanas blancas y otros dejando las obras en evidencia.

El olor a pintura era avasallador, pero mi olfato se acostumbró rápidamente. La luz era tenue y había manchones de pintura en el piso de madera y las paredes, a pesar de ello, lucía pulcro. Como si la pintura no pudiese ser considerada sucio, sino, más bien, parte de la escenografía.

Había grandes estantes con utensilios e implementos de pintura. También vi dos cámaras profesionales y varios álbumes en la repisa. Al fondo había un mueble y, cerca de la puerta, una mesa rectangular con cuatro sillas. Encima de la mesa había varias bolsas de comida.

Fernando me siguió adentro y cerró la puerta tras de sí. Desde adentro tampoco se podía ver nada hacia la calle.

—¿Qué te parece? —me preguntó emocionado.

—Me encanta. Tu oficina es mucho más *cool* que la mía —contesté con una sonrisa.

—Pero te aseguro que la tuya no debe oler tanto a pintura —dijo apenado.

—Descuida, el olor no me molesta. Tu taller es precioso, Fernando.

—Muchas gracias, Sabrina, ¡pero ven! Siéntate, ya es hora de alimentarte.

Fuimos a la mesa y tomamos asiento uno frente al otro. Cuidadosamente empezó a sacar los contenedores con la comida. Había pedido comida mexicana y había nachos, fajitas, enchiladas, chimichangas y una ensalada sospechosa que, incluso sin probarla, podía sentir el picante.Por último, sacó dos sodas de la bolsa.

—Te debo el tequila —repuso guiñándome un ojo.

¡Gracias, Espíritu de José Cuervo, por salvarme de tu bebida del mal!

Mi cuerpo no iba a resistir otra ronda de *shots* como la de anoche.

—¡Adelante! Come lo que quieras, pedí un poco de todo para que tuviésemos variedad.

—Gracias, ¡todo se ve muy bien! Creo que empezaré con los nachos.¿Así que este es tu espacio de trabajo?

—Sí, cuando vengo a la ciudad, es aquí donde pinto. Hoy en día me gusta mucho y lo remodelé completamente, sin embargo, al principio estuve reacio a comprarlo.

—¿Por qué? Los inmuebles siempre son una inversión inteligente.

—Sí, lo sé, lo mismo dijo mi papá. Es solo que no me gusta tener cosas que me aten a sitios. Comprarlo fue sumamente difícil, porque no solo asumía un compromiso a largo plazo con el local, sino también con la ciudad, con el país.¡Básicamente con todo!, pero por primera vez en mi vida permití que el sentimentalismo me dominara y lo compré.

—¿Entonces? Dime. ¿Qué hizo a este sitio tan especial?

Fernando me miraba de la forma que ahora entiendo solo un artista puede hacerlo. Mientras me miraba era como si todo su ser lo hiciera, y en cada pestañeo se llevara un trozo de mí consigo.Estar ante sus ojos era sentirme tan expuesta como uno de esos lienzos descubiertos sobre el atril.

Él continuaba viéndome sin todavía contestar mi pregunta, parecía estar hallando en mí la respuesta de algo que tendría que haber estado en él. No lo entendía, pero era como si mirarme le recordaba el motivo que lo impulsó a comprar su taller.

Luego de unos segundos de contemplación profunda, muy despacio la comisura de su boca se curvaba en una sonrisa, y respondió:

—A veces simplemente sabes cuando algo es especial. Además —continuó—, este fue mi primer taller, creo habértelo comentado ayer, que aquí se encontraba mi primer taller de pintura, el sitio donde empecé genuinamente a trabajar como pintor. Antes el dueño lo alquilaba por horas, y a los dieciséis años comencé a venir de manera frecuente, primero un par de horas a la semana y luego jornadas completas y fines de semana. Trabajé creando y pintando sin parar hasta que cumplí dieciocho y fui a estudiar a la universidad.

Cada vez que regresaba, el dueño me lo alquilaba. No importaba lo corta o larga de mi estancia. Finalmente, hace unos tres años decidí comprarlo, además de que tenía un valor sentimental enorme, me dije a mí mismo que era lo más práctico. Siendo mío, podría hacerle las ampliaciones y remodelaciones que quería.

—¿Cómo es que siempre vuelves acá?

—Mis padres y hermanas viven aquí y estoy seguro de que lo harán siempre. Irónico, ¿verdad? Mientras yo soy un nómada, ellos son completamente sedentarios. Y esa, mi estimada Sabrina, fue otra de las razones por las que me decidí. De alguna forma u otra, siempre regreso a este sitio, en ocasiones por períodos muy breves y otros un poco más largos, pero siempre estaré atado a donde esté mi familia. Incluso si no es permanentemente, sé que donde ellos estén, eventualmente yo siempre terminaré llegando. Y bueno, ya que lo hago,¿por qué no trabajar en un sitio totalmente a mi gusto?

—Es curioso, no te hubiese tomado por un sentimental hacia tu familia.

—¿Qué parezco? ¿El hijo perverso que ha sido un dolor de cabeza para sus padres? —inquirió pícaramente enarcando una ceja.

—¡Sabes que no me refiero a eso! Tienes que dejar de pensar que tengo este concepto tan terrible de ti y los de tu profesión.

—A lo que me refería es que no lo sé, no te ves como el típico chico que llama a sus padres cada día, o que busca hacerlos orgullosos. Es solo que te ves tan autónomo e independiente, que por las cosas que me has dicho cuesta un poco visualizarte como alguien que siempre buscará la compañía de sus padres.

—Ellos son mis mejores amigos —dijo sin ninguna vergüenza—, ellos y las insufribles de mis hermanas pubertas son mis amigos y mi familia. Los amo con todo mi corazón. Busco constantemente regresar porque sé que para ellos aceptar mi estilo de vida no ha sido sencillo, mis padres vienen de familias muy conservadoras con hijos numerosos, es decir, ¡tengo nueve tíos y tías! ¿Puedes creerlo? Y todos mis primos ya están casados, o con novias o novios, algunos hasta tienen hijos, y todos viven cerca de sus padres, ya sea aquí en la ciudad, o en ciudades cercanas.

Pero yo no, yo decidí vivir mi propia vida haciendo lo que amo y siendo quien soy, ¡y nunca jamás ellos se han opuesto! Su apoyo ha sido incondicional en cada paso. Por supuesto a veces suelen ser intensos con ciertos temas —dijo rodando sus ojos. Ya podía imaginar que la palabra nietos quizás estaría involucrada en esos temas—,- pero son tonterías, digamos que gajes de padres.

Si te soy sincero, creo que mi vida también ha sido enriquecedora para ellos. No soy únicamente yo el que viaja, siempre les compro pasajes para que vayan y pasen temporadas conmigo donde sea que estoy. ¡Ellos disfrutan muchísimo! Y cada vez que algún tío les saca una foto de un nieto nuevo, ellos le muestran el álbum de viajes, o sacan algún recorte de periódico donde reseñan alguna nueva exposición mía.

—¿Y ese amor hacia tu familia hace que quieras formar una propia?

—No, no lo hace.

—No lo entiendo —admití confundida—. Me parece lógico que una persona tan cercana a su familia y a estar acostumbrado a tener hermanas cerca y estar rodeado de gente, quisiera tener su propia familia. ¡Incluso los verdaderos nómadas se desplazaban con miembros de su tribu! ¿No anhelas tu propia tribu?

—No —respondió sin dudas. Como si decir aquello fuese algo tan natural como decir su propio nombre—. No quiero casarme ni tener hijos. Ni siquiera quiero una novia cuyo cumpleaños tenga que recordar.

Ni siquiera titubeó al decirlo.

Aquel autor que escribió *No Man Is An Island* no había conocido a Fernando.

—Te dije que era un maldito imbécil —dijo mirándome fijamente.

—Eso lo dije yo, no puedes robar mi frase —dije guiñando un ojo—. Pero ahora, además de un maldito imbécil, lo que creo es que eres un egoísta que no quiere pensar en nadie más que en sí mismo.

—No apegarme a nadie es el acto más generoso que he hecho en mi vida —afirmó con absoluta confianza—. De esa manera le evito a otro ser humano la carga de tener que soportarme, la libro de mis ansias constantes de volar y de mi espíritu errante. Si no me apego a nadie no hay despedidas tristes ni besos melancólicos en aeropuertos. No hay duda del engaño ante la ausencia, ni el fastidio y la monotonía en la compañía.Si no amo a nadie, no la lastimo.

—Mientes —dije sin siquiera digerir lo que iba a decir—. Te mientes a ti mismo y le mientes a alguien más si le dices eso. ¡Tú mismo me dijiste ayer que habías lastimado a mujeres antes precisamente por no corresponderles! ¡Y que eso, a su vez, te había lastimado! ¿Lo ves? Es una cadena absurda. Donde te aman, salen lastimadas, y tú ni siquiera haces el esfuerzo de amarlas de vuelta. ¿Acaso tienes miedo? ¿Te engañaron en el pasado y eso te marcó fuertemente?

Al escuchar las dos últimas preguntas rodó sus ojos de forma tan sonora que casi escuché la córnea girar en su interior.

—Oh, Sabrina ¡Dime por favor que no eres una de ellas! —suplicó con hastío.

—¿Una de quiénes?

—De las *mujeres con corazón de hospital*. Estoy harto siempre de lo mismo. Las mujeres que se han enamorado de mí, todas han sido así.

Una mujer con corazón de hospital es aquella que cree que todo hombre está emocionalmente dañado, que ha sufrido, que tiene heridas del pasado que solo «su amor podrá curar». Es-tu-pi-de-ces —dijo lentamente—. Tienen este complejo de enfermeras en el que ven a un tipo que es un completo imbécil —al decirlo, se señaló a sí mismo—, quien, además, ¡muy enfáticamente se los dice! Y, aun así, creen que es un pobre niño magullado y dañado. ¡Y no es así!

Yo tuve una infancia feliz, padres casados con un buen matrimonio, disfruté una adolescencia normal como la de cualquier otro y he tenido una adultez tranquila. No han habido traumas del pasado ni problemas familiares, nadie nunca me ha sido infiel porque nunca he tenido una novia quien efectivamente pueda serme infiel.

Mi asco al compromiso no se debe a un miedo a la monogamia porque si tengo sexo con una mujer es de forma exclusiva, hasta que ambos decidimos dejarlo hasta allí y continuar. Nunca me han roto el corazón, porque, de nuevo, jamás me he enamorado, así que nadie nunca me ha importado lo suficiente como para lastimarme.

Y antes de que lo menciones, no, tampoco tengo miedo a ser herido. Simplemente me parecen tediosas las relaciones románticas, y creo que es una cosa asfixiante el desarrollar sentimientos profundos e intensos hacia otra persona, y luego sentir que ella se ha llevado un pedazo de mí consigo y ya no soy dueño enteramente de mis emociones. Así que si quieres buscarle una explicación al porqué no quiero esposa, novia o familia, pues piensa que sencillamente vine dañado de fábrica. Y eso no tiene reparación.

No se lo iba a reconocer, pero tenía razón.

Como mujer, muchas veces hacía eso, lo hice con Andrés, creyendo que solo necesitaba alguien que lo amase, que ese alguien sería capaz de sanarlo con su amor.

Aunque en ese caso, ¡tampoco estaba tan equivocada!¡El mismo Andrés me había dicho que deseaba ser amado! ¡Él sí estaba magullado por su pasado y anhelaba cariño!,pero Fernando no.

Fernando amaba su existencia en libertad, sin cadenas de amor ni afecto que lo ataran a alguien más. Sus palabras reflejaban su deseo de que se le dejara en paz siendo quien era y que no hubiesen más intentos de cambiarlo o, falsamente, ayudarlo.

¿Cuántas mujeres lo habrán amado? ¿Cuántas habrán intentado adentrarse inútilmente en su corazón?

Querer a alguien marca, pero rechazar el amor de otra persona también lo hace. Fernando era muy severo consigo mismo, quien lo escuchase pensaría que es un ser frío, pero no era eso no era lo que me transmitía.¿Cuánto de aquel autoflagelo sería causado por su remordimiento en no poder corresponder a ninguna de esas buenas mujeres?¿Y cuánto de esto que estoy pensando es real y no sólo lo que quiero ver?

—¿Estás convencido que estás preparado para tener una amiga? Porque mi amistad no viene a pedazos ni a ratos. O es todo o nada. No me gustan las cosas a medias —y era cierto. Después de todo, en aquel discurso de advertencia yo también tenía que ponerme firme. Si él quería dejar un precedente de su desapego, ¡pues yo tenía que dejar uno sobre lo que estaba dispuesta a tolerar!

—Mi amistad no te la propongo a medias. Te la doy completa, Sabrina. Esto que te he dicho es precisamente porque ahora eres mi amiga y quiero que me conozcas y sepas que voy a hacer todo mi esfuerzo en ser un buen amigo para ti, pero también quiero que sepas quién soy.

Que entiendas que no puedes ni debes idealizarme.

Que mis gestos son parte de mí, pues son parte de mi educación. No obstante, eso no borra ni aminora todo lo anterior que he hecho y te he contado.

Abrir la puerta de un carro no borra romperle el corazón a una mujer. Pagar una comida no elimina el irme sin despedidas. Te digo todo esto porque quiero honrar la promesa que nos hicimos ayer sobre siempre ser honestos.

Sé que anoche te embosqué pidiendo tu amistad, y creo que he sido injusto, porque si vas a tener un amigo, mereces saber qué clase de persona es, y hoy, sabiendo todo lo que te he dicho, quiero que lo pienses bien, y que sepas que yo sí te voy a dar mi amistad completa, pero quería que supieras a quién le estás dando la tuya.

—No soy una adolescente a quien hay que advertirle del lobo feroz. Yo soy una mujer. Y aunque no lo creas, también sé mucho de la vida y de lo que significa lastimar y ser lastimado. Y así como tú me has dicho lo que eres y lo que no, quiero que sepas que no soy una mujer con corazón de hospital. Al contrario, si algo he aprendido y sobre lo que estoy segura es que no se puede cambiar a nadie. ¡Incluso si es alguien a quien amamos profundamente!Los cambios son palabras mudas en oídos sordos cuando la persona no desea mejorar.

—¿Qué vida habrás llevado antes de llegar a tu presente? ¿Qué tanto tuvo que pasar en el corazón de alguien para que su alma madure tan pronto?

—Yo acepto tus advertencias, Fernando, pero tú tienes que aceptar mi silencio sobre eso.

—Puedes contar con eso, jamás te presionaría a decirme algo que no quieres, pero solo respóndeme algo: ¿tu pasado te causó dolor?

—¿Por qué? ¿Acaso eres un hombre con corazón de hospital? —inquirí sarcástica y alzando una ceja.

—No, Sabrina —contestó con una dulce sonrisa—, solo soy un hombre, pero ahora también soy tu amigo.

—Sí —contesté finalmente—. Mi pasado me causó mucho dolor, pero nada de eso forma parte de mi presente. Lo he dejado atrás, donde debe estar y por eso no me gusta hablar de ello. Entenderás que resulta complicado avanzar si constantemente se está yendo hacia atrás.

Soy Sabrina, no soy mi pasado, ni mi futuro, solo soy mi hoy. La que ves hoy, quien tienes frente a ti en este día.

—Uno no puede evitar verte y que despierte una gran simpatía, debe ser esa una de tus más grandes cualidades, ¡Ah! Y tu sonrisa.

—Ahora tú dime algo.

—Lo que quieras.

—¿Por qué yo?

—¿Cómo que por qué tú?

—¿Por qué entre tanta gente, tantas mujeres, por qué yo para ser tu amiga?

Fernando me veía con la transparencia del amanecer, pero con la fuerza de una ola que está preparada para arrollarte en la orilla. Y después de lo que se sintió como varios segundos, los segundos en los que la ola se prepara para estallar, ¡llegó! Y en lugar de agua salada y olor a mar, vino con una sonrisa.

—Porque sí y, además, ¿por qué no?

—Eres extraño, Fernando. Muy extraño, y puedo ver por qué a las mujeres les resulta encantadora esta aura de misterio. Sin embargo, lo que espero conocer es qué tal resulta nuestra amistad.

—Brindemos por eso. Por el comienzo de una amistad duradera. ¡Salud! —y, tal como ayer, tintineamos nuestros vasos, solo que estos un tanto menos elegantes, y llenos de soda, pero cargados de la misma solemnidad de la noche anterior.

Mientras comíamos, la charla continuaba. Fernando me habló de sus hermanas, de cómo cuando ellas eran pequeñas siempre les hacía pinturas en las paredes de sus cuartos, me contó que siendo adolescente hizo un curso de caricaturista únicamente para complacer a una de ellas, quien quería un mural en su habitación con todas las princesas de Disney.

Yo le hablé del yoga, de lo mucho que me ayudaba a serenar mi ansiedad, de cómo la meditación era parte de mi día a día. Fernando me escuchaba atento, pero sobre todo interesado, hacía preguntas, se mostraba curioso sobre el tema, y en ningún momento mencionó que el yoga le parecía algo absurdo y del *new age*, como a veces solían mofarse mis compañeros de trabajo cuando sabían que lo practicaba.

Me sentí tan cómoda que hasta le confesé mi deseo de ir a la India. Al mencionarlo, se emocionó muchísimo y se puso de pie rápidamente para ir hasta uno de los estantes y tomar un álbum de fotos. Resulta que siendo el trotamundos que es, ya Fernando ¡había estado en India! Me enseñó fotos y me contó que estuvo allí durante una etapa en la que no sabía si quería seguir pintando. Se había graduado de la universidad y se sentía perdido, sin rumbo, así que vino a casa, se despidió de sus padres, compró un pasaje de ida y se marchó. Así, sin mayor preámbulo.

En el aeropuerto compró una cámara y, al llegar, se quedó en un hostal con otros viajeros. Me dijo que en su primera noche le robaron todo su efectivo de la maleta, pero que habían dejado todo lo demás, su ropa y documentos estaban intactos, y su cámara la llevaba consigo.

Una persona ordinaria hubiese entrado en crisis, sin duda... ¡Yo lo hubiese hecho! Pero Fernando narraba esa historia con tanta paz y calma que indiscutiblemente su actitud del ahora era la misma que cuando ocurrió el incidente.

Me contó que se sintió libre y vio aquello como una oportunidad. Cada día salía temprano al alba y empezaba a fotografiar lugares, casas, tiendas, todo. Cuando llegaba al hostal las revisaba nuevamente, y aquella que le llamase más la atención regresaba al día siguiente y buscaba a las personas que vivían o trabajaban allí. Los fotografiaba, hablaba con ellos (incluso si el lenguaje resultase una barrera y ellos no hablasen español o inglés). Fernando trataba de conocerlos, de saber sus historias. Cada día hacía lo mismo. Recorría las calles sin mapa, ni destino, sin un reloj, ni efectivo. Solo eran él e India.

Le pregunté cómo hacía para comer si no tenía dinero.

—Fácil, me prostituía cada noche hasta la madrugada vendiendo mi cuerpo a mujeres mayores por tres mil rupias la hora.

¡Aquello me pareció insólito! Traté de fingir compostura y no mostrarme como una mojigata escandalizada pero estoy segura de que fallé estrepitosamente porque no tomó demasiado tiempo para que Fernando estallara en carcajadas y me llamara crédula ingenua. Le torcí los ojos de manera tal que casi sentí que nunca volverían a su estado original. Él continuó riendo y me dijo la verdad: que aquello de lo que había huido a India nuevamente lo había encontrado. La pintura.

Uno de los residentes del hostal estaba encantando en conocer a un pintor y le pidió a Fernando que le hiciera su retrato y que él mismo le compraría los materiales y le pagaría por hacerlo.

Y así lo hizo. Con la primera paga que recibió compró comida, lienzo y algunos óleos, y siempre los llevaba consigo mientras daba sus largos recorridos tomando fotos. La gente lo veía e inmediatamente le pedían que hiciese su retrato. Por supuesto, tenían que ser pinturas rápidas y con una técnica menos rígida que aquellas que había aprendido en la universidad.

Poco a poco Fernando retomó su amor por la pintura. En aquellas calles comenzó a desarrollar un estilo improvisado y aún así claro de aquellos a quienes pintaba.

Sus ojos se iluminaban al hablar de aquella época. A los siete meses volvió siendo un hombre nuevo, trajo consigo varios de sus lienzos de India y armó una exposición a su llegada, me contó que para su sorpresa aquello resultó un éxito rotundo. La sinceridad de sus cuadros y la simpleza de su trazo y materiales le concedieron buenos ingresos y la oportunidad de enseñar su experiencia en un simposio en México que duraría tres semanas, pero su estancia se extendió por dos años mientras estudió su maestría.

Escucharlo hablar de los sitios que había visitado y los lugares en los que había vivido era increíble. India, México, Marruecos, Barcelona, Costa Rica. ¡Tantos lugares!

—¿Sabes en qué sitio estuve a punto de quedarme para siempre? —me dijo en voz baja, como quien cuenta un gran secreto prohibido.

—Dime —respondí deseosa de saber.

—Lyon. Por vivir en Lyon hubiese plantado todas mis raíces y asentado mi alma ambulante.

—¡Francia! ¡Lyon! —comencé a exclamar emocionada—. ¡Yo siempre he querido conocerlo! De hecho, la empresa donde trabajo tiene una filial allá y en una oportunidad me ofrecieron el traslado.

—¿Y entonces? Si siempre has querido conocerlo, ¿por qué no tomaste el traslado?

—No lo sé —le confesé avergonzada—. Tuve miedo. Eso hubiese implicado una nueva mudanza, muchas despedidas. Y en aquel momento sentí que no podía soportarlo. Hasta el día de hoy, mi jefe sigue ofreciéndolo, pero yo no me atrevo a tomarlo.

—¿Qué te atrajo de Lyon?

—¡Por dónde comenzar! ¡Todo! He visto cuanto documental y película sobre la ciudad, y he leído su historia. En general, Francia me parece un país magnífico, pero si tuviese que elegir alguna de sus ciudades como predilecta, sin duda alguna sería Lyon.

—Aún estás a tiempo. Todavía puedes aceptar la oferta y emprender una nueva vida en Lyon. Me has dicho que amas tu trabajo y lo que haces. Estarías viviendo tu vocación y pasión en el sitio que siempre has deseado. Nada te detiene.

—Sí, hay algo que impide que me vaya. No quiero dejar mi hogar, las raíces que ya he cultivado. Estoy cansada de la incertidumbre de un nuevo destino, no tienes idea de lo mucho que me costó desprenderme de esa vida gitana que en algún momento tuve. Por ahora, mi bien más valioso es mi permanencia. Mi estabilidad. Lyon es precioso, sí, pero no sé si estoy dispuesta a sacrificar toda la calma que he ganado.

—Lyon puede ser una nueva calma, Sabrina —repuso suavemente.

—Quizás Lyon debe permanecer así, como una añoranza del corazón. Un deseo reprimido que nos da algo a lo cual aspirar. Lyon es para mí libertad y para ti el sosiego de la permanencia. Representa lo que anhelamos pero no estamos dispuestos a arriesgar. Al final, Fernando, la razón por la que rechazo Lyon es la misma por la cual tú lo hiciste. Yo me niego para que prevalezca mi estabilidad, y tú, para que no se perjudique tu independencia. ¿Lo ves?

Podía ver cómo mis palabras resonaban en él, casi como si escucharlas fuese el eco de un pensamiento que ya hubiese cruzado por su mente.

En el fondo, ambos sabíamos que requería mucha valentía escuchar los deseos del corazón, pues había que sacrificar parte de la cordura que ofrece pensar siempre de forma racional, incluso si los resultados llegasen a ser increíbles, incluso si todo lo que anhelamos se encuentra al cruzar esa puerta, una vez que se da el paso, permanecería la incógnita inaudible, aquella que sin decirla igual resonaría alta y sonora desde el fondo de nuestro ser: *¿qué pasa si has dejado todo por nada?¿Y si aquello que tanto deseabas no resulta lo que esperabas?*

El temor a que nuestras expectativas no sean satisfechas es, de lejos, mucho peor que el miedo a fracasar. Si fracasas caes de bruces ante un fiasco inminente que, si bien te deja en cero, también te permite recomenzar; sin embargo, cuando tu anhelo es cumplido, pero no exactamente con la grandeza de lo que aspirabas, es allí, en ese instante, cuando la duda asalta y te hace cuestionar si aquello que decidiste escoger verdaderamente compensa todo lo que has dejado atrás.

—¿Has visto alguna vez una película llamada *Casablanca*? —me preguntó finalmente luego de haber estado sumido en sus pensamientos.

—He oído de ella, pero nunca la he visto.

—¡Sacrilegio! —exclamó falsamente horrorizado— Es un clásico. ¡Una película de culto! Representa una de las mejores obras del cine norteamericano, algún día la veremos juntos..

Pero, retomando el punto, te menciono *Casablanca* porque los protagonistas tenían un dilema algo similar al nuestro. Para ellos, París representaba una ciudad muy importante, ya que allí se conocieron y enamoraron, no obstante, también simbolizaba un recuerdo amargo, pues fue también donde se produjo su separación y donde Ilsa abandona a Ricky sin despedirse. ¿Te das cuenta? Un mismo lugar representa el idilio y la sombra. Dos caras de una misma moneda.

Esos sentimientos contrariados eran precisamente los que impedían que alguno de ellos quisiese regresar a París. La bruma de los recuerdos se mostraba muy densa, y cuando los de amor los encontraba, también lo hacían los de melancolía y nostalgia. Sin embargo, París no se muestra como un arrepentimiento, ni tampoco los engaña con la promesa del retorno, no, se muestra como lo que siempre fue: la ambivalencia de emociones.

Y eso, mi estimada Sabrina, es lo que Lyon representa para ambos. Al final de la película, Ricky le dice a Ilsa una de las frases más memorables; *We'll always have Paris.*

No pude evitar sonrojarme por su forma de decir aquella última frase.

—¿Eso significa que *we'll always have Lyon*? —le pregunté intentando adivinar a dónde se dirigía con todo aquello.

Al escuchar mi pregunta sonrió e hizo una mueca alzando su dedo índice indicando que casi era la respuesta correcta.

—Estuviste muy cerca, pero lo que realmente quiero decirte es que *we'll someday have Lyon.* Incluso Ricky e Ilsa tuvieron que vivirlo a plenitud antes de que París formara parte de sus recuerdos, entonces, quién sabe, puede que algún día nosotros también vivamos Lyon. Quizás ese sea el propósito de habernos conocido, de entender que hay cosas que deben ser vividas enteramente independientemente de nuestros prejuicios, o temores, de entender que hay un modo más grande de sentir la vida que aquel que nos hemos repetido que es el correcto.

Cuando viví en Marruecos aprendí de los árabes que todo tiene su razón de ser y que no existe ningún encuentro casual, todo viene a nosotros con un propósito. Bueno —dijo después de unos segundos— quizás ese sea el nuestro.

Yo no era demasiado más joven que Fernando, apenas unos pocos años nos separaban, pero podía sentir de forma tangible el peso de su experiencia y todos sus conocimientos. Fernando era un hombre. En todo el sentido de la palabra.

Exudaba madurez y su forma de hablar y expresarse tan desenvuelta era prueba de alguien que incuestionablemente había vivido. Un hombre inteligente y guapo es un arma peligrosísima, una jaula de la que no se escapa fácilmente.

¿Acaso yo quería eso?

¿Era eso lo que significaba esta amistad?

¿Estar expuesta a esta arma que es Fernando?

No sé porqué me parecen tan refrescantes su honestidad, su calma, sus experiencias y su madurez.

No sé, pero quiero seguir averiguándolo.

Aunque sea un arma, aunque sea una jaula.

Ya habíamos terminado de comer y él me estaba enseñando sus cámaras, cuando de repente vi la hora y supe que ya tenía que regresar al trabajo.

Mientras me conducía de regreso continuamos hablando de todo un poco: me contó sobre la noche anterior y que al final tuvo que ir y dar una vuelta por su propia exposición y que se sorprendió muchísimo de ver que había gente que aún lo esperaba para escuchar su charla. Al mencionar eso, él mismo trajo a colación lo que le había prometido a Melissa sobre una exposición privada, me dijo que ese fin de semana sin ningún problema podría recibirla y a cuantas personas ella quisiera invitar.

Le dije que hablaría con Melissa para que fuese prudente y no lo molestara con demasiadas personas, me dijo que no había problema, que se sintiese libre de traer las que quisiera, y que él se aseguraría de que tuviese una tarde especial.

Antes de bajarme del carro y después de habernos despedido, me sostuvo en mi asiento rápidamente para impedir que saliera.

—Lo siento, sé que ya debes marcharte —repuso hablando de forma apresurada—, pero hay algo que me causa mucha curiosidad. Cuando te dije sobre mi deseo de no tener familia parecías algo afectada al respecto, y hablamos tanto de mi visión sobre el tema que pasamos por alto la tuya. Dime: ¿tú quieres una familia?

—Sí —contesté sin vergüenza—, deseo con todo mi corazón mi propia familia.

—¿Así que sueñas con esposo, muchos hijos, la casa, hipoteca, trabajo estable?

—Así es, sueño con eso y todo lo que trae consigo. Toda la parafernalia de una vida tranquila y estable, en la que tenga la seguridad de que siempre hay alguien en casa esperando por mí, y esa casa es más que solo eso, es un hogar.

No supe identificar la mirada de Fernando, no sabía si me miraba con lástima, como quien encuentra terriblemente mundano el deseo de una vida sencilla o si simplemente no comprendía cómo alguien podía aspirar cosas tan simples.

—¡Obviamente querer una familia no me hace ser una ama de casa! —repliqué a la defensiva— No es que piense que hay algo malo en ello, pero amo tanto trabajar que estoy segura de que si pasara todo el día en casa me volvería completamente loca. El querer una familia, con esposo e hijos no significa que no tenga ambiciones. ¡Tengo grandes metas y objetivos, Fernando! ¡Muchas! Aspiro ser la directora del departamento de importaciones de la empresa donde trabajo, y luego quiero tener mi propia empresa de consultoría y asesoría en el área de comercio internacional para grandes corporaciones trasnacionales.

Creo que el mundo ha avanzado a un punto en el que una mujer puede aspirar a ser madre, esposa y mujer de negocios sin que eso comprometa ninguna de las facetas.

—¡Vaya, Sabrina! Hubieses sido una abogada fenomenal —no era la primera vez que me decían eso—. No tienes que defender tus deseos, cada quien es libre de ser y hacer lo que mejor le parezca. El hecho de que quieras cosas distintas a las mías no significa que te juzgue. Al contrario, creo que es muy especial lo que quieres.

—¿Así que no te parece que soy una chica ordinaria con deseos de familia ordinaria, que quiere vivir una existencia ordinaria?

—Sabrina, no hay nada en ti que me parezca ordinario, ¿ok? Ahora suficiente, vas a llegar tarde a tu trabajo y no quiero ser el responsable de que el mundo corporativo se pierda siquiera un minuto de ti. ¡Anda!

Le dije adiós con una sonrisa y salí del carro. Al entrar en la oficina, todos me miraron sorprendidos, no era usual que yo llegara tarde, así fuese con unos pocos minutos, y creo que tampoco era usual la sonrisa con la que entré.

El día de la exposición, Melissa estaba eufórica, durante toda la semana solo hablaba de aquello. Había invitado a su jefa y, además, irían seis compañeras de trabajo, Álvaro y, por supuesto, Xavi, a quien, de hecho, yo invité, pues quería que conociera a Fernando.

Desde el inicio le repetí a Melissa que me parecía un abuso invadir el taller de Fer con tanta gente, pero ella seguía repitiendo que sus compañeras la matarían si se enteraban de que tuvo una exposición privada con Fernando Savater y no fueron invitadas.

Al principio no podía entender por qué tanto alboroto al respecto, es decir, a mis ojos Fernando era un hombre normal. Un artista, sí, pero un hombre sencillo. A medida que transcurría la semana quise saber el origen de tanta euforia e hice lo que toda mujer racional haría:lo busqué en Google.

Fernando no tenía redes sociales ni nada semejante, ni siquiera una página web donde promocionarse, sin embargo, mientras iba leyendo los resultados de la búsqueda, entendí que Fernando no necesitaba promocionarse a sí mismo, porque su trabajo y colegas ya lo hacían por él.

Al parecer, era muy conocido y respetado en la comunidad de pintores del país, así como también en el extranjero. Tenía obras suyas expuestas en distintas galerías internacionales y había tenido exhibiciones en varios museos importantes. Se decía que formaba parte del «Renacimiento de la pintura contemporánea» por su técnica novedosa y la variedad y sinceridad de sus obras.

Fer era demasiado modesto cuando hablaba conmigo y se reservaba todos estos logros y premios que había recibido. Lo único que me había dicho referente al aspecto *financiero* de su trabajo, era que después de aquella primera exposición que tuvo al regresar de India un agente lo contactó y desde entonces él ha sido el encargado de coordinar la venta de sus cuadros y pautar todo lo referente a los simposios, charlas… ¡Y hasta clases en universidades! En las que Fernando era invitado, así él no tenía que ocuparse de nada más que pintar y su agente se encargaba del resto y de asegurarse que lo que hacía fuese lucrativo, ya que si de él dependiese, pintaría en las plazas y colgaría su arte allí mismo para que todos lo disfrutaran.

Aquello me lo había contado el jueves cuando me sorprendió con unas hamburguesas en la oficina mientras estuve trabajando hasta tarde. A pesar de que no quedaban muchos en la oficina, la visita de Fernando no escapó de las miradas de quienes todavía estaban allí. Miradas curiosas, pero, también, lascivas. Fue tanto, que al día siguiente su visita me había costado un interrogatorio en el baño de mujeres en el que tuve que repetir infinidad de veces que él era sólo un amigo, a lo que algunas se mostraron incrédulas y otras, dichosas, pues eso significaba que estaba *libre*. Aquellas mujeres no tenían idea de lo *libre* que era.

No me sorprendía el haber tomado con tanta naturalidad conocerlo y no con la magnitud con la que lo veían Melissa y, posiblemente, el resto de sus compañeras, ya que para mí Fernando Savater era Fer. Mi amigo.

Lo único que me rehusé a buscar fueron sus pinturas.

Aquel día en su taller vi de reojo los atriles que estaban descubiertos, pero no pude acercarme a detallarlos. Hoy sería diferente: vería tal como el resto del grupo sus pinturas, las podría apreciar y observar si en ellas efectivamente estaba plasmado Fer.

Xavi y yo llegamos de primeros. Fernando quería ir a buscarme, pero le dije que sería absurdo que saliera a recogerme para luego regresar al mismo sitio de donde salió. Decidí llegar más temprano para ayudarlo a organizar el espacio en caso de que necesitara ayuda, pero, para mi sorpresa, nada de eso fue necesario.

Al llegar, el taller no tenía el olor a pintura que recordaba de la vez pasada, ni tampoco los manchones en el piso; por el contrario, se respiraba una fragancia agradable que luego descubrí provenía de unos inciensos encendidos en una esquina. También había dispuesto en la mesa bandejas de aperitivos y varias copas y botellas de vino tinto y blanco enfriándose en una cava abierta con hielo al tope.

Los atriles estaban todos alineados y descubiertos, y en ellos, los cuadros expuestos.

Realmente Fernando se había esmerado en cumplir su palabra. Esa, sin duda, sería una tarde especial para Melissa.

—¿Te gusta cómo se ve todo? ¿Crees que a tu amiga le guste?

—¿Gustarle? ¡Le va a encantar! De verdad no debiste tomarte tantas molestias. Melissa hubiese estado complacida incluso si solo fueses tú hablando bajo un árbol.

—¡Nada de eso! Además, recuerda que este es un regalo de tu parte, y ya que me has dicho lo importante que es ella para ti, quería que tuviese algo digno de su presencia en tu vida. Aunque para serte sincero, no puedo tomar crédito de toda la puesta en escena, la verdad tuve que ir a una empresa de *catering* para preparar la mesa de aperitivos y bebidas —confesó sonriendo.

Xavi empezó a acercarse sin ningún disimulo indicándome que ya era hora de presentarlo.

—Fer, quiero presentarte a alguien muy especial; él es Xavi. Mi gran amigo.

—Tu mejor amigo —me corrigió.

—Lo siento —respondí enarcando una ceja en su dirección. A Xavi le ofendía una presentación como sólo un *amigo*. Pensaba que era una disminución de su puesto oficial—. Él es mi MEJOR amigo. ¿Feliz?

Él asintió satisfecho y sonriendo con suficiencia.

—Mucho gusto, Xavi. He oído bastante sobre ti. Tenía mucha curiosidad de saber con quién compartía el privilegio de ser parte del círculo de Sabrina.

—Un placer conocerte, pero aclaremos algo: yo no soy parte del círculo. ¡Yo soy el círculo! Y déjame decirte, Fernando, sin importar qué tan grande haya sido tu curiosidad, no creo que se equipare a la mía. ¡Mi Dios! ¿Acaso tienes idea de lo difícil que es para Sabrina acercarse a alguien?

Pellizqué a Xavi en un costado para que se callara y no dijera nada de más

—¡Basta! ¡No me pellizques! —chilló con dolor exagerado. Sí, definitivamente Xavi no era una persona con quien contar si se esperaba un poco de sutileza— Si Fernando es tu amigo, pues entonces todos estamos en confianza, así que merece saber el gran privilegio que resulta tenerte de amiga.

—Lo sé —intervino Fernando—. Pero ven, tomemos una copa y hablemos de Sabrina a sus espaldas. ¿Te apetece? —le preguntó sonriendo y complacido de antemano, pues el rostro de Xavi revelaba un «¡por supuesto!» gigante.

No estaba equivocada. Entre murmullos se alejaron a la mesa de comida y yo recorrí un poco el taller caminando alrededor.

Ver a Fernando y Xavi interactuar daba gusto, charlaban y Fer tenía su sonrisa más brillante. Parecían estar congeniando mientras se servían una copa.

Quizás Fer le estaba contando lo mucho que solía mencionarlo, pero era inevitable que fuese así. Xavi es, junto a Melissa, la definición de amistad; sin embargo, y era aquí donde Melissa aún siente celos cuando él se lo restriega, nuestra historia se remonta más lejos que la de ella y la mía.

Le había contado que Xavi era arquitecto, uno muy bueno y solicitado, que su gran pasión era hacer shows como *drag queen* y, claro, que era gay, comentario que salió a relucir cuando me preguntó si alguna vez había tenido sentimientos románticos hacia mí, a lo cual yo no pude menos que reír estrepitosamente ante la sola insinuación.

Xavi es moreno, fornido, un poco más bajo que yo, y tiene ojos verdes. Le encanta vestirse como en las revistas y tiene un estilo impecable.

Efectivamente, nuestra historia tenía una data que superaba a la de Melissa. La primera vez que conocí a Xavi yo tenía catorce años y él tenía quince. Mi familia se había mudado a esa ciudad hace un par de semanas y al comenzar el colegio yo era, una vez más, la chica nueva. Recuerdo que para esa época yo estaba obsesionada con *Friends* y tenía el mismo corte de cabello que Rachel, lo cual era un poco disonante con una adolescente... ¡Pero a mí me encantaba!

Al entrar al salón, la profesora me presentó con el grupo y me asignó un asiento junto a otra chica; a mi espalda estaba sentado Xavi. Tan pronto me senté, tocó mi hombro para que girara y me dijo «AMO tu cabello. *Very* Rachel». Asentí en señal de gratitud y retomé mi posición original. Ese había sido el comentario más agradable que había recibido desde que me hice el corte.

Los otros chicos se mostraron curiosos con mi mudanza y querían saber de dónde venía. Aparentemente no era muy común recibir nuevos alumnos a mitad del año escolar, así que yo era una verdadera novedad. Traté de ser cordial sin mostrar demasiada cercanía, pues no sabía siquiera si lograría terminar con ellos el curso escolar.

A las pocas semanas, los chicos habían superado mi presencia, así que afortunadamente dejé de ser el centro de atención y, poco a poco, entendieron que me gustaba mantener mi distancia. Algunos me tomaron como presumida y otros como una simple introvertida. De cualquier forma, dejaron de centrar el foco en mí... excepto Xavi.Él siempre quería acercarse. En los almuerzos se sentaba conmigo en la cafetería y me hablaba de todo, durante los recesos me buscaba y quería estudiar conmigo. Yo no entendía de qué se trataba, así que un día durante la comida en la cafetería le solté de una:

—¿Acaso te gusto?

—¡Querida! ¿Estás loquita? Eres bella, pero tenemos mucho en común, por ejemplo: que a mí también me gustan los chicos.

Estoy segura de que notó la duda en mi rostro y agregó:

—Sabrina, soy GAY.

Desde ese momento, obviamente descarté que quisiera pasar tiempo conmigo porque le gustaba, pero seguí sin entender el motivo de su cercanía aun cuando yo me mostraba tan indiferente. No era nada personal, Xavi era divertido y simpático, pero era cuestión mía, yo no quería encariñarme con alguien a quien luego tendría que decirle adiós.

—He decidido que eres mi mejor amiga —me anunció un día de forma solemne—. Y esto merece una celebración. Toma —dijo entregándome un pin con una corona rosada en el frente—, este el símbolo de nuestra amistad.

—Pero, Xavi no lo entiendo, casi nunca hablo, solo escucho. No te he dicho nada de mí, casi no me conoces. ¿Cómo es que me vas a elegir para ser tu mejor amiga?

—Porque me agradas. He vivido aquí toda mi vida, siempre he visto a la misma gente y todos estos imbéciles convencionales son unos falsos que piensan menos de mí simplemente porque me gustan los hombres. ¿Sabes qué es lo peor? Que más de uno de esos *macho man* ha estado conmigo —dijo guiñando un ojo—. A lo que me refiero es que tú me escuchas, Sabrina, y no me juzgas. Me aceptas como soy y no te incomoda si me siento contigo o si te hablo durante horas. Creo que eres una chica increíble, pero también creo que estás muy tensa. ¡Necesitas relajarte!

—Xavi, no creo que sea una buena amiga…

—Mejor amiga —me corrigió.

—De acuerdo. *Mejor amiga*. No creo que merezca ser llamada de esa manera porque ni siquiera sé cómo ser una amiga. Xavi, yo no tengo amigos, no sé como tenerlos ni conservarlos —confesé con tristeza—. Me mudo mucho y la verdad no sé cuánto tiempo voy a estar aquí, no puedes darme un título tan grande como ese si ni siquiera sabes si podrás contar conmigo mañana.

—Pero, Sabrina —inició con la misma paciencia que lo ha caracterizado siempre—, lo importante es que cuento contigo hoy. El hoy es lo que me interesa. Cuando les dije a mis padres que era gay no pensé en lo que pasaría la semana siguiente, o el año entrante, o en dos navidades más adelante, no, solo me enfoqué en ese día, en superarlo y salir adelante. Eso es lo que debes hacer, Sabrina, no puedes alejar a las personas de tu vida pensando en lo que «podría pasar». Tienes que vivir el hoy, reina, pues es en el hoy donde todo sucede.

Incluso en ese entonces, siendo un adolescente de quince años, Xavi ya demostraba esa claridad que lo caracterizaría como adulto.

—No quiero más despedidas —le respondí—. No quiero sentirme triste cuando sea momento de decirte adiós.

—Sabrina, quiero que sepas que yo jamás dejaría a mi mejor amiga, así que incluso si te mudas, estaré contigo, no sé cómo ni de qué manera, pero estaremos juntos.

Eso había sido lo más bonito que alguien me había dicho. La ráfaga de emociones fue tan sobrecogedora que no pude evitar lanzarme sobre él y darle un gran abrazo.

Xavi da los mejores abrazos en todo el mundo, es como si fuese un gran árbol fuerte y sólido que junta todas tus piezas rotas. Me sentí tan abrumada por el sentimiento de finalmente tener un amigo, de tener la certeza en mi corazón de que era verdad, que de alguna forma ambos lograríamos hacer funcionar esta amistad, que empecé a sollozar en pleno patio del colegio en sus hombros.

Me sinceré, le confesé todo sobre mí, mi familia, la vida que había estado llevando y mi odio y disgusto hacia las mudanzas. Le dije que en ocasiones ni yo misma sabía cómo sentirme ante los cambios constantes, y que muchas veces la incertidumbre de no poder identificar mis propias emociones me hacía colapsar y sumirme en la tristeza. Le conté que el año anterior había sufrido de depresión severa durante ocho meses y tuve que ver a un psicólogo casi diariamente.

Le conté todo y por primera vez, en catorce años de vida, me sentí libre.

Xavi escuchó pacientemente y cuando finalicé no dijo nada, solo me estrechó más fuertemente en sus brazos y así todas mis piezas quebrajadas fueron juntadas por la savia de este gran árbol.

—¿Aún quieres ser mi amigo? —le pregunté al terminar.

—¡Definitivamente! Y no lo olvides, MEJOR AMIGO. Es más, hagamos algo, ya que has compartido tanto conmigo, quiero que seas la primera en saber de un nuevo pasatiempo que tengo y que me en-can-ta, ¡Hasta tú puedes participar! ¡Sí!¡Sí! ¡Será divertidísimo!

—¡Seguro! ¡Cuenta conmigo! ¿De qué se trata tu pasatiempo?

—Haremos shows transformados en mujeres —anunció con gran emoción y haciendo gestos de baile con las manos.

—Pero, Xavi —inicié tratando de resaltar lo obvio—ya yo soy mujer. ¿Cómo podría transformarme en algo que ya soy?

—¡Usa tu imaginación! Créeme, cuando termine contigo parecerás una verdadera mujer.

—No sabía que era una falsa.

—Tú y tus tecnicismos —repuso haciendo un deje con la mano restando importancia a lo que le había dicho—. A lo que me refiero es que no parecerás una adolescente, sino UNA MUJER. Mínimo te haré lucir de dieciocho esta noche.

—¡¿Esta noche?! ¿De qué tan tarde estamos hablando? Te recuerdo que aun cuando puedas hacerme lucir de dieciocho sigo teniendo catorce y dudo mucho que mis padres me dejen salir tan tarde.

—¿No les puedes decir que te vas a quedar a dormir en mi casa? Lo cual, de hecho, puedes hacer sin ningún problema.

Lo miré como quien considera absurdo traer a colación lo evidente, pero por lo visto con Xavi no estaba de más decirlo en voz alta.

—Xavi, tú eres un chico, yo soy una chica. ¿Entiendes? Para los padres no está muy bien visto cualquier plan que involucre jóvenes hormonales de sexos opuestos pasando la noche juntos. Creo que queda claro que las razones son bastante obvias.

—Sabrina, ¡pero yo soy gay! Soy tan gay que el diccionario debería crear otra palabra que pueda definir de forma justa y apropiada la grandeza de mi amor y deseo por los hombres. Incluso si llegaras a mi cuarto a mitad de la noche en tu traje de nacimiento, ¡eso no haría ninguna diferencia! Tus padres no tienen que preocuparse de que en nueve meses les llegue una sorpresa.

—Entiendo a lo que te refieres, pero quizás ellos no lo vean como una historia creíble. ¿Hay alguna forma de hacer el show en la tarde?

—Pues ahora que lo mencionas —inició en tono reflexivo—, hay un bar de karaoke para *drag queens* amateurs que organiza shows en función matiné. ¡Podemos ir a ese mañana!

Había tantos elementos nuevos en esa sola oración que tratar de comprender las implicaciones de cada uno me hubiese tomado todo el día, así que emití un único «de acuerdo» que sonara entusiasta y comencé a hacer lo que me había dicho Xavi: relajarme.

Al día siguiente faltamos a la última clase de la tarde en el colegio y corrimos a un centro comercial para prepararnos en el baño. Xavi tuvo que prepararse en el de hombres, pero, al salir, me alcanzó en el de mujeres para prepararme. Él tenía todos los implementos, ropa y maquillaje.

Casi no lo reconocí cuando entró al baño de mujeres. ¡Estaba impresionante!

Era toda una mujer. Una mujer muy bonita (cabe destacar). Cuando comenzó a arreglarme me dijo que hoy sería *Giselle.* Me explicó que desde que empezó a hacer este hobby, en cada show en el que participa crea un nuevo personaje con una identidad propia y por eso era de vital importancia darle un nombre y elaborar su personalidad.

Giselle sería una estudiante universitaria de Medicina cuyo sueño era ser reina del Carnaval en Brasil, y por eso su fuerte era bailar samba.

Xavi me maquilló de forma que realmente parecía de mínimo dieciocho años.

Al salir del centro comercial recibimos varias miradas curiosas detallando nuestra ropa estrafalaria y maquillaje extravagante, pero al estar protegida por el velo de mi nueva identidad (y por supuesto las capas de maquillaje que imposibilitaban ser fácilmente reconocida) no sentí vergüenza ni miedo. Al contrario, ¡me estaba divirtiendo como nunca!

Llegamos al local y estaba repleto de jóvenes *drags.* Según lo que me explicó Xavi, los shows que organizaba ese sitio eran muy populares entre el público más joven precisamente por el horario accesible.

Al adentrarnos nos anotó para participar en la atracción principal: el karaoke. Yo nunca, ¡jamás! Había cantado en un karaoke frente a un público, ¡ni siquiera me gustaba hacerlo en la ducha!, pero Xavi continuaba repitiéndome que sería divertido y que sin importar el resultado nadie me conocía. Se rehusó a decirme la canción y me dijo que el misterio aumentaría la emoción y el nivel de sorpresa.

Casi me vomito al pisar el escenario y ver a todos esos hombres y mujeres aplaudiendo eufóricos y contentos. Tomé el micrófono como quien se aferra la vida y traté de concentrarme en el gran televisor y adivinar por el sonido de las cornetas qué canción saldría en la pantalla.

Ay, mierda.

Mi corazón casi estalla cuando escucho el sonido de una samba y, de repente, veo la letra ilegible de la canción en portugués.

Miré a Xavi petrificada sin saber qué hacer, y él con una seña y confiado moduló en mi dirección *imítame.* De repente empezó a bailar y cantar tratando de pronunciar aquellas palabras desconocidas mientras mantenía el ritmo de la canción. Pensé que la gente nos abuchearía y estaba preparándome para correr del escenario, cuando caí en cuenta de que Xavi estaba disfrutando ese momento al máximo, no le importaba si lo que pronunciaba era incorrecto y si sonaban como disparates.Él solo estaba viviendo plenamente ese momento, y justo allí quise ser tan dichosa como él y comencé a imitarlo.

Hice el ridículo más grande de mi vida bailando samba descoordinada mientras masacraba el idioma portugués y esa canción, pero también continúa siendo uno de mis recuerdos más felices.

A partir de ese día, Xavi y yo nos volvimos inseparables. Conocí a sus padres, él a los míos y mutuamente nos reafirmaron lo mucho que la amistad de uno beneficiaba al otro.

Pocas veces en la vida uno conecta profundamente con alguien, creo que mi amistad con Xavi no fue una coincidencia, en lo más profundo de mi corazón sé que él fue el inicio de muchas cosas buenas en mi vida, porque luego de abrirle la puerta de amistad a él, llegó Melissa.

Tenía más de un año viviendo en la ciudad cuando de repente mis padres me comunicaron el fatal anuncio: nuevamente nos mudaríamos.

Sentí que me despojaban de todo lo que tanto me había empeñado en construir, de mi rutina, mis horarios, mis clases y, sobre todo, de mi único amigo.

Cuando se lo conté a Xavi, ambos lloramos desconsoladamente, pero él me recordó aquella primera promesa que me había hecho: que cuando llegase el momento de marcharme, él nunca me dejaría.

Al asentarme en la nueva ciudad, inmediatamente inicié mi rutina con Xavi. Cada noche hablábamos por teléfono, un día lo llamaba yo, y al siguiente él. Nuestra amistad había cambiado su formato y ahora se desarrollaba a larga distancia; sin embargo, el afecto seguía siendo el mismo (si acaso incrementaba por las ganas de vernos).

A los seis meses de vivir allí, Xavi me dijo que me tenía una sorpresa e iría a visitarme. Me pidió que no le preguntara nada al respecto y que solo estaría allí un par de horas, pero que al llegar me contaría todo.

Ver a Xavi después de lo que se sintió como una eternidad fue como si a mi árbol querido le hubiesen crecido nuevas ramas que me resguardaron al tenerme nuevamente en su presencia, y fue justamente en ese abrazo que Xavi me dio la noticia: había hablado con sus padres acerca de mudarse a un sitio más cercano a la universidad dónde estudiaría, cosa de que cuando se inscribiese oficialmente el cambio no fuese tan brusco, por eso, Xavi terminaría su año escolar viviendo con su tío en la ciudad vecina a la mía, la que solo quedaba a cuarenta minutos de distancia, lo que significaba que ahora podríamos vernos con mucha más frecuencia.

Para ese entonces, ya había conocido a Melissa, y saber que tendría a Xavi nuevamente cerca de mí me permitió reunir el coraje y la fortaleza de tomar las decisiones que comenzarían a dejarme construir mi propio camino lejos de aquel de mis padres.

—Toma —la voz de Fernando entregándome una copa de vino tinto me devolvió al presente y a nuevamente enfocarme en el ahora—. Tu amigo es bastante *cool*, tiene un punto de vista sobre la estética que es bastante interesante. Seguramente debe ser excelente en su trabajo.

—Lo es —admití orgullosa—. Es un arquitecto muy solicitado.

—Lo que también es seguro es lo mucho que te adora.

—¿No te contó historias vergonzosas de juventud?

—Nada que me sorprendiese —repuso sonriendo de medio lado.

Escuchamos la puerta abrirse y, con ella, el murmullo de todas las mujeres que acompañaban a Melissa. Álvaro parecía aturdido en aquel océano de estrógeno revoloteando a su alrededor. De lejos vi cómo Melissa avistó a Xavi y se le lanzó encima dándole un sonoro beso en la mejilla mientras él señalaba en mi dirección indicándole dónde estaba.

Melissa se acercó y, con ella, Álvaro, mientras Xavi se autoproclamaba anfitrión e invitaba a las demás mujeres a acercarse a la mesa de aperitivos

—¡Esto es increíble! ¡De verdad, muchísimas gracias, Fernando! No tienes idea de lo popular que me ha hecho esto en mi trabajo.

—No tienes nada que agradecer, Melissa —le dijo cálidamente Fernando—. Es un verdadero placer. Espero que lo que voy a exponerles cumpla tus expectativas y las de tu grupo.

—¡No lo dudes! ¡Oh! —agregó como niña pequeña que acaba de descubrir dónde sus padres han escondido los regalos de Navidad— ¿Esos son los cuadros? —preguntó mientras señalaba los atriles. Por inercia giré y casi como si me estuviesen revelando algo nuevo caí en cuenta de que durante el tiempo que estuve reflexionando sobre mi amistad con Xavi no los había detallado con calma. Ahora tendría que hacerlo junto al resto del público.

—Sí, estos que tengo acá no han sido expuestos y pertenecen a otra colección sobre la cual les daré un adelanto después de la charla.

—Iré a decirle al grupo que se acerque para que podamos empezar de inmediato. ¡No puedo esperar! —chilló emocionada y se dirigió a sus compañeras en la mesa

—Normalmente mi novia no es una quinceañera emocionada en el cuerpo de una mujer de veinticinco, pero realmente admira tu trabajo —dijo Álvaro educadamente tratando de excusar el comportamiento eufórico de Melissa.

—Nada que explicar, es halagador que después de tanto tiempo mi trabajo pueda emocionar de esa manera. ¿Cómo has estado Álvaro?

—Bien, todo tranquilo, necesitaba llegar a ti cuanto antes porque me urgía un encuentro con otro ser viviente que produjera testosterona en grandes cantidades. No te ofendas, Fer, pero vengo de un trayecto muy largo escuchando a mujeres alborotadas a causa tuya. Es decir, me agradas, pero no lo suficiente para escuchar las cosas que quieren hacerte.

¡Vaya! ¡Pero qué sorpresa!

Así que Álvaro no quería escuchar lo que otras mujeres querían hacerle a Fernando, pero YO sí tuve que soportar la versión en audiolibro del Kama Sutra cortesía de él y Melissa hace un par de días.

Poco a poco, Xavi y el resto de las mujeres se fueron acercando. Había muchas que conocía y otras completamente nuevas para mí.

Fue fácil identificar a la jefa de Melissa. Yo nunca la había visto en persona, pero Melissa me la había descrito muchas veces. Era una mujer en sus treinta, yo calculaba unos treinta y tres, delgada y con una cabellera rubia que, si no era natural, hacía un muy buen trabajo fingiendo serlo. Tenía una mirada felina y, por alguna razón, era de esas mujeres que podía hacerte sentir un tanto incómoda con su exceso de confianza, casi bordeando la arrogancia. Tenía una postura muy recta, y estaba maquillada sin que un trazo se saliera de lugar. Tenía puesto un jean rasgado, una blusa roja de escote BASTANTE pronunciado en el que dejaba en evidencia un par de cosas en las que seguramente había invertido sus últimos sueldos.

Fernando empezó a presentarse con cada una de las presentes estrechando sus manos y dándoles la bienvenida. Ellas habían llegado a nosotros, así que él conseguía desplazarse hacia cada una sin alejarse de mi lado. De reojo vi cómo la jefa le susurró algo a Melissa en el oído y entonces ambas se aproximaron aún más hacia Fernando.

—Fernando, ella es Natasha, mi jefa, es una gran fan de tu arte.

Natasha, ¿quién se creía ella? ¿Parte de los *Avengers*? De entrada podía decir que *Natasha* era un nombre que no pronosticaba nada bueno.

Recordé lo que me dijo Andrés, que yo juzgo, pero él está equivocado. ¡Yo no juzgo! Solo hago observaciones evidentes. ¿No es evidente que Natasha no lleva sostén? ¿Y no es evidente que le pidió a Melissa acercarse a Fernando? O que ella no sabe si Fernando y yo somos algo más que amigos.

No lo somos.

Pero ella no lo sabe.

—Mucho gusto, Natasha. Me contenta mucho que te gusten mis pinturas. Ojalá también disfrutes la charla —le dijo cortésmente estrechando su mano, a lo que ella muy hábilmente lo jaló hacia sí y le dio no uno, ¡sino dos besos en las mejillas!

¿Dónde piensa ella que estamos? ¡¿El sur de Francia?!

—Tan pronto me enteré de que Melissa tendría una exposición privada con el gran Fernando Savater supe que tenía que asistir de cualquier modo —¿qué demonios insinuaba con eso? ¿Que hubiese sido capaz de asistir sin invitación?—. Suena algo infantil decir esto, quizás como lo que una niña en sus veinte diría —y, al decirlo, ¡puedo jurar que me miró directamente!—, pero he sido tu admiradora desde hace varios años, solo que nunca había tenido el placer —decía esta palabra como si solo el hecho de pronunciarla tocaba su punto G— de conocerte en persona. Eres mucho más guapo de lo que decían.

¡Llévatelo a un hotel! ¡Enciérrate en el baño con él! ¡Anda! ¡Corre a sus brazos con tus pezones radioactivos y tu voz sexy de fumadora!

Antes de que Fernando pudiera decir algo, de repente se escuchó un abrir brusco de la puerta y una chica entró con aire confiado caminando como bólido directo hacia Fernando. Tenía unos veintisiete años y el cabello muy corto y negro casi al ras de las orejas con zarcillos que adornaban todo el cartílago; iba vestida con shorts de jean, Converse y una camiseta de Judas Priest; no llevaba maquillaje pero, aun así, lucía muy bonita.

Hizo caso omiso a todos los presentes y al llegar a él no midió palabras y le plantó un beso en la boca.

No sé quién estaba más sorprendida, si Natasha o yo.

Fue un beso rápido, de aquellos que transmiten costumbre y familiaridad al hacerlo. Estuve atenta al rostro de Fernando a ver cómo reaccionaría luego de que la chica se despegara de él.

Fer le dio un gran abrazo.

—Llegas tarde —le dijo sonriendo.

—Pero al menos llegué, ¿no? Ya puedes comenzar.

—Ok. Ahora, damas y caballeros —agregó mirando a Xavi y a Álvaro—, demos inicio a la exposición sobre el arte contemporáneo en el siglo XXI.

Mientras Fernando comenzaba a hablar, la chica se alejó y se paró en el mismo sitio que el público. Yo también me alejé para darle espacio. Natasha escuchaba atenta a Fernando, pero de vez en cuando podía notar cómo le lanzaba miradas asesinas a la chica recién llegada.

Era curioso, pero a pesar de que ella hubiese tenido un gesto más íntimo con Fernando que los dos besos que le dio Natasha, el de la primera no se sentía invasivo, al contrario: parecía que éramos nosotros quienes interrumpíamos algo. La manera de besarlo, tan veloz pero contundente, se sentía cotidiano, como si fuese parte de su rutina, de su *relación* (cualquiera que fuera).

Despejé mi mente de la escena anterior y de todo lo demás, y tal como una de esas fanáticas en el público, me concentré en escuchar a Fernando.

Su desenvolvimiento mientras hablaba era increíble: se movía con confianza y articulaba todo de forma pausada buscando cautivar a su audiencia. Yo no tenía idea de la evolución del arte en este siglo, pero sentía que estando allí, oyendo a Fernando, ya estaba aprendiendo todo lo que necesitaba saber.

No sé cuánto tiempo le tomó dar la charla, ni siquiera me había molestado en mirar el reloj, pero estoy segura de que debió ser un buen rato, porque de momentos se excusaba y daba un sorbo a su copa para luego continuar hablando. Cuando estuvo a punto de finalizar miré alrededor buscando a Melissa, quien se encontraba abrazada a Álvaro completamente enfocada en lo que decía Fernando; esa mirada de deleite de Melissa hacía que toda esa tarde valiese la pena.

Al terminar, todos aplaudimos y Fernando hizo señas para que nos detuviéramos haciendo ademán de que realmente aquello no era necesario y que aún faltaba algo más.

—Ahora, la segunda parte de esta tarde, y ya les prometo que no tendrán que seguir escuchando mi voz… ¡Hasta yo estoy cansado de oírme! —mencionó riendo— Si se acercan a los atriles pueden ver una parte de lo que será mi próxima exposición, la he llamado *Cárcel con olor a libertad*. Lo que ven a continuación son cinco de los veintitrés cuadros que conformarán esa serie. La pinté mientras estuve año y medio en Ecuador, país donde viví hasta hace poco.

Desde hace algún tiempo quería plasmar la dicotomía de los rostros de los prisioneros mientras estaban recluidos y luego una nueva interpretación de ellos cuando salían en libertad. Cada una de estas pinturas es el rostro de un hombre que ha sido víctima, ya sea de sus propios demonios y los delitos que ha cometido, o del fallido sistema judicial penal ecuatoriano, de cualquier forma, quise implementar algo nuevo y en lugar de hacer dos retratos que simbolizaran un antes y después, opté por realizar en un mismo rostro ambas facetas.

Fernando se hizo a un lado dando permiso a que se acercaran a los atriles y apreciaran de cerca las pinturas.

¡Su trabajo era impresionante! Sus retratos eran casi fotográficos, pero a la vez había pinceladas corridas, como trazos sueltos donde se mezclaban colores y te recordaba que era una pintura. Era el llamado a la realidad. No pude contenerme y tocar mi pecho a la izquierda, como si ese acto me permitiese conectar más íntimamente con aquellos rostros frente a mí. Su obra conmovía.

Estaba tan absorta mirando los retratos que no sentí la presencia de la persona a mi lado sino hasta que escuché su voz hablándome.

—Son increíbles, ¿verdad? —parecía una pregunta, pero la verdad era más una afirmación. Cuando me giré para contestarle no pude evitar sorprenderme al descubrir que era la chica de los *shorts* y el beso.

—Sí, son preciosos. Fernando es un verdadero artista.

—Es tu primera vez viendo sus obras, ¿cierto? —tampoco era una pregunta.

—¿He sido muy evidente?

—En lo absoluto —respondió con una sonrisa— es solo que cuando conocí por primera vez el trabajo de Fernando, yo también puse la mano sobre mi pecho. Me sentí profundamente tocada por su arte. Es un pintor muy talentoso.

—Lo es, sin duda lo es —no sabía qué más decirle. ¿Qué sería ella de Fernando? ¿Una amiga? ¿Acaso me importaba? La verdad no, pero me da curiosidad. Es solo eso— ¿Tú y Fernando son amigos desde hace tiempo?

—Dios, ¡no! —respondió rápidamente riendo, como si la pregunta fuese un total absurdo— Conozco a Fer lo suficiente como para saber que él no tiene amigos. Digamos que eso no es lo suyo, pero si te refieres a tiempo, eso sí, nos conocemos desde que estábamos en secundaria.

—Disculpa que lo pregunte, pero ¿conocerlo desde hace tanto tiempo no hace que lo quieras como a un amigo?

—Claramente eres nueva —no comprendí a qué se refería con eso—. Yo adoro a Fer, y no sé por qué te estoy diciendo todo esto, pero me da la impresión de que tal vez lo conoces desde hace poco, así que toma esto como un consejo: Fernando no es una persona de quien uno pueda depender emocionalmente, incluso como amigo, sencillamente porque nunca está, y porque sin importar lo mucho que le des de ti, solo da de sí mismo a su arte.

Lo que decía se parecía mucho a lo que el mismo Fernando siempre me repetía. Significaba, entonces, que él no estaba siendo exagerado; al contrario, estaba siendo realista. Sin embargo, una persona así no tendría por qué conservar conocidos durante tanto tiempo. Tenía que haber algo más con esta chica.

—¿Cómo han permanecido en contacto durante tanto tiempo?

—El hecho de que Fernando no sirva para ser amigo, no quiere decir que no sirva para otras cosas —y, al decirlo, me miró como si su mensaje fuese tan claro como el agua.

No tenía idea de a qué se refería.

—¡Vamos! —dijo riendo y golpeando mi brazo en señal de complicidad— No hay que ser tímidas al respecto. Créeme, ¡no hay nada malo en admitir los muchos otros talentos que tiene Fer fuera de la pintura!

¡¿De qué demonios estaba hablando?!

Por lo visto, esta chica era ajena a mi mirada de confusión absoluta, porque continuó hablando como si yo entendiese a la perfección lo que decía.

—Mira, no sé cómo esté funcionando todo el asunto entre ustedes, o si ya lo hicieron, ¡por favor, qué cosas digo! ¡Claro que ya tuvieron que haberlo hecho! —se corrigió— Te digo una cosa y creo que ambas podemos coincidir en esto —agregó guiñando un ojo—: Fer es increíble en la cama. Es que, de verdad, hay que reconocer que el hombre tiene un gran talento y sabe lo que hace —¡no puede ser! Esta mujer era (¡o es!) una de las *compañeras* de Fer y, peor aún, ¡me tomaba como una de ellas!— ¿No te parece que es el mejor que has tenido? Te digo una cosa, yo desde el primer momento lo supe, si yo era incapaz de tener sentimientos hacia Fernando aun haciéndome sentir todas las cosas que me hacía sentir en la cama, ¡pues definitivamente yo tenía que ser gay! Y vaya que lo era —concluyó sonriendo ampliamente.

Ok. Oficialmente esta conversación había ingresado en la dimensión desconocida.

—¿Gay? —fue lo único que alcancé a preguntarle—, pero no lo entiendo, ¿cómo puedes ser lesbiana si estuviste con Fer?

—Siempre fuimos cercanos durante la secundaria, y cuando se mudó para estudiar en la universidad nos mantuvimos en contacto. De adolescentes siempre coqueteamos y había uno que otro toque travieso —no puedo creer lo gráfica que está siendo esta mujer conmigo—, pero yo siempre me sentí confundida, por más que intentaba tener algo con un hombre, de alguna forma u otra terminaba gravitando hacia las mujeres. Al principio creí toda esa basura que te venden las revistas adolescentes y me convencí a mí misma de que no se trataba de que me gustaran las mujeres, sino que simplemente no había conocido al *chico ideal.*

Cuando años más tarde coincidí nuevamente con Fernando, él era todo lo que yo quería en alguien: tenía una profesión abocada al arte, buen gusto en música y películas, seguía siendo guapo y al verlo supe que seguía esa atracción carnal de cuando éramos jóvenes. Eso fue hace unos tres años, y para ese entonces yo sentí que necesitaba una respuesta, ya había intentado con otros tipos y seguía sintiendo que faltaba algo, con Fernando fui directo al grano y le dije que necesitaba comprobar si realmente me gustaban los hombres o no.

—Pero ¿por qué precisamente con Fernando?

—Porque sabía que si no funcionaba con él, si no sentía esa chispa, pues era definitivo: no funcionaría con ningún otro hombre. Y fue así. Pero te digo algo —agregó luego de una pausa—: ¡cuánto nos divertimos mientras yo descifraba todo aquello! Una noche con Fernando Savater te transforma por completo. No sé si sea algo innato o producto de lo aprendido en sus viajes, pero juro que cada vez que recuerdo las noches juntos, quisiera ser heterosexual.

—¿Noches? —inquirí al notar el plural— ¿Te tomó mucho tiempo comprobar que te gustaban las mujeres?

—¡No! Eso lo descubrí esa primera noche, es solo que… —se detuvo tratando de encontrar las palabras correctas— digamos que eres vegetariana y has sido vegetariana durante toda tu vida, pero de repente alguien te da a probar una hamburguesa, y resulta ser la mejor hamburguesa de toda tu vida. ¡Esa hamburguesa no se compara a nada! Obviamente no puedes hacer que la hamburguesa forme parte de tu dieta porque no va acorde a tu estilo de vida, pero, al mismo tiempo, sabes que es única y solo la venden en un restaurante ambulante, y ese restaurante estará poco tiempo en tu ciudad, entonces, ¿qué haces? Pues lo que toda vegetariana coherente haría —y antes de continuar me miró fijamente a los ojos mientras sus labios se curvaban en una sonrisa—: comes hamburguesa cada día, a cada hora, disfrutando cada mordisco hasta que el restaurante se vaya. Y cuando finalmente se marche, no tendrás ningún remordimiento porque, ¿sabes algo? ¡Ha sido la mejor hamburguesa que has comido! ¡Punto!

¿Debería sentirme culpable por tener hambre después de escuchar todo eso?

—¿Entonces cada vez que el restaurante volvía tú comías hamburguesa?

—Sí, e incluso invité a mi novia a que también la probara.

—¡Mentira! ¿Es en serio? ¿Y Fernando accedió?

—¿Me estás preguntando si Fernando accedió a tener un trío con dos mujeres? —su pregunta claramente era retórica.

—Claro, debí suponerlo.

—Pero háblame de ti. ¿Desde cuando estás con Fer?

—No, no, no. Fernando y yo no somos así de verdad. Sólo somos amigos, o sea, comemos y ese tipo de cosas.

—¡Claro! Se comen.

—Sí, exacto... Espera, ¡no! ¡No de esa manera! Nosotros no *nos comemos*, nosotros comemos, ¿sabes? Comida y ese tipo de cosas digeribles. ¿Por qué crees que entre tanta gente sería yo quien tuviese una relación así con Fernando?

—No lo sé. Cuando llegué estabas junto a él, muy cerca, y sé que suena tonto, pero, a veces, eso es todo lo que se necesita para notar algo. Además, eres muy bonita, no hay razón por la que no pudieses estar con él.

—Oye, de verdad creo que ha habido un error, lo que sucede es que…

-¡Hola! —interrumpió de repente Fernando acercándose a nosotras.

—Fer, estaba hablando de ti —le dijo risueña la chica, cuyo nombre todavía no sabía.

—Charlotte —¡ah! Ahí estaba mi respuesta—, me sorprendería si no lo estuvieses haciendo. Pero no sé cómo sentirme al respecto, sobre todo viendo a quién se lo dices. ¿Recuerdas que te dije que quería enseñarte algo?

—Sí, te iba a buscar, pero me quedé charlando con… —Charlotte, cuyo nombre ahora conocía, miró en mi dirección buscando ayuda para que yo tuviese la cortesía de darle el mío.

—Sabrina —respondí.

—Me quedé charlando con Sabrina, pero iba a buscarte para que me dijeras. ¿Es acaso un nuevo cuadro? ¿Es eso lo que te daba tanta emoción mostrarme?

—No, lo que te iba a enseñar tú lo encontraste primero, y es a Sabrina. Por eso te invité a que vinieras, quería que la conocieras. Charlotte, ella es Sabrina, mi amiga, y Sabrina, ella es Charlotte, hemos sido cómplices de muchas aventuras desde que éramos adolescentes —vaya que sí, Fernando. Vaya que sí.

Pero, a todas estas, ¿qué significaba eso? ¿Él la invitó solo para conocerme? Eso no tenía sentido. ¿Por qué haría eso?

Charlotte parecía petrificada. Llevó sus manos al rostro en señal de vergüenza y mirándome a mí y Fer no podía ocultar su cara de sorpresa.

—¡Mierda, Fernando! ¡Soy la peor! No, ¡tú eres el peor! Si ya sabes cómo soy, ¡¿por qué no me dices estas cosas con tiempo para prepararme?! ¡Tú sabes que yo sufro de verborrea! ¡Hasta le he contado de los tríos!

—Charlotte —le dijo con voz serena pero contenida—, claro que hubiese preferido que no contases tantos detalles tan pronto, pero Sabrina es mi amiga y, por lo tanto, sabe de mí y de todo lo que eso involucra.

—¡Lamento tanto haber pensado que tú y Fer tenían algo! ¡Mierda! Espero que no te hayas ofendido... Aunque tampoco hubiese tenido nada de malo estar con Fer de esa manera, o sea, no es que la forma en la que estés ahora sea mala tampoco. Solo estoy empeorando todo, ¿verdad?

—Un poco —le respondió Fer—, pero no te preocupes. Sabrina es mi amiga, por eso te invité. Lo que sucede, Sabrina —esta vez estaba dirigiéndose a mí—, es que Charlotte siempre ha tenido un concepto bastante acertado sobre mi persona, de allí la naturaleza de nuestra relación, la cual estoy seguro —miró de reojo a su ex compañera sexual alzando una ceja—, ya te habrá comentado. Pero eso no evitó que siempre insistiese en la necesidad de tener a una persona fuera de mi familia a quien pudiese considerar mi amigo, y viceversa. Y aquí estás tú. ¿Qué te parece, Charlotte? En mi primer intento de tener una amiga y ha accedido aun sabiendo estas cosas despreciables de mí. Extraordinario, ¿verdad?

—Sin duda lo es, Fer. Espero que con todo lo que le he contado no haya espantado a tu única amiga.

Inmediatamente, ambos me miraron buscando una respuesta.

—En lo absoluto. Fernando es mi amigo y la amistad conlleva una aceptación incondicional, aun cuando eso incluya tríos y orgías locas con decenas de mujeres —comenté a modo de broma, pero ambos se dieron un vistazo rápido como quien rememora una anécdota compartida.

Repentinamente escuché cómo Melissa llamaba a Fernando para preguntarle algo sobre uno de sus cuadros.

—Lo siento, me están llamando. Ya vuelvo.

De nuevo, estábamos Charlotte y yo solas.

—De verdad, quiero que sepas que nada de lo que dije tuvo la intención de ofenderte, yo solo… solo pensé que también conocías a Fer de esa manera.

—Descuida. Realmente no me siento ofendida, fue solo una confusión, obviamente tú conoces a Fernando y su entorno por mucho más tiempo que yo, así que seguramente tuviste tus razones para pensar eso.

—Bueno, es que esa es la cosa. Sí he visto a una que otra persona con la que Fernando ha estado, pero siempre por accidente, ¿entiendes? Él nunca me ha presentado a nadie, ni ha hecho una introducción formal de esa persona, quizás sea un poco duro decirlo de esta manera, pero posiblemente sea debido a que ellas realmente no son importantes para él. Como te dije, no es el ejemplo de alguien que vaya por la vida teniendo sentimientos hacia muchas personas.

—Sí —concordé con ella—. Fer también me habló de su postura sobre los sentimientos, o mejor dicho, de la falta de ellos.

—¿Sabes qué es curioso? Fernando odia traer gente a su taller y detesta dar exposiciones. A decir verdad, esta es la primera vez que vengo. Por eso salté en aceptar su invitación. Imaginarás mi sorpresa cuando me dijo que tendría una presentación *privada*. Casi me caigo de espaldas. El gran Fernando Savater dando una presentación voluntariamente… ¡Y en su taller! Supuse que tendría una muy buena razón para hacerlo y que lo que quería enseñarme sería sorprendente —hizo una pausa y me miró de arriba abajo— y lo fue. Nunca pensé que llegaría a conocer una amiga de Fer.

—Para mí también es bastante nuevo esto de tener un amigo. Durante toda mi vida solo he tenido dos —no podía creer que ahora era yo quien estaba revelando de más a esta chica. Ella transmitía sinceridad, como la de alguien que no te mentiría. Evocaba confianza. Después de todo lo que me había contado, lo menos que podía hacer era retribuir un poco de la misma complicidad—. Si para mí es algo raro acostumbrarme a la presencia de alguien nuevo en mi vida, no puedo siquiera pensar cómo debe ser para Fer, quien ha tenido una vida sin siquiera dos amigos como yo.

—Eres la primera.

—Pero espero no ser la última. Lo que he conocido de Fernando me parece que es merecedor de ser compartido. Otras personas pueden necesitar su presencia en sus vidas.

—¿Tú necesitabas su presencia en la tuya?

—No, él llegó de forma inesperada. Mi vida era un perfecto orden, y bueno, sigue siéndolo, realmente la adición de otra persona no ha significado grandes cambios.

—Aún —se apresuró en decir—. Aún no ha producido grandes cambios. Me parece curioso que consideres que no necesitabas la presencia de Fer en tu vida, porque, ¿sabes algo? Quizás sí lo hacías. Lo necesitabas, solo que no lo sabías. Es normal, muchas veces creemos que tenemos todo lo que necesitamos simplemente porque contamos con aquello a lo que siempre hemos tenido acceso. Pero, de repente, algo ocurre. No descartes el necesitar a Fernando. Si estás hoy aquí con él, es porque definitivamente no te ha descartado a ti.

¿Qué podía decirle después de todo eso? No pensé que hacer un amigo siendo adulta sería tan intenso, ¿o es que acaso Fernando era diferente? Desde que lo conocí parece que solo me persiguen estas advertencias y mensajes crípticos.

—Charlotte, ha sido un placer conocerte y espero que continúes disfrutando la exposición. Yo iré a la mesa a buscar algo de tomar, mi trago está algo seco —dije moviendo la copa vacía en mi mano.

—También ha sido un placer, Sabrina. Te ves como una buena persona. Espero todo resulte bien con tu amistad con Fernando —al decirlo, me abrazó y besó en la mejilla. ¿Aquello había sido buenos deseos o una advertencia?

Me fui y caminé hacia la mesa para servirme otra copa.

Mientras sorbía mi vino, miré alrededor del taller y saltó a la vista lo obvio: estaba repleto de gente.

Fernando estaba resultando una contradicción entre lo que hacía y lo que Charlotte decía. ¿Qué tan bien lo conocía ella, entonces? ¿Estaría equivocada acerca de las reservas de Fernando con su taller y las exposiciones? Pero pensándolo bien, no podría estarlo, porque justamente el día de conocernos Fernando había faltado a su propia exposición y, antes de confesarlo, ya me había contado sobre su aversión a los eventos públicos. Si ella había estado en lo correcto en eso, pues no habría razón de dudar en que también lo estaba en lo otro. De ser así, ¿por qué estaba teniendo Fernando tantas concesiones conmigo? ¿Qué estaba marcando la diferencia?

—Hola, querida —Xavi siempre era oportuno. Casi como si pudiese escuchar todas las cavilaciones de mi mente—. ¿Qué sucede? ¿Por qué estás aquí sola?

—Xavi, me siento rara. Acabo de hablar con una chica que me ha dicho cosas de Fernando.

—¿Cómo cuáles?

—Como tríos y sexo. Y que no le gusta traer gente a su taller y, sin embargo, ¡mira!También me dijo que Fernando no era una persona en quien se pudiese depender emocionalmente porque nunca está. Xavi, no sé qué hacer. Aparentemente, hay un Fernando con una vida, un pasado y una forma muy particular de hacer las cosas, y ahora también existe este, este sujeto que está cambiando sus patrones.

—Sabrina, cariño, estás diciendo muchas cosas, pero no estás llegando al grano.¿Qué es en realidad lo que te molesta?

—Que está cambiando sus patrones conmigo...por mí. Que es conmigo que se está tomando todas estas molestias. Fue a mí quien me eligió como amiga. Xavi, no lo entiendo, ¿por qué lo hace? ¿Por qué yo?

—Porque eres su amiga, Sabrina, ya él te lo ha dicho. El hombre nunca había tenido a alguien con quien quisiese acercarse y estrechar un vínculo, es lógico que si quiere tener un amigo, pues debe abrirle espacio en su vida y cambiar ciertas cosas. Esa es su manera de decirte que lo está intentando. Que está haciendo lo que te prometió, de ser el mejor amigo que pueda para ti.

—No lo sé...

—Sabrina, ¡basta! —me detuvo— ¡Tienes que dejar de hacer esto! Yo lo soporté, Melissa también, pero no todos son nosotros. Sé que intentas ser precavida, pero no puedes impedir que la gente entre en tu vida, especialmente aquellos que genuinamente quieren hacerlo. No entiendo por qué te afectó lo que esa chica dijo... ¿Tríos? ¿Sexo? Sabrina, has escuchado cosas peores en una tarde de café conmigo y Mel, así que no finjas sentirte escandalizada. ¿Qué es lo que te incomoda? ¿Qué vengan de Fernando? Porque si es así, no deberías.

—¡Mierda, Xavi! No es eso... es solo que..

—¿Qué, Sabrina? ¿Qué? —interrumpió exasperado— ¡Deja de joder tanto! Te amo, tú lo sabes, y porque te amo tengo que decirte que dejes de actuar como una maldita desquiciada, ¿ok? Ok. Ni tú misma entiendes qué es lo que te altera, y ambos sabemos que en el fondo no existe una causa real para que estés tomando esa actitud de quinceañera histérica. Todo está bien, repite conmigo: todo está bien.

Lo repetí mientras respiraba profundo.

—¿Lo ves? Ya está funcionando. Quiero que sepas que está bien que te des esta oportunidad de tener un nuevo amigo. Estoy contentísimo de que sea así. Vive, Sabrina. Esta es una puerta que te está dando la vida para que des un paso a la aventura de exponerte. Mereces que te conozcan, que otras personas sepan el privilegio que es contar con tu amistad. Mi vida es más colorida porque tú estás en ella. Dale a Fernando la oportunidad de tener un poco de tu color, ¿sí?

—Eres el mejor amigo de todo el universo —dije abrazándolo fuertemente—. Tú eres la escarcha, brillo y serpentina de mi vida.

—¡Yo también quiero apapachos! —gritó Melissa uniéndose a nuestro abrazo.

—¿Cómo la estás pasando? —le pregunté mientras nos despegábamos.

—¡El mejor día! —exclamó alzando sus brazos— Fernando es asquerosamente talentoso —esa era la expresión favorita de Melissa para superlativos—. Es asombroso que siendo tan joven pueda ser tan versátil. Todas mis compañeras están enloquecidas con las obras. Gracias por haber organizado esto para mí, Sab.

—Creo que también están enloquecidas por el amigo de Sabrina —acotó Xavi.

—Totalmente. Algunas incluso pidieron una foto con él. ¡Ah!, y no puedo creer el nivel de deseo que tiene mi jefa. Es decir, fácilmente si no hubiese tanta gente aquí estoy segura de que se le hubiese insinuado.

—¡¿Más?! Melissa, lo único que faltó fue que en lugar de estrechar su mano le diese a estrechar uno de sus pezones radioactivos.

—¡Finalmente alguien más se dio cuenta! —exclamó Xavi aliviado— Pensé que me estaba volviendo loco. Dile a tu jefa que tengo un par de sostenes en su talla que podría prestarle, Mel.

—Usualmente ella no es tan así, es decir, ¡en la oficina usa sostén! Supongo que quería causar una impresión en Fernando. Aunque creo que la chica que entró la desalentó a perseguirlo.

—¿Te refieres a la chica besándose con la otra chica que acaba de llegar? —inquirió Xavi señalando en dirección a Charlotte, quien estaba compartiendo un momento íntimo con una chica recién llegada, y quien seguramente era la novia de quien me estuvo hablando.

—¡Mierda! Ellas no lo saben, pero ese beso le acaba de dar esperanza a más de una en este salón. Más le vale a Fernando mantenerse rodeado de personas y alejado de sitios apartados, porque, de lo contrario, estoy segura de que Natasha entraría a la acción.

—¿Qué hará? ¿Le lanzará un dardo tranquilizante desde sus súper pezones? —pregunté sin poder evitar reírme..

—Sabri —inició Melissa enarcando una ceja y sonriendo pícaramente—, ¿acaso estás celosa?

Xavi imitó a Melissa en su gesto

—¡Sabrina! ¿Es eso lo que sucede? ¿Qué estás celosa?

—¡Por favor! ¡No sean ridículos! No parecen adultos. Fernando y yo somos amigos. Además, si hago chistes sobre Natasha es porque me parece una vergüenza para el género, es decir, entiendo que te guste el tipo, pero, ¡por favor! ¡Dignidad! Además, se trata de sentido común, ¿de acuerdo?

—Lo que tú digas —repuso Xavi guiñando un ojo, que era código para «concordaré contigo, pero creo que te mientes»—. Antes de que lo olvide por completo, Fernando me dijo que él te llevaría a casa, así que dame las llaves de tu carro para irme y dejártelo en el apartamento.

—No lo entiendo —repuse confundida—. ¿Por qué haría eso? Y, además, ¿cómo irás luego a tu apartamento si dejas el carro en el mío?

—Número uno: no sé por qué lo hizo, quizás puedas preguntárselo tú misma mientras te quedas a solas con él y número dos: buen punto —se mantuvo pensativo unos segundos—. Bueno, sencillo, duermo en su apartamento —dijo mirándonos a Melissa y a mí.

—Xavi, te aconsejo que si te vas a quedar en mi habitación, uses audífonos con música muy fuerte, porque nuestra amiga aquí presente —señalé a Melissa— aparentemente es incapaz de controlar su felicidad cuando está con Álvaro.

Melissa se mantuvo risueña ante mi comentario. Sonrió en dirección a Xavi y, alzando sus hombros, dejó en evidencia que no tenía intención alguna en negarlo.

Xavi rodó sus ojos y exclamó con mueca de asco un sonoro *nefasto*.

De repente, llegó Álvaro y le indicó a Melissa que ya era hora de marcharse. Mel y Xavi se despidieron de mí y lentamente vi cómo cada uno de los presentes se iba despidiendo de Fernando. Todas despidiéndose de beso. Él parecía acostumbrado a las muestras de afecto de extrañas, así que estaba en su ambiente.

Mientras salían, yo seguía en la distancia, pero eso no impidió que viese cómo Natasha le entregaba una tarjeta de presentación en la que seguramente estaba su número de teléfono personal y una foto de sus pezones.

Ok. Tal vez no lo último, pero el resto sí.

Finalmente, quedábamos solo Fer y yo. Se acercaba lentamente a mí sosteniendo su copa en la mano derecha. Fue allí cuando me di cuenta de que no había tomado ni un sorbo de la mía.

¡Maldición! ¿Cómo se acostumbra uno a tener un amigo tan guapo? La tarde había estado tan llena de sensaciones que no me había detenido a detallar a Fernando.

Tenía puesto un jean oscuro, zapatos de vestir negros y una camisa manga larga negra que usaba fuera de los pantalones. Los colores oscuros en contraste a su tez clara lograban resaltar aún más sus rasgos. Sus ojos negros parecían más profundos con aquella camisa a juego, sus cejas más pobladas y sus hoyuelos más pronunciados. Todo resaltaba. Él resaltaba.

—¿Cómo la pasaste? —me preguntó mientras daba un trago lento a su copa y me observaba.

—Maravillosamente. Creo que mis sentidos han quedado saturados por un buen tiempo. Hubo tanto que absorber: la felicidad de Melissa, la admiración que despiertas en tu público, especialmente el femenino —acoté enarcando una ceja—, que hayas conocido a mi mejor amigo, la conversación con Charlotte y las ¡muchas imágenes mentales! que eso trajo consigo, pero, sobre todo, tu arte. Eres un gran artista, Fernando Savater —al decir esto último, me incliné para hacer lo que muchas otras antes de mí ya habían hecho esa tarde. Lo besé suavemente en la mejilla y volví a mi posición. Quizás no había sido el primer beso de esa tarde, pero ahora, definitivamente, sería el último y, al fin y al cabo, aun cuando no queramos reconocerlo, las mujeres amamos eso.

No nos importa ser las primeras, pero con qué placer aceptamos ser la última.

Fer pareció un poco tomado por sorpresa ante mi gesto, después de todo, no eran usuales esas muestras de afecto. De hecho, no eran usuales en mí, ¡en lo absoluto! Sólo con Xavi y Melissa me permitía esa cercanía.

—¡Vaya! Por un beso tuyo abriría todos los días mi taller ¡Hasta daría charlas diarias si me lo pides! —exclamó sonriendo.

—Hablando de eso —salté tan pronto como se presentó la oportunidad—, Charlotte me comentó algo bastante interesante.

—No me sorprende, de Charlotte nunca escucharás algo aburrido. Dime, ¿con qué historia te ha entretenido?

—Más que una historia, me presentó un hecho. Creo que, de alguna forma, siempre me lo hiciste saber, pero escucharlo de alguien más me tomó por sorpresa… ¿Es cierto que no te gusta que nadie venga a tu taller?

—Lo es —respondió luego de escuchar atento mi pregunta—. Mi taller es mi espacio de creación, por lo tanto, es el lugar donde soy yo en mi estado más crudo y vulnerable. No me gusta la sensación de ser observado. Además, soy compulsivo en la manera en que me gusta tener mis utensilios. Todo tiene un lugar, y cada lugar tiene su razón y motivo de ser, me volvería loco si viese alguien manipulando mis materiales o toqueteando mis cosas.

—Pero, Fer, si todo eso es cierto, ¿no te ha vuelto loco ver a tantas personas aquí esta tarde?

—Un poco. Algunas bastantes de estas han ayudado —dijo agitando su copa—, pero no me ha afectado demasiado. Eres mi amiga, Sabrina, y aun cuando tú no supieras mi aversión a gente en el taller, quería demostrarme a mí mismo que puedo ser una mejor versión de mí para ti. Que el Fernando Savater posesivo de su espacio puede cederlo para darle alegría a su única amiga. Y cada minuto valió la pena, tu sonrisa era, junto al vino, el mejor sedante.

—Eres un hombre muy elocuente. Lo sabías, ¿verdad? —había algo en Fernando que me inspiraba poesía. Algo en sus maneras que me invitaba a ser un poco más sensible— Los hombres que hablan con tanta fluidez suelen ser muy peligrosos. No hay mucho de lo que uno pueda resguardarse cuando el arma que te ataca son palabras.

—Es usted una dama muy sabia —replicó con una media sonrisa. De esas que marcaban uno de sus hoyuelos con profundidad—. No obstante, debo refutarla. No creo que un hombre elocuente sea una amenaza, el verdadero peligro se presenta cuando se tiene en frente a una mujer inteligente —en estos momentos la sonrisa ya no estaba y solo quedaban aquellos océanos negros noche escrutándome—. Una mujer inteligente hechiza con sus encantos y lo hace tan sutilmente que uno solo se percata de ello cuando ya es muy tarde, cuando los hilos del embrujo se han trenzado tan profundamente que es imposible descifrar dónde comienzan y terminan.

—Entonces ambos resultan un peligro, una bomba esperando el estallido. ¿No te parece?

—Puede ser, pero también un hombre elocuente junto a una mujer inteligente pueden crear juntos nuevas formas de estallar. Logrando más que una explosión, una implosión sin precedentes.

—Ahora entiendo cómo es que tu arte habla tan alto. Sería absurdo que no lo hiciera tomando en cuenta de quién provienen las pinceladas.

—Lo que habla alto es tu renuencia para continuar este intercambio —comentó de forma traviesa—. ¿Acaso mi verbo te ha alterado? No te tomé por una chica fácilmente impresionable.

Su descaro bordeaba lo irreverente. ¿Qué era este intercambio? ¿Por qué esta conversación se sentía tan surreal? Fernando parecía pertenecer a un cuadro, o a uno de mis libros de poesía. Incluso hablando, él era arte.

—No puede alterarme nada que provenga de un maldito imbécil —le dije tratando de cortar la tensión con una sonrisa—. Es agradable que seas mi amigo —no sé si era el taller, la noche, pero quise serle honesta. Era verdad.

—A mí también me contenta que seas mi amiga —me dijo dando otro sorbo largo y detenido a su bebida.

—¿Por qué? ¿Cada conversación conmigo resulta un adentramiento sin precedente a la mente femenina? —intenté bromear.

—No, porque siempre eres tú y me permites ser yo. Y al final, Sabrina, eso es lo que siempre he deseado.

—¿En una amiga? —inquirí esperando que él completara la frase.

Me miró con dulzura y se detuvo unos momentos antes de contestar.

—Sí —respondió finalmente—, en una amiga.

Luego de aquella tarde en el taller empecé a notar lo que me había dicho Charlotte, en cómo estaba afectando tener a Fernando en mi vida. Mis días ahora tenían un denominador común: él.

Una tarde, Melissa quedó en buscarme al trabajo y, en su lugar, llegó Andrés.

Habían pasado dos meses desde aquella noche tomando tequila. Desde ese momento no habíamos vuelto a estar solos.

—¿Qué haces aquí? —le pregunté asomada a la ventana del carro.

—Melissa está atrasada en la oficina y me dijo que te buscara. Hola, por cierto.

Me subí en silencio.

—Hace tiempo que no hablamos.

—Andrés, nos vimos hace una semana en el *happy hour* de la oficina de Melissa.

—Yo sé, pero no hemos hablado. Melissa me dice que has estado muy ocupada —él estaba viendo al frente, pero pude ver cómo se curvaba su boca en una sonrisa.

—No sé qué insinúas, pero si a lo que te refieres es que tengo alguien más a quién ver además de Xavi y Melissa, sí. Se llama Fernando.

—Y este Fernando, ¿qué es?

—Un amigo.

—Claro, un amigo —dijo chasqueando la lengua.

—Sé que el concepto te puede parecer una locura, pero es solo eso, somos amigos.

—¿Cómo tú y yo?

—Tú me dijiste que no somos amigos.

—Exactamente.

—Qué gracioso. Fernando y yo sí lo somos.

—¿Y por qué no lo has presentado?

—¿Por qué tendría que hacerlo? Además, todos lo conocen.

—Yo no lo conozco.

—¿Por qué tendrías que conocerlo? —pregunté exasperada.

—Porque me da curiosidad. Me gustaría saber cómo es su vacío.

—Andrés, no es nada de lo que te imaginas —no sé por qué le estaba dando explicaciones, no sé por qué siempre pasa esto con él—. No sé qué quieres oír ni por qué de repente estás tan interesado en con quién paso mi tiempo.

—¿Cómo llegaron a ser amigos?

—Fue el día del cumpleaños de Melissa, cuando me quedé afuera de la galería, él estaba afuera, fuimos a comer. No sé, fue inesperado. Conversamos y me pidió ser su amiga.

—Y tú accediste —no era una pregunta.

—Sí.

—¿Por qué? —seguía insistiendo mientras continuaba mirando serio hacia adelante.

—Porque quería —solté—, porque me pareció simpático, porque también quería un amigo.

—¿Y qué hacen juntos?

—Pues cosas de amigos, vamos a comer, voy a su taller. Él es pintor. Hablamos de arte, de poesía. Cosas normales.

—Tú nunca me aceptaste una cena, ni siquiera un café.

—Nunca me lo pediste —respondí. No sé por qué no pude evitar un deje de decepción en mi voz.

Estábamos parados en tránsito y él volteó hacia mi.

—Si lo hubiese hecho, ¿habrías dicho que sí? —me miró con sus ojos verdes, clarísimos, sin nada que ocultar. Sentí que hoy estaban un poco tristes.

—Tal vez —le respondí sin poder evitar sonrojarme.

Sonrió.

—Entonces vamos ahora.

Aquello me tomó por sorpresa.

—¿A dónde?

—Vamos a tomarnos un café —el tránsito avanzaba y él devolvió la mirada hacia adelante. Vi que ya no estábamos en la ruta a la casa, sino a un sitio diferente.

Nos estacionamos en un café y Andrés se bajó rápido para abrirme la puerta.

Era un café muy bonito. Yo había querido venir con Melissa desde hace un tiempo. Me pregunto si sabía que yo quería venir.

Cuando entramos me preguntó qué quería y me pidió un cappuccino. Él se pidió un té.

Nos sentamos a esperar las bebidas.

—No te tomé por un chico de té.

—He sido adicto a muchas cosas, no necesito que la cafeína sea otra de ellas —sonrió triste—. Gracias por aceptar.

—No sé si me diste otra opción.

—Dijiste *tal vez*. Si no hubieses querido, hubieses dicho que no.

—¿De qué querías hablar?

—No sé, quería pasar un rato a solas contigo. Me gusta conversar contigo, aunque también *me gusta cuando callas porque estás como ausente, y me oyes desde lejos y mi voz no te toca*.

Estaba impactada. ¿Cómo es que Andrés acababa de recitar a Neruda? Sólo le mencioné una vez que me gustaba la poesía, no recordaba haberle dicho que me gustaba Neruda.

—Lo sé —respondió con una sonrisa socarrona—, que yo recitara a Neruda no estaba en tu tarjeta de bingo, pero recuerdo que me dijiste que te gustaba la poesía, y en tu apartamento vi varios libros de Neruda, así que le di una oportunidad. Puedo ver por qué te gusta.

—¿Por qué? —pregunté curiosa.

—Es una oda al amor. Parece que sus sentimientos estuviesen a flor de piel. Es muy diferente a ti. Tal vez por eso te gusta tanto, porque él dice las cosas que a ti te gustaría.

—No es eso —inicié—. Es que él siente las cosas que me gustaría sentir —confesé mirando hacia mi taza.

—Nada te impide hacerlo. Tú puedes sentir todas esas cosas.

—Mira quién lo dice —repliqué enarcando una ceja—. Andrés, tú mismo me dijiste que no sabes cómo llenar tu vacío, sabes que no es tan fácil.

—Vaya, preciosa, tú sí sabes cómo contraatacar —dijo con una mueca en su boca—, pero es cierto, tienes un buen punto, no es tan fácil, menos si se tiene un vacío como el mío.

Esta parecía la oportunidad perfecta.

—Andrés —inicié despacio—, ¿qué pasó? ¿Cómo empezó tu adicción?

Miró hacia el techo y luego tomó un largo sorbo de su té.

—Para contarte eso tengo que empezar con mi pasado.Mi pasado son los padres adinerados y las innumerables ventajas que eso conlleva. Mi pasado es el Andrés que no veía más allá de sí mismo. Ni lo bueno ni lo malo.

Es curioso, Sabrina, pero a mucha gente no le gusta ser hijo único porque se sienten solos, pero yo nunca me sentí así porque tenía a mi mamá. Ella era mi mejor amiga, mi ídolo, mi todo.

Mi papá es neurocirujano, y pasaba más tiempo en el hospital que en casa. Nos llevábamos bien y nos queríamos, sin embargo, no teníamos la cercanía que da la convivencia.

No me gusta decirlo en voz alta, pero mamá era mi favorita.

Yo tenía diecisiete y estaba a punto de graduarme de secundaria, un día se suponía que me quedaría a dormir en casa de un amigo después de clases, pero desde temprano empezó a sentirse mal así que le pedí a su mamá que me dejara en mi casa, abrí la puerta y me sorprendió no ver a nadie, o mejor dicho; no ver a mamá. Papá siempre tenía guardias completas ese día, pero a esa hora ya mamá debía estar en casa. Me sorprendió que mientras toda la casa estaba a oscuras, el garaje sí estuviera iluminado, me preocupó que quizás nos estuviesen robando, así que tomé mi teléfono y sigilosamente fui hasta allí, al acercarme empecé a escuchar ruidos extraños. El auto de mamá estaba estacionado, y en el asiento del piloto estaba un tipo medio calvo y al lado en el asiento del copiloto, mi mamá – Andrés hizo una pausa en su historia y volvió a tomar un sorbo de su té – quien como una vulgar puta le estaba haciendo sexo oral a ese tipo, mientras el muy maldito gemía de placer.

Me vomité en ese mismo instante, no podía contener el asco, y al hacerlo e irme corriendo ellos me vieron.

Lo único que escuché fue un ¡Andrés!

Cuando me alcanzó yo estaba recogiendo mis cosas en una maleta, no quería volver más nunca a esa casa, ella estaba llorando y me pedía perdón. Ese día mi ídolo cayó de su pedestal. Yo estaba triste, decepcionado, pero sobre todo muy molesto, con ella, con ese tipo, conmigo mismo ¡Con todos! Cuando trató de abrazarme me le zafé y me endemonié llamándola de todo. Me fui.

No sabía a dónde ir, así que llamé a la única persona quien sabía podía darme asilo por tiempo indefinido, un primo bueno para nada con su propio apartamento y que tenía engañado a mis tíos diciéndole que estaba en la universidad.

Me recibió con los brazos abiertos agradeciendo la compañía, esa misma noche fui a un bar de putas y perdí mi virginidad. Al día siguiente me agarré a golpes con un compañero de clases sin razón alguna, me expulsaron del colegio por una semana. Mi papá fue a buscarme a casa de mi primo pero yo ni siquiera podía verle la cara, me daba vergüenza saber lo que sabía y no contárselo. Ella seguía siendo mi mamá, no podía traicionarla.

La culpa de ver a mi papá afligido hizo que yo quisiera olvidarme de todo, y allí en ese mismo bar de putas probé la heroína y fui feliz. Fui una escoria viviente durante un año, la culpa hacía que mi mamá mandara dinero a través de mi primo, yo no quería saber nada de ella. Por él me enteré que mi papá había dicho que era suficiente, y que no me pasarían más dinero hasta organizar mi vida.

Yo aún tenía las llaves de la casa y sabía dónde había una reserva de dinero en efectivo, así que una noche fui y los robé.

Al día siguiente la policía me detuvo en casa de mi primo y estuve en la correccional juvenil por seis meses, cuando salí estaba tan deseoso de libertad que tuve una semana de descontrol, comencé el lunes con cocaína, continué hasta el viernes con heroína, y finalmente ese mismo domingo tuve la sobredosis. Allí postrado en esa clínica con la muerte asomándose a mi cama, supe que era hora de decir la verdad. Le dije todo a mi papá mientras estaba sentado en ese cuarto de clínica con mi mamá al lado, vi como su semblante se convulsionaba en asco mientras le daba los detalles, y vi a mi mamá romper en llanto mientras me escuchaba, y nuevamente, tal como aquella tarde, la escuché pedirme perdón, ella se sentía responsable por todo lo que me había pasado y sabía que nunca podría perdonarla.

Aún no he podido hacerlo.

Después de eso mi papá le pidió el divorcio. Luego nos enteramos que ese calvo había sido un antiguo novio de mi mamá y que al parecer eran amantes desde hace varios años. Hoy en día mi mamá sigue con él. Durante todos estos años ha intentado retomar el contacto conmigo, pero aún no consigo hacerlo, aunque mi psicólogo dice que voy en buen camino para algún día lograrlo.

A raíz de todo eso mi papá y yo nos volvimos mucho más cercanos. Ambos nos unimos en nuestro dolor y nos gusta pensar que salimos mucho más fuertes de él. El Andrés que fui es uno que espero nunca ser, nunca así de ingenuo y tan impulsivo como para casi arruinar mi vida por un error ajeno. Mi papá me apoyó durante toda la rehabilitación y me acompaña a mis reuniones semanales, el tipo le ha bajado a la intensidad de su trabajo y hoy en día se toma la vida con más calma, incluso hace bromas de que se hará un tatuaje para encajar mejor en las reuniones y desde hace tres años vive con su novia, ella es una buena señora y lo quiere mucho. Son felices.

Y ahí lo tienes preciosa, esa es la razón de mi vacío.

Cuando Andrés terminó yo tenía los ojos llorosos. No podía siquiera comenzar a imaginar el infierno por el que pasó, y toda la fortaleza que requirió salir de ese abismo donde él mismo se había lanzado.

Me sentí terrible por pensar que Andrés era solo otro chico malcriado a quien el dinero y las oportunidades se le habían subido a la cabeza. Pero no era así, Andrés había sido víctima de las circunstancias, víctima de los estragos que supone idealizar a los padres y no verlos como lo que realmente son: humanos igual de jodidos que el resto de la gente.

Lo abracé estrechamente y con ese abrazo le dije que lo entendía, que ahora sabía por qué desde esa primera noche él me dijo que éramos compañeros de guerra. Que comprendía su vacío y su dolor.

—Mi mamá también rompió mi corazón, Andrés —le dije mientras soltaba el agarre y lo miraba de frente—. Es una verdadera mierda que eso suceda —no quería llorar. Maldita sea, ¡no voy a llorar! Lloré tanto durante mi infancia y parte de la adolescencia que me juré a mí misma nunca más llorar a causa de ella—, pero la vida es muy jodida y suficientemente difícil como para atravesarla solos. Tu mamá te ama, Andrés. Lo que hizo no tuvo nada que ver contigo. Siempre te amó y todavía lo hace, si no, mira cómo después de tantos años aún intenta buscarte.

Deja que te encuentre. Al menos permítete a ti mismo la oportunidad de volver a estar en contacto con ella, pero esta vez no como un ídolo inalcanzable, sino como lo que verdaderamente es: alguien a quien amaste mucho y claramente todavía quieres.

No todos tenemos esa oportunidad. Mi mamá nunca me buscó. Pero tú sí la tienes, incluso ahora, Andrés, al contar todo lo sucedido se te hace imposible no referirte a ella con amor.

Andrés me sonreía con dulzura, tomó mi mano y él mismo la posó en su mejilla mientras se ladeaba y la sostenía con su mano.

—Yo también creo que mereces ser feliz, preciosa, y tienes razón —dijo mientras se ponía derecho y soltaba mi mano—. Algún día tendré que perdonarla. No me gusta admitirlo —pausó antes de continuar, como si lo que iba a decir fuese muy difícil—, pero la extraño.Es agradable hablar contigo, Sabrina —continuó—. ¿Por qué no lo hacemos más?

—Porque eres extraño, y cada vez que hablamos empiezas con tu coqueteo, y no sé si estás jugando, si es en serio, si yo te gusto o si somos amigos. Es muy confuso —le dije resoplando.

Andrés sonreía ampliamente mostrando todos sus dientes. No se le puede negar: es muy guapo.

—¿Y cuál es el problema de que sea todo lo anterior?

—Que así no funcionan las cosas. Las relaciones tienen que ser definidas.

—Entretenme por un segundo, hagamos algunos escenarios. Qué pasa si te digo que no estoy jugando y que mi coqueteo es en serio y tú no me gustas —no bajaba la mirada—, sino que me encantas. ¿Qué pasaría?

¿Qué pasaría? ¡No tengo idea!

Pensándolo bien, ¿por qué nunca fue una opción salir con Andrés? ¿Era la imagen de chico malo la que me alejaba? ¿O era la sensación de perder el control? ¿Qué era?¿Y cambiaría algo si todo lo que me acaba de decir es verdad? ¿Si yo le gusto?

¿Qué pasaría con Fernando? No es que Fernando me guste, no, no, no. No es eso.

Pero me gusta pasar tiempo con Fer, si empezase a salir con Andrés quiere decir que tendría que dedicarle tiempo a él, y menos a Fernando.

¿Pero sería eso tan malo?

No sabía qué responderle.

—Y ahora hagamos otro escenario —continuó sonriendo—: ¿qué pasa si te digo que sí estoy jugando, que me gusta llamarte preciosa y ver cómo te desesperas?, que en el fondo sé que tú y yo somos más que amigos, pero, sobre todo, que me gusta saber que eres eso, algo especial sin definición, pero que somos algo.

Yo seguía en silencio.

—Ahora, dime: ¿acaso importa cuál escenario es real? —me miraba con ojos expectantes, había algo muy puro en su mirada— No importa, no habría ninguna diferencia, porque tú, preciosa, estás en los dos, y eso para mí es suficiente. Me agrada poder hacer esto contigo —dijo mientras giraba su taza— espero que a Fernando Savater no le importe.

—¿Cómo sabes su apellido? —pregunté curiosa.

—Conozco a Fernando, o al menos a su pintura. Hace un tiempo le regalé uno de sus cuadros a mi papá. Es un tipo muy talentoso —reconoció.

—Podemos hacer cosas todos juntos, Andrés. No tienes que sentirte excluido —mientras lo decía, no pude evitar imaginarme a un Andrés pequeño sin tatuajes, regresando de la escuela esperando ver a su mamá.

—Eso me gustaría, preciosa.

***

Después de ese café hice el esfuerzo consciente de incluir más a Andrés. Melissa me lo agradeció, muchas veces ella no sabía si invitarlo porque no sabía cómo me sentía respecto a él.

Una semana más tarde, fuimos todos a un bar y le presenté a Fernando. Para mi sorpresa, se llevaron muy bien desde el principio, Andrés tenía un sentido del humor muy parecido al de Fernando: sarcástico y directo.

Ese día en el bar me di cuenta de algo que no había notado: Fer casi no bebía. Se tomó unas dos copas de vino y paró, mientras todos los demás continuaban en un vaivén de cervezas y shots de tequila. Más tarde me contaría que los tragos se le subían fácilmente y por eso prefería mantenerse en su número límite, que normalmente eran tres cervezas o dos copas de vino.

Las semanas seguían pasando y cada momento al lado de Fernando se sentía natural, como estar donde siempre se ha debido y con quien siempre se ha querido.

No sé cómo lo hacía, pero cada día lograba conseguir que me abriese más y más con él. Se sentía fácil hablar de mi vida, de lo que quería, de mis compañeros de trabajo, contarle mi rutina e, incluso, enseñarle el nuevo asana que había aprendido en yoga.

Con Fer no existía la presión de ser la Sabrina que le gustaba todo inmaculado y organizado, o la Sabrina autocrítica y en perpetua búsqueda por la excelencia en el trabajo, o la Sabrina serena y callada de mis clases de pilates, no, con Fer era yo, era Sabrina, sí, era todas las anteriores, pero también era una más, aquella que siempre había querido ser. Alguien que se sentía libre pero también segura.

La compañía de Fernando me brindaba calma, sin embargo, siempre me recordaba a mí misma que esto no sería para siempre, que en algún momento él se iría, que ya no estaría aquí y que quizás esta Sabrina que estaba emergiendo de las profundidades de mis anhelos, también se marcharía con él.

—¿Por qué no me has dicho cuándo te vas? —recuerdo haberle preguntado un sábado, era tarde en la noche y comíamos en su taller.

—Porque ni siquiera yo lo sé. Nunca tengo una fecha, simplemente me voy cuando siento que es el momento y listo.

—¿Y cuándo sientes que será el momento? —insistí esperando obtener una fecha.

—¿Por qué haces esto, Sabrina? Incluso si la tuviese, ¿qué ganaríamos anticipando mi ida? Te lo diré: nada. No haría ninguna diferencia saber si me voy mañana o en dos años. Lo que importa es el hoy, el aquí, el que en este preciso instante ambos coincidimos en este espacio. ¿Por qué torturarnos con fechas?

—Porque quiero prepararme. Cuando te vayas tendré que estar preparada para decirte adiós y eso no se logra de la noche a la mañana, Fernando. No puedes irte sin darme al menos un tiempo para asimilarlo. Eres mi amigo, si haces lo contrario y te marchas de repente, sería una falta de respeto a nuestra amistad. Una bofetada a estos meses.

—Sabrina —inició lentamente—, ¿es eso lo que te preocupa? ¿Qué me marche sin decir adiós?

—Sí —le confesé mirando hacia abajo. Odiaba ponerme sentimental y no quería hacerlo, pero realmente me afectaba pensar que Fernando podría irse sin previo aviso.

—Antes nunca había tenido una amiga de quien despedirme, pero ahora te tengo a ti. Ahora nos tenemos el uno al otro —dijo sosteniendo mi mano—. Mírame. ¿De verdad crees que te haría eso? He tratado de ser un buen amigo a tu lado, y en el proceso creo que hasta me has hecho una mejor persona. Tú te has convertido en parte de mis días, Sabrina, no podría marcharme sin despedirme. Te lo prometo. No he roto ninguna de las promesas anteriores que te he hecho, esta no será diferente.

—Te creo, Fer. Yo confío en ti —y, al decirlo, supe que era cierto. Que no era algo que decía para llenar el espacio de esta conversación, genuinamente confiaba en él, en su amistad, su presencia, su lealtad. En su afecto.

***

Melissa y Xavi lo adoraban. Pensaban que Fernando era fantástico y la persona más agradable con quien pasar el rato, además de escuchar y mostrarse interesado en lo que otros tenían que decir, siempre se podía contar con él para que trajera a la mesa un tema interesante o un dato curioso sobre alguna experiencia, pero, al mismo tiempo, se sentían preocupados.

Estaban preocupados por mí y por cómo podría sentirme hacia Fernando.

A pesar de que nunca me he mostrado excesivamente cariñosa con Fernando ni en público o privado, había pequeños detalles que demostraban lo cómoda que me hacía sentir, y ellos lo notaron.

Nunca he disfrutado las muestras físicas de afecto, me incomoda sobremanera sentir que alguien invadía mi espacio personal hasta el punto de tocarme innecesariamente. Las únicas excepciones eran Melissa, sus padres y Xavi, sin embargo, con Fernando el acercamiento era sutil, pero aun así lo suficientemente contundente para saber que me sentía diferente a su lado.

No me molestaba cuando en alguna comida juntos posaba casi instintivamente su brazo a mi alrededor, o cuando estando en una galería o bar me tomaba de la cintura y me llevaba a ver algo o me alejaba para susurrarme cualquier cosa en el oído.

No puedo negarlo: me gustaba. Me gustaba sentir que era la única con quien tenía esos gestos, me gustaba sentirme especial, pero, sobre todo (y es aquí donde Melissa y Xavi se dieron cuenta), lo que más me gustaba de todo aquello era que venía de Fernando.

Lo especial no era el tacto gentil, la confianza, las miradas furtivas, ni su sonrisa cuando lo pillaba mirándome alguna noche en la que salía arreglada y en tacones, no, lo especial era Fernando.

El denominador común en todo aquello era él, y yo lo sabía, visceralmente sabía completamente que era él quien marcaba la diferencia. Y ellos también lo captaron. A medida que fueron observando nuestro acercamiento comenzaron a decirme que era mejor llevar todo con calma, que no confundiese amistad con algo más, que estuviese consciente de que Fernando se iría eventualmente y yo me quedaría aquí, en mi rutina, con mi trabajo y mi ciudad; que él era una ola indetenible y yo no podía aspirar ser la roca que lo detuviese.

En parte tenían razón: había que tomar todo con calma considerando que Fernando no sería eterno, pero, tal como él lo había dicho, ¿por qué privarnos de la compañía del otro y mostrarnos distantes si ni siquiera sabíamos cuándo se iría?, es cierto que se iría, pero podría ser en un mes, siete meses o quizás años. Nadie lo sabía. Entonces no había razón para alejarme, y mucho más importante, yo no quería hacerlo.

Sobre lo que estaban equivocados era en su temor (infundado) de que yo estuviese confundiendo amistad con algo más, ¡eso era una locura! Fernando era mi amigo.

Mi amigo quien me hacía sentir como la mujer más bonita de cualquier lugar.

Mi amigo siempre atento a escuchar y comprender sin juzgar.

Mi amigo guapo, muy guapo, ¡jodidamente guapo! Quien a veces, ¡Muchas!¡Demasiadas!Tenía efectos en mí y producía chispas en sitios inhóspitos y callados.

Pero obviamente era eso, mi amigo.

Yo no tenía sentimientos románticos hacia él ni nada por el estilo, ¡no! ¡Eso era una locura!

Fernando no me gustaba ni me inspiraba pensamientos eróticos e indecentes, ni tampoco lo imaginaba pintando sin camisa todo sucio en su taller concentrado, mordiendo el pincel con sus labios carnosos... ¡No! ¡Para nada! No es que secretamente deseara que Fernando se quedara, que conocerme marcaría una diferencia, es decir, es absurdo que ellos pensaran que Fernando me estaba afectando más allá de una simple amistad. Soy una mujer lo suficientemente madura como para tener un amigo atractivo, inteligente y educado de forma platónica.

Yo sé cómo me siento, y lo que Melissa y Xavi crean es otra cosa. No tengo por qué buscar evidencias que justifiquen la carencia de sentimientos románticos hacia Fernando. ¿Y por qué no tengo que hacerlo? ¡Porque no existen! ¡Punto!

—¡Vaya! Alguien está un poco alterada, ¿no?

No me di cuenta de que engrapé con demasiada fuerza el documento que sostenía en mis manos. Era sábado y estaba trabajando en la oficina. Solo lo haría hasta el mediodía porque a esa hora Fernando me buscaría para almorzar, dijo que sería una sorpresa y que estaba muy emocionado de llevarme.

—¿Algo te molesta? —continuó preguntando Mateo, quien ahora estaba sentado en la silla frente a mi escritorio.

Mateo era un compañero de trabajo. Cuando comencé a trabajar en la empresa él fue el asignado por recursos humanos para darme la bienvenida. Mateo era el sueño de toda madre para una hija: era amable, respetuoso, tenía ética laboral y no era mal parecido, es decir, no era feo… pero tampoco era Fernando.

—No, Mateo, no estoy molesta, disculpa si mi ataque pasivo agresivo con la engrapadora te distrajo, creo que hoy estoy algo dispersa.

—¿Problemas con tu novio? —preguntó inocentemente, pero claramente pescando una respuesta. Ya podía adivinar de dónde había salido semejante suposición.

Me reí tratando de que mi respuesta no sonase tan severa.

—No sé de qué hablas. No tengo novio ni nada que se le parezca.

No pudo ocultar el gesto de alivio.

—Pensé que el tipo que a veces viene a la oficina a buscarte o a comer contigo era tu novio.

—¿Acaso una chica no puede tener amigos hombres? —inquirí sarcástica enarcando una ceja— No te creí alguien tan anticuado.

—No, no, no, Sabrina —repuso avergonzado—. ¡En lo absoluto quise decir eso! ¡Y menos a ti! Tú puedes tener cuantos amigos desees, es más, ¡tú mereces tener todo lo que desees, Sabrina! Lo mereces todo.

Me sentí mal por haber sido sarcástica. Mateo no comprendía bien mi sentido del humor, y ante cualquier insinuación de que yo pudiese estar enojada, así fuese solo una broma, saltaba rápido a corregirse y pedir disculpas.

—Está bien, descuida. Estaba solo jugando, yo sé que tú eres un chico *cool* y progresista —sonreí guiñándole un ojo.

—Ojalá me sonrieras así más a menudo. A veces tengo ganas de tirar la toalla contigo, de dejar de pasar casualmente por tu escritorio e invitarte a tomar algo o a salir, porque sé que siempre buscarás una forma de evitarlo, sin embargo, cuando ya quiero rendirme, haces cosas como esa —dijo señalando mi boca—: sonríes, y quiero, nuevamente, e inútilmente, coquetearte y hacerte saber que por esa sonrisa cruzaría todos los días esta oficina solo para verte.

¡Ay, Mateo! Desde que empecé a trabajar siempre se ha mostrado interesado y dispuesto a ayudarme en lo que sea, incluso una vez que mi carro se averió en el estacionamiento de la empresa y él no tuvo reparos en ayudarme a arreglarlo, aun cuando eso implicó dañar una de sus corbatas más bonitas con aceite de motor. Él me había invitado a cenar y a tomar un café en un par de ocasiones, pero siempre encontraba una excusa para evitarlo. No es que hubiese algo malo, todo lo contrario: él representaba todo lo que yo siempre había querido, estabilidad y orden, la esperanza de un futuro lleno de amor sincero y devoción absoluta.

Y ese era el problema.

Estoy segura de que si le digo que sí a Mateo y empezara a salir con él, eso sería todo. Nuestra unión sería definitiva, y luego no tendría excusas para dejarlo porque sé que él sería perfecto.

Xavi dice que en verdad las personas no tienen miedo de que algo salga mal, sino que todo les salga bien y ellos no estén preparados para eso. Así mismo solía decirme que yo no tengo miedo de amar, sino de ser amada sin medida. De ser amada con un amor tan avasallador que fuese mucho para mí manejarlo.

Con Mateo sucedía algo así, con él estoy segura de que todo saldría bien, de que cada día yo me sentiría querida y respetada y con él podría contar para un futuro estable. Pero esa es la cosa, que todo estaría *bien* y solo eso. Yo aprendería a quererlo, aprendería a encontrar cada día nueva apreciación por sus cualidades, en cada cita antes de verlo me repetiría que él es un gran hombre, me diría a mí misma que soy feliz, que no hay razón para no serlo. ¿Pero acaso se es realmente feliz cuando tenemos que convencernos de ello? No, no lo creo.

Y tampoco creo que sea justo conformarse en el amor, porque no solo me estoy privando de sentir la gran pasión que toda persona debería sentir y vivir, sino que también se la estoy quitando a él. Yo no podría darle todo el amor que una persona tan excepcional como él se merece, prácticamente le estaría dando migajas, únicamente una fracción de lo que sé podría darle a alguien que verdaderamente despierte eso en mí.

—Mateo, eres muy dulce, pero ya te lo he dicho, eres un compañero de trabajo, alguien a quien respeto y aprecio, pero no veo posible el hecho de salir juntos. Simplemente no creo que sería apropiado por el tema de que trabajamos en el mismo sitio y, además —mierda ¿cómo se le dice sutilmente a alguien que no es tu tipo?—, creo que seríamos incompatibles —debo admitir que aunque eso fue cortés, también se sintió muy «no eres tú, soy yo», pero fue lo único que se me ocurrió.

—¿Cómo sabes que no somos compatibles si nunca lo hemos intentado?

Buen argumento, Mateo, muy buen argumento.

—Porque soy mujer, y nosotras tenemos un sexto sentido en estas cosas. A veces uno simplemente intuye cuando algo puede salir bien con otra persona y cuando no.

—Pero yo sí creo que podemos funcionar, y puedes atribuírselo a mi sexto sentido masculino, lo que significa que si yo tengo una postura al respecto y tú tienes otra diferente, uno de los dos está errado. Podrías ser tú.

El teléfono empezó a sonar. Sin mirar la pantalla, ya sabía de quién se trataba. Era Fernando. Seguramente ya estaba esperándome abajo.

—Anda, creo que te están esperando, ¿no es así? —asentí silenciando mi teléfono— Que tengas una feliz tarde.

—Gracias, para ti también —mientras me ponía de pie y recogía mis cosas, Mateo hizo lo mismo y se detuvo en la puerta. Me disponía a atravesar el umbral y salir cuando me tomó por el brazo.

—No me descartes, ¿de acuerdo? A veces la vida nos da sorpresas. Yo podría sorprenderte.

—Que tengas un buen fin de semana. Adiós, Mateo —me despedí soltándome de su agarre y ya camino a quien sí quería ver.

A Fernando.

Me subí al auto y él lucía de mejor humor que lo usual. Le pregunté que adónde íbamos y se rehusaba a decirme. «Es una sorpresa», repetía. En el carro pasamos las calles de los sitios donde usualmente comíamos y hasta pasamos la avenida que se dirigía al taller, de repente, ingresamos en una zona residencial muy elegante con casas grandes y bonitas. A medida que nos adentrábamos en la urbanización, la sonrisa de Fer seguía creciendo y creciendo, parecía un pequeño niño a punto de entrar a una heladería, y yo parecía un delincuente ansioso esperando su sentencia.

Sin previo aviso, se estacionó frente a una casa de dos pisos con fachada de ladrillo y un porche con muebles de mimbre blanco y grandes cojines turquesa. La casa era grandiosa y su entrada estaba adornada con un jardín bien trabajado.

Fernando se bajó del carro y velozmente llegó a mi lado para abrirme la puerta.

—Ven. Hoy almorzaremos con unos amigos.

Bajé del carro y comencé a caminar a su lado. Me sorprendió lo que había dicho: *amigos*. Fernando no tenía amigos, es decir, tenía muchos conocidos y gente del medio que ya yo había frecuentado cuando él me llevaba como su acompañante a eventos en galerías y teatros, ¿pero amigos? Tenía que haber un error, su única amiga era yo, ¡AH! Y por supuesto…

Oh, no.

Tan pronto caí en cuenta de lo que sucedía me paralicé en el porche y tuve que tomar asiento en uno de los muebles con sus mullidos cojines.

—Son tus padres, ¿verdad? ¿Esta es la casa de tus padres? —inquirí casi hiperventilando. ¡Dios mío! ¡Voy a matar a este hombre! Si tan solo me lo hubiese dicho me hubiese arreglado mejor, hubiese traído un regalo… ¡Van a pensar que soy una maleducada!

Seguramente mi cara de pánico absoluto era evidente porque Fernando se sentó a mi lado y a modo de tranquilizarme puso su mano en mi cabello y comenzó a acariciarlo.

—Sí, vamos a comer con mis padres, pero no hay razón para que te pongas así. ¡Todo está bien! De hecho, ¡más que bien! Eres la estrella de este día.

—Por favor, ¡detente! Lo estás empeorando. Sabes que no me gustan los protagonismos ni nada que involucre ser el centro de atención. No me malinterpretes: esto no se trata de conocer a tus papás, eso me halaga muchísimo, es solo que… ¡Mírame, Fernando! Parezco una pordiosera —exclamé señalándome. Siempre iba formal a la oficina, incluso los fines de semana, ¡pero no! ¡Justamente hoy quise un *look* casual! Llevaba unos jeans azul marino ajustados y talle alto, converse azul celeste, y una camisa blanca de botones arremangada que iba por dentro de mi pantalón, por si fuera poco ese día casi no había usado maquillaje, ¡Hasta menos del que normalmente llevo encima! Definitivamente no es el atuendo que hubiese escogido para conocer a sus papás.

—¡¿De qué hablas?! —preguntó sorprendido— ¡Te ves hermosa! Siempre te ves bellísima, y hoy no es la excepción. Me encanta como te queda esa camisa —lo sabía, en una oportunidad me había hecho un cumplido y por eso me la había puesto hoy—. Sabrina, no te angusties, te ves genial; además, solo seremos mis padres, mis hermanas y yo. Ellos están muy entusiasmados de conocerte.

—¿Qué les has dicho de mí? —sonrió ante la pregunta.

—Sabía que me preguntarías eso, pero para averiguarlo vas a tener que entrar —durante todo este tiempo no había detenido las caricias en mi cabello. Me gustaba cuando hacía eso, pero no podíamos permanecer eternamente en ese porche, así que respiré profundo y me puse de pie.

—Estoy lista.

—De acuerdo. Vamos, entonces —y, acto seguido, se levantó y tocó el timbre de la casa, su casa.

Casi de inmediato abrió una chica de unos quince años y, al ver a Fer, se le lanzó encima y lo abrazó, él la cargó y giró mientras le daba besos en todo el rostro. Luego la bajó y la chica pareció tomar consciencia de mi presencia. Sus ojos se abrieron como platos y me dio una sonrisa grande. Tenía los mismos hoyuelos de Fer.

—¡Tú eres Sabrina! —dicho eso, me abrazó efusivamente y yo no pude menos que devolverle el abrazo. Supongo que así se sentía tener una hermana pequeña— Ven, mis papás están en el comedor —tomó mi mano y me guió al interior de la casa. De inmediato nos adentramos a la sala, era hermosa, la casa tenía techos altos y aprovechaban la luz natural a través de grandes ventanales. Había un televisor pantalla plana empotrado en la pared y a su alrededor, así como en el resto de las paredes había decenas de cuadros. Grandes, pequeños, todos con marcos de distintos colores. Era Fernando en todo su esplendor.

—Todos son de Fer —me dijo la chica descubriéndome mirando absorta toda la sala—. La casa está llena de sus cuadros. Cada centímetro está cubierto de Fernando, y cada uno escoge sus favoritos para decorar su habitación —luego, bajó la voz y me indicó que me acercara—. Si me preguntas, creo que los mejores están en mi cuarto, pero no se lo digas a Elena —supuse era su otra hermana—. Yo soy la favorita de Fer, así que siempre me regala los mejores.

—Isabel, ¿le estás diciendo a Sabrina que eres mi favorita? ¿Acaso quieres iniciar la Tercera Guerra Mundial con Elena?

Casi como si su nombre hubiese sido un detonante, como un bólido hacia Fernando apareció otra adolescente quien se lanzó a él y comenzó a llenarlo de besos.

Era enternecedor ver lo cariñoso que era Fernando con sus hermanas, y lo mucho que ellas lo adoraban. Los tres tenían cierto parecido, aunque debo decir que entre Isabel y Elena, era la primera quien compartía más rasgos con Fernando. Tenía una cabellera negra espesa que le llegaba por debajo de los hombros y tez blanca, sus ojos eran negros, y tenía una sonrisa muy bonita, similar a la de Fer con sus marcados hoyuelos.

Elena, por otra parte, lucía bastante interesante comparada a los otros dos, definitivamente emanaba un aire que daba a entender que se encontraba emparentada a ellos, pero sus rasgos eran más distintivos. A pesar de ser más joven que Isabel, puesto que Elena tendría unos trece años, era más alta, su piel era trigueña y tenía ojos verdes profundos, su mirada era muy incisiva, similar a la de Fernando cuando hablaba de algo que le apasionaba, y su cabello era rubio ceniza, también largo, a la misma altura que su hermana. Al igual que ella, no pudo evitar la sorpresa al mirarme y, me pareció también, la alegría.

Sin preámbulo, se lanzó a mi encuentro y me dio un cálido abrazo.

—Sabrina, ¡eres tú! —chilló como si yo fuese una vieja amiga de la familia a quien no han visto en mucho tiempo— ¡Eres guapísima! Bienvenida. Ven, ven —ahora era ella quien me llevaba de la mano—, vamos, mis papás mueren por conocerte.

La casa era grandísima, y para pasar de la sala al comedor atravesamos un largo pasillo, un pequeño espacio abierto que simulaba una oficina y una gran biblioteca. Al llegar al comedor, los padres de Fernando estaban terminando de arreglar todo en la mesa para la comida. Al verme, me regalaron las más grandes sonrisas que hubiese recibido de extraños antes, a excepción, por supuesto, de la primera vez que conocí a los papás de Melissa.

Viendo a sus padres podía entender el contraste entre los hermanos, ¡su mamá era bellísima!: alta, casi de la misma altura que Fernando, tenía la piel muy blanca, el cabello rubio ceniza, justo como Elena, corto hasta el cuello, delgada y, aunque sus cejas eran claras, así como el tono de su cabello, ellas eran el marco de unos grandes ojos negros noche que parecían atravesarte cuando se posaban en ti, pero no de una forma amenazadora, sino dulce, maternal. Como alguien que ve más allá de ti.

Su padre era un señor robusto y algo más bajo que su esposa. Era de piel acaramelada y sus rasgos transmitían algo exótico, podría decirse que foráneo; su cabello azabache combinaba a la perfección con sus cejas y pestañas, también negras y abundantes, que lograban resaltar con mayor contraste (si acaso eso fuese posible) los ojos más verdes que hubiese visto en mi vida, transparentes hasta el punto de parecer azulados.

Era curioso, pero daba la impresión de que en esa familia todos llevaban el mar en los ojos. Los de su padre eran como el inicio de la playa en pleno día, tan claro que puedes ver la arena bajo tus pies y todos los secretos que ocultan las profundidades; los de su hermana menor eran del color del mar cuando decides adentrarte en su inmensidad, cuando ya tus pies no tocan el fondo, pero continúas nadando porque nunca habías disfrutado de un color tan puro y rico. Y, por supuesto, los de Fernando, su hermana Isabel y su madre eran el mar de noche. El mar de las confidencias y posibilidades.

Era el agua donde yo me sumergía desde hace meses.

Al tenerme frente a ellos, sus padres no adoptaron la misma actitud que sus hijas, sino que más bien parecían atentos esperando alguna señal de Fernando, como si previamente él les hubiese dado instrucciones sobre cómo debían comportarse. Podía notar que era así porque, sin duda, los gestos afectuosos de sus hermanas tenían que ser una característica aprendida de familia, y juzgando el semblante impaciente de su madre, era fácil adivinar de quién lo habían heredado.

—Mamá, papá, sé que justo ahora están haciendo un esfuerzo sobrenatural por actuar normales y no exagerar, en lo cual van muy bien, pero ya que sus pequeñas pubertas han drenado el aire de los pulmones de Sabrina con sus abrazos, pues bien siéntanse ustedes libres de hacer lo mismo. Adelante. Permiso concedido.

No había finalizado, cuando sus padres se abalanzaron sobre mí. Estaban alegres y me repetían que era bienvenida y que se sentían muy contentos de recibirme en su hogar. Mientras me dirigían a mi asiento en la mesa, la mamá se sentó a mi lado y me empezó a narrar todo lo que comeríamos; me dijo que estuvo cocinando desde temprano porque quería que hoy fuese una tarde especial.

—Es la comida favorita de Fer y su padre. A ellos les encanta cuando hago comida italiana, a mi esposo le recuerdo su infancia en Nápoles.

¿Nápoles? ¿Era eso lo foráneo que transmitía el señor? No sé cómo no pude notarlo antes. Fer era de ascendencia italiana.

***

Ya todos estábamos en la mesa y su padre alzó una copa de jugo de naranja a modo de brindis.

—Hoy es un almuerzo muy especial porque tenemos una invitada de lujo, la señorita Sabrina nos honra con su presencia y belleza en nuestro hogar, y es por ello que en nombre de mi esposa e hijas, quiero decirte que es un agrado tenerte hoy con nosotros y puedes tener la certeza de que serás siempre bienvenida.

Su mirada era afectuosa y, junto a él, todas las de los miembros de su familia alzaron sus copas y brindaron.

Por mí.

Fernando se mantenía en silencio, pero en su rostro podía observar el deleite de lo que ocurría en la mesa. Tanto sus padres como hermanas eran muy atentos y conversadores, me preguntaron sobre mi trabajo y cuando les conté al respecto se mostraron impresionados, les parecía fascinante que yo fuese la más joven de todo un departamento y, principalmente, en un sector dominado por hombres. Su hermana menor me contó que estaba comenzando a practicar yoga y que si le podía dar algunos consejos; por supuesto, le di más que algunos, le recomendé ejercicios de flexibilidad, páginas de internet donde podía comprar ropa de yoga bonita y a buen precio, y un podcast excelente de meditaciones guiadas. ¡Elena estaba encantada con mis sugerencias!

No entendía cómo alguien tan normal como yo podía resultar fascinante para una familia cuyo hijo era un renombrado pintor internacional, sin mencionar que ellos no se quedaban cortos en logros. Fernando me había dicho que su papá era ingeniero civil y tenía su propia constructora, su mamá chef graduada en Le Cordon Bleu de Madrid y había trabajado muchos años como chef en varios hoteles, hasta que decidió llevar un ritmo de vida menos agitado y se dedicó a la enseñanza; ahora era la directora de un instituto de cocina. Sus hermanas aún estaban en secundaria, pero viendo de dónde provenían, era fácil augurar para ambas un futuro prometedor.

De repente, Isabel comenzó a hablar de sus clases de esgrima y Fer le preguntó la fecha del campeonato para ir a fotografiarla.

—Quiero decirte algo, y sé que todos hemos pensado lo mismo, pero nadie ha querido decirlo en voz alta —inició en voz muy baja la mamá de Fer, quien estaba sentada a mi lado—. Sabrina —pronunciaba mi nombre con la suavidad con que una madre lo haría—, no hay palabras que puedan expresar lo felices que nos sentimos de saber que Fernando finalmente tiene una amiga. Sé que quizás es un poco tonto que este tipo de cosas nos alegren, ya que Fer un hombre adulto, pero como padres uno siempre quiere que sus hijos se sientan queridos y en compañía, y Fer es alguien con un don maravilloso con el que puede despertar emociones profundas en el público a través de su arte, y ese don le ha abierto muchas puertas y le ha permitido verse rodeado de una gran cantidad de personas, sin embargo, aun en la multitud más numerosa, uno puede sentirse solo.

Pareció reflexionar un poco antes de continuar con lo que me decía.

—¿Fer te ha dicho cómo descubrió su talento para pintar? —me preguntó de repente. Pensé que no tenía mucho que ver con lo que estaba diciéndome, pero entendí que, de alguna manera, la respuesta estaría conectada.

—No, la verdad nunca hemos hablado de eso.

—Fernando no se desarrolló de la misma manera en que lo hacían otros niños contemporáneos a él. Físicamente estaba perfecto pero nunca mostraba interés en hablar o en tratar de comunicarse. Lo llevamos a varios pediatras y todos coincidían en que estaba sano, solicitamos estudios para ver si padecía algún tipo de autismo, pero tampoco era eso. Finalmente, un psicólogo nos dijo que Fernando simplemente no tenía interés en las formas de comunicación tradicionales.

Mi esposo y yo acondicionamos una habitación exclusivamente para él, compramos instrumentos musicales, papel, acuarelas, colores, ¡de todo! Para ese entonces tenía cuatro años. Lo dejamos solo en el cuarto por un tiempo y cuando volvimos estaba en el piso con un gran pliego de papel, que hace rato había dejado de ser blanco, y nos mostraba un dibujo de su padre y mío. Fer nos había dibujado.

¡Era un dibujo hermoso! —en su voz se percibía la emoción de revivir ese momento, aunque fuese solo contándolo— Cuando nos vio en la puerta yo tenía los ojos llorosos, y su padre estaba con la boca abierta de la sorpresa, pero más allá de eso, fue lo siguiente. Fernando nos habló, nos habló con una claridad impresionante y muy elocuentemente nos dijo que nos había dibujado. A partir de allí, todo fue diferente. La pintura despertó en Fernando el deseo de comunicarse, de hablar, empezó a pintar a sus tíos, primos, maestras de escuela, Fer pintaba todo. Su trabajo era muy bueno y eso le trajo mucha popularidad, aunque él no se sentía atraído a eso. Incluso hoy sigue habiendo una parte de él que es como ese niño que no tiene interés en comunicarse o pertenecer.

No sabíamos si en algún momento alguien despertaría en él un interés o si incluso si despertándolo le correspondería. Y llegaste tú —me miraba maravillada—. Eres su segundo encuentro con la pintura.

Nos has dado el regalo de un Fer nuevo, un Fernando que disfruta la compañía de alguien más que sólo si mismo. Alguien que sabe lo que se siente ser querido. Porque tú lo quieres ¿Verdad Sabrina?- su mirada era anhelante, deseosa de escuchar un sí, un sí grande, la confirmación de que su hijo era querido, que aún siendo como era despertaba amor.

—Sí, a Fernando lo quiero muchísimo. Lo adoro con todo mi corazón —me atreví a decirlo por primera vez en voz alta. Aquello, más que una afirmación, se sentía como una confesión que me debía a mí misma desde hace mucho—. Fer se ha convertido en un gran amigo, y sé que su presencia me ha hecho mejor persona. Yo también soy una Sabrina que ha despertado. Fernando es mi pintura.

Estaba emocionada y, sin poder contenerse, me abrazó fuertemente. Era agradable sentir los brazos de una mamá rodeándome, daba la sensación de resguardo, de que todo iba a estar bien. Supongo que así deben sentirse siempre los abrazos de una madre.

Casi me brotaba una lágrima, pero me mantuve fuerte y deseché el caudal de emociones que pretendían asomarse.Luego de ese momento de confidencias con su madre, el almuerzo continuó con normalidad, todos tenían temas interesantísimos en los que daba gusto participar y también escuchar sus opiniones al respecto.

Al finalizar, todos nos acompañaron a Fer y a mí a la puerta para despedirnos. Nuevamente hicieron despliegue de sus muestras de cariño y, sin excepción alguna, me abrazaron y reiteraron que siempre sería bienvenida en su hogar. Curiosamente, dijeron que incluso si Fer no estaba en la ciudad, podía ir a visitarlos con toda confianza, pues sería un placer recibirme. Hasta sus padres no podían evitar dar por hecho su partida inminente, independientemente de cuándo sería.

Estando fuera me di cuenta lo tarde que era. Ya el sol se estaba ocultando. ¡Qué rápido había transcurrido el almuerzo! A mi parecer no habían pasado más de dos horas, pero, por lo visto, entre la charla y el banquete que había preparado la mamá de Fernando, la tarde se nos había ido.

En el carro, Fer propuso ir a dar unas vueltas antes de llevarme a casa. Él manejaba sin rumbo e íbamos con la radio encendida.

Apagué la radio y Fernando me miró extrañado.

—Detente.

No me cuestionó y buscó un sitio donde estacionarse. Estábamos cerca a una cancha de voleibol y, a lo lejos, se podía ver a los jugadores practicando.

—Tengo que decirte algo —inicié—, o bueno, mejor dicho, no *tengo* que decírtelo, ¡quiero decírtelo! Siempre me has preguntado por qué parezco tan madura y por qué evito hablar de mi pasado, también sé que has respetado mi silencio y lo aprecio, pero eso no significa que has dejado de preguntártelo, ¿cierto?

Asintió sin decir nada.

—Lo que te voy a decir solo se lo he contado a dos personas en el mundo: Melissa y Xavi —incluso saber que iba a hablar al respecto hacía que se me quebrara la voz y reaparecieran las viejas tristezas. Fernando lo percibió—, pero quiero compartirlo contigo, porque tú me has dado la bienvenida al lado más íntimo y brillante de tu vida, y por eso quiero presentarte al lado más privado de la mía, solo que este, a diferencia del tuyo, no está lleno de luz, sino de mucha oscuridad. Yo no tengo familia, Fernando, no tengo una mamá que me espere para almuerzos los fines de semana, ni un papá que me aconseje. Soy una hija, sí, pero no tengo padres.

No hay ninguna historia nefasta detrás de eso, ni tienes que apresurarte a ofrecerme tus condolencias. Irónicamente, la realidad es mucho más trágica que un accidente o enfermedad. Ellos al menos son inevitables y la persona carece de control, pero es mucho peor cuando la separación es producto de una elección libre.

Mi mamá era una actriz de teatro, su gran amor era la actuación, ni siquiera puedo decirte que ese amor solo se equiparaba a aquel que sentía por mi padre porque no es cierto, te estaría mintiendo. Ella no lo amaba profundamente, ni él era el amor de su vida, ¡aun cuando ella lo fue todo para él! Ese hombre la amaba con locura, de hecho, creo que todavía lo hace.

No sé bien cómo se produjo su encuentro ni más tarde su matrimonio, lo que sé es que mi papá transformó su vida por ella, dejó sus raíces para sembrar nuevas con ella. Él es profesor de matemática y estando casado con mi mamá se mudaba mucho,

¡muchísimo! Ella disfrutaba la variedad de los teatros, le aburría la rutina y cada vez que se enteraba de una audición en otra ciudad, corría a ella y junto a su deseo imparable iba mi papá, fiel y enamorado.

Después vine yo. Siendo pequeña no entendía bien por qué nos mudábamos tanto y no teníamos vecinos, ni una casa fija. Lo que sí sabía era que mi mamá era la mujer más bonita del mundo. Mi papá me llevaba al teatro y los dos nos quedábamos embelesados contemplándola. Nosotros éramos sus más grandes fans. Sin embargo, ella no era una persona afectuosa, no me abrazaba mucho ni tenía conmigo las mismas atenciones que veía que otras mamás en la escuela tenían con mis compañeras. ¡Yo rogaba por su afecto! La única manera de captar su atención era cuando ensayábamos juntas y yo la ayudaba a memorizar sus parlamentos. Ella tenía un don maldito. A su discreción, solo cuando ella así lo quisiera, podía hacerte sentir como la persona más valiosa y amada del mundo entero, y por esas horas o minutos al día en que yo la ayudaba a ensayar y ella me amaba, por esas horas, yo daba mi vida.

A medida que fui creciendo, mi papá y yo quisimos estabilidad. Él se estaba cansando de cambiar siempre de trabajo, y yo también de colegio. Le veníamos diciendo desde hace tiempo que lo mejor sería asentarnos, que incluso podíamos hacerlo en la ciudad que ella quisiese, ¡la que deseara! No nos importaba con tal de que ella fuese feliz y tuviésemos la seguridad de la permanencia. Pero mi mamá se rehusaba, no importaba cuántas veces habláramos con ella, o cuantas veces yo se lo rogara llorando, nada hacía ninguna diferencia para ella. Insistía en continuar haciendo las cosas a su manera, sin importar que en el proceso nos estuviese lastimando.

Para mí, la gota rebasó el vaso cuando estaba en secundaria, tenía dieciséis y ya estaba en la ciudad donde conocí a Melissa, a sus padres y hasta Xavi estaba cerca. Ninguno de mis padres era excesivamente responsable conmigo, mi mamá no me preparaba desayuno y, a veces, hasta se le olvidaba darme el dinero para la cafetería. Los padres de Melissa fueron mis ángeles, vivía prácticamente en su casa y ellos estaban genuinamente felices de tenerme allí. Titi, la mamá de Melissa, me llenaba de besos y abrazos y hasta me compró una lunchera que enviaba con Melissa para que me la diera en el colegio y así yo tuviese que comer. Cuando mi mamá nos dijo que tendríamos que mudarnos, estallé.

Ya había tenido suficiente de esa vida de gitana y deseaba establecerme. Le puse punto final a ese círculo de mudanzas y les dije que no me iría. Ella me retó y me dijo que no tenía otra opción, que si quería un techo sobre mi cabeza tenía que estar siempre con ellos, pero eso ya no era cierto. Ahora yo tenía a los padres de Melissa que me trataban como a otra hija. ¡Ahora yo pertenecía a una verdadera familia! Mi mamá se rehusó y me dijo que hiciera lo que me diera la gana, que ella igual se iría y no iba a frenar su carrera por la malcriadez de una adolescente histérica. En ese momento recurrí a mi papá, le dije que este podía ser un nuevo inicio para ambos, que no teníamos que ser dominados por los caprichos egoístas de alguien más, y que podíamos tener nuestro propio hogar.

¿Sabes lo que hizo? Se fue. Ambos se marcharon. Mi mamá se fue para perseguir a su gran amor, el teatro, y mi papá se fue para perseguirla a ella. ¿Y yo? Yo no era el gran amor de ninguno de los dos. Nadie me había escogido a mí —no pude evitar que las lágrimas cayeran mientras recordaba aquello—. En ese momento me quedé a mi suerte, únicamente con una cuenta de ahorros que habían dejado a mi nombre y ya. Eso era todo. El recuerdo de mi supuesta familia consistía en un portarretrato con una foto de los tres cuando yo era bebé. A partir de ese momento, supe que tenía que aprender a valerme por mí misma y me juré ser independiente, también me prometí una familia.

Le prometí a mi yo del futuro que tendríamos una familia llena de amor, y que ya nunca tendría que sentirme sola. Afortunadamente su partida me enseñó muchas cosas, como entender que una familia no sólo se constituye de vínculos sanguíneos sino también de afectos adquiridos. Yo empecé a vivir con Melissa y sus papás y ellos con el corazón abierto me adoptaron. Había fotos mías en la casa, y sus padres me llevaban a todas las reuniones familiares. Siempre me presentaban como la hermana de Melissa, y así me sentía.

Casi cuatro años más tarde, cuando ya estaba en la universidad, ¡universidad que pagó el papá de Melissa! Recibí una visita de mi padre, me contó que él y mi mamá se habían divorciado, él también se había cansado y le dio un ultimátum, le dijo que escogiera entre él y la actuación. Ella escogió el teatro y se divorció. Me contó que se sintió a la deriva, que durante años había sido su amor incondicional hacia ella lo que lo había guiado y ahora, sin eso, estaba perdido. La estocada llegó un año más tarde: mi mamá se había vuelto a casar, tenía un bebé recién nacido y vivía una existencia tranquila siendo profesora en un teatro infantil. Su esposo era profesor de danza contemporánea. Estoy segura de que eso rompió en pedazos el corazón de mi papá, porque, ¿sabes una cosa, Fer? A la gente no le molesta que el otro no cambie, no, eso no es lo que da rabia, lo que verdaderamente encoleriza es que cambie por alguien más, que todo aquello que alguna vez le pediste y a lo que se negó, ahora acepta voluntariamente con otra persona. Para ese entonces yo ya había estado asistiendo a terapia y me sentía en un buen lugar emocionalmente; acepté sus disculpas por no haberme dado el amor que merecía, pero rechacé su propuesta de seguir en contacto. En mi corazón los perdoné a ambos, y espero que tanto él como mi mamá encuentren la felicidad y la vivan plenamente, pero yo prefiero abstenerme de que formen parte de mi vida.

Después de eso no supe más de mi papá, y de mi mamá, la última vez que la vi fue cuando tenía F y nos dijimos aquel adiós. Así que ese es mi pasado. Por eso no me gusta hablar al respecto, porque inclusive hoy en día, que tengo veinticuatro años, a veces me cuesta creer que mis propios padres no me escogieron, y eso es doloroso, porque, ¡qué mierda! Si tus propios padres no te eligen, ¡¿quién va a hacerlo?!

Fernando había permanecido en silencio durante todo mi monólogo. Continuaba inmutable a pesar de mi última pregunta y temí que mi jodido pasado familiar arruinara esta amistad, que de repente comparara mi historia de mierda con la belleza de familia en la que él había crecido y no me considerara lo suficientemente buena para él… Como si mi pasado viniese a dañar mi presente.

Aguardaba su respuesta, de lo que saliera de su boca dependía todo. Era la primera vez que contaba esta historia desde hace años. Me sentí expuesta, vulnerable, tan frágil, bajo la mirada penetrante de Fernando.

—Estás equivocada —dijo de repente—. Yo te escogí —y juro que nunca escuché algo más hermoso—. ¡Y me da una jodida impotencia y rabia que hayas crecido creyendo que alguien no te escogería! ¡Maldición, Sabrina! ¡Ojalá tú misma pudieras conocerte! Porque solo conociéndote te darías cuenta de que cualquiera te elegiría, que todo el que te conoce te adora. Cuánto lamento que no te hayas sentido amada por tus padres —acariciaba mi mejilla con la palma de su mano mientras hablaba—, pero ellos se lo pierden. Tú no los perdiste, ellos te perdieron. ¡Y perdieron mucho! No saben la mujer tan jodidamente maravillosa que eres. Y eres mía —sentía mi corazón latiendo con tanta fuerza que pensé que Fernando podría ver el movimiento a través de mi blusa—. Eres mi amiga —continuó sonriendo melancólico. No sé por qué, pero esa última frase no me emocionaba de la misma manera que la anterior.

—Eres una nueva Sabrina. No eres la adolescente del pasado, eres la Sabrina ejecutiva, mujer de negocios y sexy *femme fatale*. De hecho —parecía que se le acababa de ocurrir una idea—, vamos a hacer algo. Te voy a mostrar a la Sabrina de hoy. Tú y ella tienen que conocerse en caso de que aún dudes que es una mujer grandiosa.

Puso el motor en movimiento y seguimos. Para entonces ya era tarde y de noche. Sin importar la oscuridad podía reconocer este camino fácilmente: nos estábamos dirigiendo al taller de Fer. Ya ahí, Fer aparcó, abrió la puerta por mí y entramos. Él se abrió paso y encendió las luces, pero puso el atenuador y las dejó bastante bajas. Fue hasta la repisa donde tenía sus cámaras, escogió una y me indicó que lo siguiera.

—Allí, Sabrina —señalaba al sofá.

Me senté en él y miré a Fernando esperando instrucciones.

—Voy a fotografiarte. Acabas de tener un momento de franqueza absoluta, lo cual agradezco profundamente, y por eso quiero que seas capaz de verte de la misma manera en la que yo lo hago. Esta noche eres libre de ser quien eres. No te voy a dar indicaciones de pose ni nada de eso, ni vamos a buscar tu mejor ángulo. Sólo sé tú. ¡Oh, espera! Creo que esto ayudará al ambiente —encendió una pequeña radio a su izquierda y empezó a sonar una suave melodía de pianos y saxofones. Era jazz instrumental.

Al ritmo del jazz cerré los ojos y respiré profundamente, tal como lo hacía en el yoga. Sentí la oscuridad del estudio cubrirme y con ella y cada inhalación y exhalación que daba sentí que se desprendían de mí el rencor, el miedo del pasado, las lágrimas derramadas, las noches de memorias y recuerdos de una familia que no fue lo que yo deseaba. Todo eso se marchaba y solo quedaba yo. Sabrina, una Sabrina libre para iniciar mi vida, para ser quien quería ser. Pero, sobre todo, una Sabrina plena y feliz.

Abrí los ojos y sentí un nuevo comienzo. Empecé a moverme al ritmo del jazz y los sonidos de la cámara comenzaron a escucharse. Me movía suavemente en el sofá y veía a la cámara fijamente; otras veces me giraba dándole la espalda y jugando con mi cabello. Fer se desplazaba y me capturaba desde varios ángulos.

—Eres natural, Sabrina. ¡Te mueves de maravilla! Vas a sorprenderte con lo exquisita que saldrán estas fotos.

—¿Haces mucho esto? —le pregunté mientras me detenía y tomaba asiento.

—¿Qué? —preguntó erguido con la cámara a un lado.

—Esto. Sé que fotografías de todo: personas, lugares, momentos... pero me preguntaba si también hacías este tipo de sesiones más íntimas.

—¿Te refieres a si fotografío mujeres? ¿O tu pregunta es si he fotografiado a las mujeres con las que me he involucrado? —inquirió enarcando una ceja.

¡Maldición!

Fernando me conocía demasiado bien.

—Ambas —a estas alturas de nuestra relación ya era inútil intentar fingir sutileza.

—Pues no, ni una ni la otra. ¡Y mucho menos lo haría aquí! Si acaso era esa tu próxima pregunta —¿quién era él? ¿El adivino Fernando? Imbécil— Mi fotografía es un paso para llegar a la pintura. También la uso para preservar momentos especiales, como eventos con mi familia, pero, nunca lo hago para seducir. A decir verdad, la única vez que fotografíe a mujeres fue mientras pasé una temporada en Milán. Hice un curso de fotografía al desnudo. De hecho fue un curso excelente, y aprendí muchísimo acerca de la desnudez como forma de expresión humana.

—¿De verdad crees eso? ¿Que estar desnudos se considera una forma de expresión humana?

—Totalmente. Creo que estando desnudos nos hallamos en nuestro estado más vulnerable y, por lo tanto, es cuando podemos ser más francos con nosotros mismos y los que nos rodean.

Me puse de pie y me acerqué lentamente hacia él.

—Quisiera intentarlo

¡No sé qué demonios me hizo decir eso en voz alta!, pero hacerlo hizo que me sintiera poderosa, valiente. Me sentí una Sabrina libre. Fernando me miró como si hubiese dicho una atrocidad y se quedó petrificado mirándome sin respuesta.

Era la primera vez que lo dejaba sin palabras.

Supe que me estaba comportando como una idiota, ¿qué estaba pensando? Fernando seguramente creía que era algo absurdo… ¡Qué vergüenza! ¡¿Y si lo que lo dejó mudo es que no sabía cómo decirme que no quería verme desnuda?! ¡Qué bochorno! ¡Igual yo no quería estar completamente desnuda! Quizás solo sin camisa y con *brassiere*, o tal vez *topless*, pero Fer seguía mirándome sin ninguna expresión en su rostro.

—Fer, no sé qué estaba pensando cuando dije eso —me apresuré a hablar. Mi voz parecía haberlo traído nuevamente al presente y fuera de su estado de *shock*, porque inmediatamente comenzó a gesticular ante mi respuesta—. Fui una tonta. Obviamente esto que propuse es algo estúpido y, además, lo más probable es que tú ni siquiera quieras verme desnuda.

—Me encantaría verte desnuda Sabrina —su rostro se posaba fijo en el mío y vi en esos océanos negros la sinceridad cruda y visceral de sus palabras.

—De acuerdo —fue lo único que conseguí decir. Ya no me sentía tan valiente, ni tan libre, ahora me sentía ahogada por este vaivén de emociones que se apoderaba de mí y de mi cuerpo. El taller de Fernando tenía aire acondicionado, pero juro que mi cuerpo se sentía tan caliente como el centro de la tierra—. No quiero estar completamente desnuda —conseguí decir luego de unos momentos. Me gustaría que las fotos solo mostraran la parte de arriba.

—Será como tú digas, como tú prefieras —su mirada seguía fija en mí. Estábamos tan cerca frente el uno del otro que podía oler su colonia y embriagarme con su fragancia. Y aquí estaba yo frente a él, sin nunca haberme desvestido frente a alguien y que ahora estaba a punto de hacerlo frente a un hombre experimentado. Alguien que, sin duda alguna, iba a reconocer la ingenuidad en mis maneras. Bajé la mirada para evitar la suya y me concentré en la camisa de botones que tenía puesta.

Comencé a desabrochar los de abajo uno por uno, lentamente y con cuidado; para cuando llegué a la mitad de mi torso, justo en el busto, las manos comenzaron a temblarme. Lo siguiente que sentí fueron las manos de Fer sobre las mías, alejándolas de la blusa y buscando encontrarse con mi mirada. No tuve más remedio que enfrentarlo.

—Sabrina, dime una cosa —su voz era suave y grave—, ¿has hecho esto antes?

Bajé la mirada avergonzada y sentí cómo el rubor calentaba mis mejillas. En mi silencio estaba la respuesta.

—¿Eres virgen, Sabrina?

Respiré hondo y lo miré

—Sí —contesté de forma casi inaudible.

—¿Sabes algo? Creo que siempre lo supe. Eres muy pura, Sabrina; en tus sentimientos, tu forma de ser, incluso siendo marcada por un pasado doloroso, esas marcas no se reflejan en lo limpio de tu corazón. De alguna manera, deduje que toda tu pureza también se reflejaría en un cuerpo que nunca había sido tocado.

Bajé nuevamente la mirada, no por vergüenza, sino porque mirar a Fernando tan cerca hablándome así me estaba quemando en lo más profundo. Mi cuerpo se contorsionaba de formas que jamás había experimentado y el calor de su mirada solo añadía más fuego al ambiente.

—No, no mires abajo. Mírame a mí —levantó mi mentón con su mano—. Es normal que no puedas terminar de desabrocharte la blusa. Es una respuesta humana, ¿sabes por qué?

Negué con la cabeza. A continuación, me dio una sonrisa pequeña de medio lado, pero no dulce, no, no era eso lo que me transmitía. Sino carnal, era una sonrisa proveniente de años de experiencia que estaban a punto de hablar.

—Porque cuando es la primera vez desnudo con alguien, siempre es la otra persona la que te desviste —y, acto seguido, soltó mi mentón, y posó ambas manos sobre mi blusa.

Fernando estaba terminando mi trabajo inconcluso. Me estaba desvistiendo.

Mi corazón latía con mucha fuerza y me costaba respirar, traté de concentrarme en las lecciones de yoga, la calma y el autocontrol, ¡pero quién demonios tendría autocontrol cuando un tipo tan sexy como Fernando estaba cerca de tus senos! Temí hacer ruido y que de mí saliera un jadeo en lugar de una exhalación profunda. Fernando se movía ágilmente pero lento; con cada botón que soltaba, sentía el tacto frío de sus dedos sobre mi piel caliente. No sé si era la intensidad con la que estaba sintiendo todo lo que ocurría, pero me pareció que rozaba mi piel más de lo estrictamente necesario, como si sus dedos más que desvestir mecánicamente, lo que estuviesen haciendo fuese un recorrido de caricias discretas en mi torso.

Cuando llegó al último botón de arriba lo soltó con delicadeza y me quitó la blusa. Eso era todo. Allí estaba yo en sostén frente a mi amigo, mi Fernando. Porque sí, yo lo sentía de esa manera, como *mi* Fernando.

—No quiero de ninguna manera que te sientas apenada frente a mí —su voz sonaba gutural, más ronca que hace un momento. Casi conteniéndose… ¿Pero de qué?—. Estamos en un ambiente de confianza y de seguridad. Solo somos tú y yo. Si quieres, podemos tomar las fotos así. No hay que llevarlo más allá.

¿Qué era aquello? Yo no había dado señales para que parara, ¿por qué sugerir detenernos? ¿Era por mí?¿Pensaría Fernando que yo me estaba sintiendo avergonzada?

Me acerqué un poco más reduciendo al mínimo la distancia entre nosotros para así decirle en voz baja que me sentía bien, que me sentía cómoda con él y que no habría un mejor fotógrafo con quien hacer esto. Pero al dar el paso fue Fernando quien se inclinó hacia atrás, fue un movimiento casi imperceptible, pero yo lo vi. Vi cómo quiso mantener un espacio entre ambos y también sentí su inhalación profunda y sus puños apretados a los lados.

No era por mí que Fernando quería detenerse. Era por él. ¡Yo también lo estaba afectando! Estaba rígido sin su usual soltura y allí me di cuenta de que estaba reuniendo cada fibra de su ser para contenerse.

¿Pero de qué? ¿Qué era lo que quería evitar?

Decidí dar un salto al vacío, me envalentoné y, mirándolo a los ojos, llevé mis manos atrás, y yo misma solté el broche del sostén y lo dejé caer al suelo.

Fernando intentó mantener la mirada en mí para ser respetuoso, pero algo más allá de él lo hizo mirar, o mejor dicho, mirarme. Observé su gesto contemplativo y vi cómo, rodeado en la oscuridad que nos cobijaba, parecía romper el muro de contención que lo tenía tenso y se acercó a mí. Él mismo rompía la distancia autoimpuesta. Estaba tan cerca de mí que casi mis senos tocaban su pecho. Mi respiración era densa, tan difícil de lograr silenciosamente que solo el intentarlo representaba un esfuerzo desproporcional.

Elevó su mano a la altura de mi cuello y suavemente con un dedo acarició mi clavícula. Su toque me estremecía no solo por el acto en sí, sino por las implicaciones de lo que conllevaba y la incertidumbre de lo que significaba.

—Eres hermosa… Tan hermosa —decía mientras continuaba toqueteando mi clavícula—. Siento que no te lo digo lo suficiente, pero a veces es más sencillo de esa manera —lo que decía sonaba más como un diálogo interno, algo que no me decía a mí, sino a sí mismo. De repente, dejó de acariciarme y me miró a los ojos—. Espero que sepas comprenderme. Ahora, vamos, es hora de tus fotos —me sonrió con ternura y me tomó por la cintura guiándome al sofá.

Estando allí y sabiendo que a continuación vendrían las fotos, pensé que me sentiría compungida o tendría la necesidad de cubrirme, pero no fue así. Luego de ver que yo también afectaba a Fernando y que era recíproca la electricidad entre ambos, me sentí confiada al saber que él también había percibido la tensión del momento. Posé. Posé y me sentí libre, sexy, creo que todas las fotos de este momento de la sesión fui yo riéndome. Y Fer también reía, su risa parecía eco de la mía.

Cuando terminamos, me preguntó cómo me sentía y le dije que excelente, que me sentía renovada y, al mismo tiempo, más yo que nunca. Toda la experiencia había sido catártica y también muy sensual. Aunque esto último solo lo pensé y evité decírselo.

***

Al llegar a mi casa esa noche luego de que Fer me dejara, me senté en el sillón de la sala y estando sola con la oscuridad como compañía tuve que darme de bruces con una realidad inminente, aquella que había tratado de ocultar, de evitar y, sobre todo, de no reconocer.

Estoy enamorada de Fernando.

Lo amo, lo amo a él y sus hoyuelos, su talento, su sentido del humor y su mente ágil; amo quien es y su presente, pero, también, amo su pasado errante, sus mudanzas, sus viajes incesantes. Lo amo con todo y cicatrices.

Lo amo.

Aquella mesonera del pequeño restaurante italiano tenía razón con su mirada. Yo estaba jodida.

Habían transcurrido un par de semanas desde la sesión fotográfica y, a pesar de la tensión sexual de ese momento, los mensajes inciertos, los toques gélidos y las respuestas cálidas de mi piel, no hablamos más al respecto. Nunca lo trajimos nuevamente a colación, solo fue mencionado brevemente cuando, días después, Fernando me entregó un sobre sellado que contenía las fotos; las había editado en blanco y negro y lucían preciosas. No podía creer que aquella mujer rebosante de alegría y confianza era yo. Fer me aseguró que no se había quedado con ninguna copia y que yo tenía los únicos ejemplares. Sin necesidad de que me lo dijera ya yo sabía que lo haría, después de todo, Fernando era, ante todo, un hombre con un profundo respeto por su oficio y arte. Y las fotos que me tomó, de alguna manera, formaban parte de eso, por lo tanto, estaba segura de que les daría el mismo trato que a uno de sus cuadros.

Aun cuando no hablábamos del tema, podía sentir una sutil diferencia en nuestro trato. Ahora éramos más propensos al tacto de forma abierta y más frontal. Había abrazos espontáneos y besos en la frente como saludo y despedida. En ocasiones, hallaba a Fer acariciando mi cabello, y cuando lo descubría haciéndolo, solo me sonreía. En esos momentos de intimidad y cercanía, en los que no mediábamos palabras pero nuestros roces lo hacían, empecé a creer que Fernando también pudiese estar enamorado de mí. Sé que es absurdo ilusionarse con alguien que claramente y de forma tajante ya ha manifestado lo que piensa del amor y las relaciones, alguien cuyo estilo de vida representa la antítesis del mío (me estaba convirtiendo en una de esas mujeres con corazón de hospital que Fer despreciaba); sin embargo, no podía evitarlo. Lo amaba, quería a Fer, pero, sobre todo, deseaba encarecidamente que él también me quisiera.

Aunque ya había conseguido admitírmelo a mí misma, traté de disimular como toda una actriz frente a los ojos incisivos de Xavi y Melissa. Afortunadamente, no había resultado la tarea titánica que pensé que sería porque Xavi tenía semanas preparando una gran coreografía para un show importante el mes entrante y Melissa estaba ocupada emocionándose sin medida por la fiesta de aniversario de su oficina. Tenía días planificando todo junto a sus compañeros. La oficina daría una aburrida y tediosa fiesta corporativa a la que ninguno de ellos quería asistir, así que decidieron organizar una para ellos en un bar. Y todos nosotros estábamos invitados.

Fuimos en dos carros, el de Andrés, que trajo a Melissa y Álvaro y el de Fer con quien me había venido yo.

Al llegar, el sitio estaba repleto. Todos los de la oficina habían ido, yo solo reconocía remotamente algunos rostros que sabía que trabajaban en el mismo piso que Melissa, pero el resto representaba una masa desconocida. El ambiente no estaba mal y el DJ ponía muy buenas canciones. Melissa inmediatamente comenzó a beber, y yo le hice señas a Álvaro para que mantuviese un ojo en ella TODO el tiempo.

El grupo se había dispersado y desde hace un buen rato no tenía pistas de ninguno excepto de Fernando porque estaba conmigo. Nosotros la estábamos pasando bastante bien: reíamos viendo ciertas escenas en la fiesta y conversábamos banalidades mientras picábamos del *catering*. De repente, empezó a sonar una canción reggae cuyo ritmo se me hacía familiar.

—¡Sabrina! ¡Esa canción es buenísima! ¡Vamos! Vamos a bailar —exclamaba entusiasmado mientras me tomaba de la mano para llevarme a la pista de baile.

—Fer, pero eso es reggae. ¡Yo no sé bailar reggae!

—¡Qué importa! Anda, vamos. Además, nunca hemos bailado juntos —y era cierto. Fer me miraba esperando mi respuesta, aún teniéndome de la mano, y fue aquella invitación a lo nuevo lo que hizo que mis pies lo siguieran hasta la pista.

Empezamos a movernos al ritmo suave del coro de *rasta love.*

No pude evitar sonreír al escuchar la canción y sentir la ironía de verme bailando aquello.

—Así, bien —me susurró muy cerca al oído. Solo tenerlo a tan poca distancia ya hacía que mi cuerpo iniciara convulsiones internas—. Eso es, déjate llevar.

Y lo hice.

Comencé a sentir el ritmo y a escuchar la letra de la canción, bailé con decadencia, suavemente y rozando a Fernando con mi cuerpo, tuve que cerrar los ojos y rendirme a la música, a los movimientos de Fer que eran respuesta a los míos, a nuestra cercanía y el palpitar de su corazón tan acelerado como el mío. Nunca bailé de una forma tan sensual, nunca tan desinhibida. Me sentía sola junto a él en esa pista, sola disfrutando de su calor, su presencia, de lo que me hacía sentir, de lo feliz que resultaba tener unos minutos de baile con él. Lo amaba, y en cada movimiento de caderas, cada caricia que daba a su cabello mientras bailábamos, se lo decía; dejé que mi cuerpo hablara. Al finalizar la canción, estaba sudando.

Había sido el baile más intenso de toda mi vida. Y también el mejor.

De repente, escuchamos un golpe fortísimo como de algo cayéndose y todos se apresuraron al origen del ruido para ver de qué se trataba. Nosotros imitamos al resto y, para mi sorpresa, aquel ruido había sido Melissa, quien de la borrachera se había tropezado y tumbado una mesa en el camino. ¡Estaba horriblemente borracha! Álvaro trataba con todas sus fuerzas de levantarla y caminar, pero era terca y se rehusaba a colaborar. Fernando de inmediato fue al auxilio de ambos y ayudó a Álvaro a sostenerla en sus brazos. Ahora entre los dos ya tenían cargada a Melissa. Se acercaron a mí y Fer me dijo que volvería pronto, que ayudaría a Álvaro a llevarla al carro y luego volvería conmigo, que no se demoraría nada. Yo quería ir con ellos, pero tan pronto Melissa me vio comenzó a abrazarme y a soltársele a los muchachos, Álvaro me dijo que sería mejor que me quedara para así poder llevarla al carro y que se quedara dormida.

Accedí y volví al sitio donde originalmente estaba con Fernando, cerca de una de las mesas de *catering*. Ya era bastante tarde y el vaivén de copas y tragos estaba causando rápidamente los efectos esperados. Melissa había sido la primera soldado en caer, pero, por lo visto, había muchos que le seguirían.

Dando un vistazo alrededor del bar, vi a Andrés hablando con una chica muy bonita, entre ellos había cero espacio personal y la chica parecía embelesada por la belleza de Andrés. Pobre, no se le puede culpar por estarlo. Él encontró mi mirada y me guiñó un ojo. Vaya loco, esa era su manera de decirme que esa muchacha tenía un vacío como el nuestro.

Los minutos pasaban y todavía Fernando no llegaba, quise ir al estacionamiento y ver cómo estaba todo con Melissa, pero ni siquiera sabía dónde habían estacionado. Para colmo, no traía mi bolso conmigo, porque Melissa me había dicho que todo sería barra libre y que llevar mi cartera sería inútil y no tenía sentido cargar mi teléfono, porque a quién llamaría si todos íbamos a estar juntos… Sí, claro, ¡muy juntos, Melissa!

¡Mierda! Como si la preocupación no fuese suficiente, ahora tenía ganas de ir al baño. Esto es como una de esas películas de terror de poco presupuesto en la que justo cuando la amiga se queda sin el resto de su grupo, le dan ganas de ir al baño sola. ¡Maldición! ¡Yo sé que eso no se hace! Pero mi vejiga es del tamaño de una nuez y necesitaba ir urgentemente. Busqué a Andrés con la mirada, pero iba a ser bastante difícil que me mirara de vuelta cuando le estaba haciendo una revisión de caries con su lengua a la chica con la que hablaba. ¡Mierda! ¡Mierda! ¡Mierda! ¿Qué hago? Ok, definitivamente esperar por Fernando no es una opción porque ya se ha demorado demasiado, tampoco lo es ir hacia Andrés y distraerlo de la boca de esa chica y, por supuesto, ¡tampoco es una opción orinarme en los pantalones a los veinticuatro años!

Haciendo caso omiso a todas las advertencias de esas películas, tenía que ir al baño sola. Es un baño pequeño, está cerca, tendré fe en que esté limpio y listo.

Al entrar, seguí las previsiones que había aprendido y revisé las tres pequeñas cabinas del baño a ver si había alguien oculto; afortunadamente, no había ningún asesino en serie al acecho, así que entré en uno, hice mis asuntos y listo. Afuera. No había tardado más de cinco minutos, cuando al salir, vi que la puerta del baño, la cual yo había dejado abierta, ahora estaba cerrada y cubriéndola estaba un tipo robusto un tanto más bajo que yo, pero sí mucho más corpulento, quien claramente había tomado, pero que no parecía borracho.

Me paralicé.

El tipo sonreía de forma lasciva y me veía de arriba abajo. Su mirada y gestos confirmaron mi sospecha y supe de inmediato que estaba sobrio.

—Tenía rato mirándote —empezó a decir suavemente. Usaba una camisa estilo polo verde, unos jeans claros y unos Converse negros. Tenía cabello castaño oscuro y sus ojos eran del mismo color—. Desde que te vi bailando en la pista —no me quitaba la vista de encima—. Bailaste como una diosa —aquella expresión sonaba como la vulgaridad más obscena viniendo de ese hombre—, pero, claro —continuó con desdén—, estabas con ese tipo, el tipo alto. Supongo que ese es tu estilo, ¿verdad? Altos y bonitos como modelos de revista. Las mujeres como tú rara vez miran a los tipos comunes como yo, ¿verdad? Puta miserable.

¡Mierda! Esto se estaba tornando en algo que indicaba ser muy peligroso. Quería decirle que se hiciera a un lado, que yo iba a salir y que si me volvía a decir puta le iba a cortar las bolas. ¡Quería decirle todo eso!, pero nada salía. Ni siquiera conseguía moverme del sitio.

—No te imaginé tan calladita., pero creo que así son todas las mujercitas como tú: bellas e imponentes pero arrogantes como la mierda, que creen que no tienen por qué dirigirle la palabra a una escoria como yo —seguía hablando sin moverse de la puerta. Hasta ahora había una sana distancia entre los dos, pero me preocupaba que su charla se estaba tornando cada vez más agresiva; no obstante, mientras no irrumpiera la distancia, podía concentrarme en un plan, en buscarle un punto débil y golpearlo o reunir la voz que necesitaba para gritar por ayuda—. Princesa —qué repulsivo sonaba aquello—, por favor, deja la estupidez en querer buscar salir, ¿ok? Tu rostro habla mucho más alto de lo que lo haces tú. A veces ustedes las mujeres son tan idiotas, idiotas e ingenuas. En tu caso, la idiotez e ingenuidad van de la mano en proporciones iguales. Dime, princesa, ¿acaso tu mamá nunca te dijo que a un baño no se entra sola? ¿Que en los bares a los que vayas tienes que estar atenta a tu entorno? Si lo hubieses estado, me hubieses visto desde que llegaste, hubieses adivinado que entre la multitud de hombres era yo quien te imaginaba desnuda, pero, no, eres una descuidada que no fue atenta y bueno, ¿cómo estarlo? Si estabas tan ocupada excitando a tu novio con ese baile en la pista.

El tipo empezó a acercarse con una sonrisa siniestra dibujándose en su rostro.

—Podemos hacer esto de la manera fácil o difícil, tú decides. De la manera fácil, tú me das unos besos, me dejas tocarte y todo acaba aquí. ¡Ah! Y tienes que disfrutarlo, eso es muy importante. ¡Tienes que hacerme saber que lo disfrutas! —gritó de repente—, pero si te pones difícil, si intentas hacer algo tonto, pues entonces yo me pongo violento. Y tú no vas a querer eso. Si me pongo violento tiendo a alocarme y pierdo un poco el sentido —dijo golpeándose la cabeza—, así que dime —se acercaba más y más—: ¿qué escoges? ¿Placer o violencia?

—Ni se te ocurra ponerme una mano encima, ¡gordo maldito! —alcé la voz reuniendo todo el coraje dentro de mí y le escupí directo al ojo— Y si me vuelves a llamar *puta* te juro que te vas a arrepentir. ¡Hazte a un lado y déjame salir!

Tenía fe en que mi acto de valor lo acobardara, que se diese cuenta de que yo no sería una presa fácil, que antes de permitir que hiciera algo tendría que matarme. Y si ese tipo pretendía matarme, pues él caería conmigo.

Esperé su reacción y en esos segundos sentí el terror dominar mi cuerpo cuando vi que con una sonrisa enorme se limpiaba la saliva del ojo.

—Me encanta cuando escogen la violencia. Siempre lo disfruto más —dicho eso, tomó su correa y empezó a desabrocharla.

¡MIERDA, NO! ¡NO! ¡NO! ¡NO!

Empecé a gritar frenética, tan alto como podía. Y comencé a golpearlo con todas mis fuerzas. Él esquivaba mis golpes y se reía. Era tan fuerte que con una mano podía esquivarlos mientras que con la otra se terminaba de soltar la correa. El sonido de la trabilla soltándose me recorría la columna petrificando cada vértebra.

—¡Cállate! —gritaba riendo— ¿Estás loca? ¡Nadie va a escucharte! ¡Vas a ser mía! Y cuando termine contigo te voy a dejar aquí tirada sufriendo de placer para que tu novio te encuentre. ¡Si es que alguien te encuentra, perra inmunda!

Yo seguía golpeándolo con todas mis fuerzas cuando escuché su correa cayendo al suelo y, acto seguido, un golpe estridente de la puerta del baño.

DIOS MÍO, ¡GRACIAS! ¡GRACIAS! Era Andrés.

Al ver aquella escena, Andrés se le lanzó inmediatamente al tipo y lo sacó del baño lejos de mí. Afuera, con una multitud mirando expectante, empezó a golpear al tipo insultándolo, pero el muy maldito solo se reía.

—¡Maldición! —exclamaba riendo— ¡Qué mala suerte! La puta tenía salvadores esta noche.

Andrés le daba puñetazos y nadie intervenía. Yo estaba paralizada por el impacto de todo y ni siquiera podía articular ninguna palabra. De repente, se abrieron paso Álvaro y Fernando y separaron a Andrés del tipo.

—¡Suéltenme! ¡A este infeliz le faltan unos cuantos golpes!

—¡Maldición, Andrés, siempre es lo mismo! —exclamó ofuscado Álvaro— ¡¿Por qué siempre tienes que buscar pelea cuando bebes?!

—¡¿Pelea?! ¿Pelea? ¡Este maldito casi abusa de Sabrina en el baño! ¡La tenía acorralada!

Al decirlo, Álvaro quedó con el gesto en blanco y Fernando inmediatamente lo soltó y empezó a buscarme desesperado con la mirada. Cuando me vio, supuse que mi rostro lo había dicho todo. De inmediato, Fer se le lanzó endemoniado al tipo mientras seguía en el suelo y empezó a golpearlo con ira desmedida, los golpes de Andrés parecían caricias comparadas a los de Fernando. ¡Estaba poseso!, fuera de sí. Incluso el gordo, antes cínico y riendo, ahora con la nariz rota y la boca sangrando, lloraba rogando misericordia para que se detuviese.

Andrés y Álvaro se preocuparon al ver que el infeliz estaba sangrando demasiado y tenían miedo de que Fernando pudiese cometer una locura que luego le trajese consecuencias impensables. Pero no, él estaba sordo a todo, y de sus manos y cuerpo provenía una fuerza física descomunal. Cuando el tipo cayó inconsciente, temí que Fernando lo pudiese haber matado y entonces todo sería peor para él. Me le lancé encima a Fer y lo abracé por la espalda suplicándole que se detuviera, que parara. Solo al escucharme volvió en sí y se detuvo. Se paró del piso y el público testigo de aquello permaneció inmutable mientras se ponía de pie. Solamente una chica se puso en cuclillas y le tomó el pulso al otro hombre y nos alivió al decir que seguía vivo. Y el alivio no era porque continuara con vida, sino porque Fernando no tendría que cargar con el remordimiento de haber ocasionado algo horroroso.

Sin decir nada, me tomó de la mano entrelazando mis dedos y me llevó fuera del local.

Allí afuera, estando solos, me abrazó fuertemente. Tan fuerte que me sentí segura y quería llorar por todo lo que había ocurrido hace solo instantes, por la inminencia de lo que pudo haber sucedido si Andrés hubiese llegado minutos después. Pero me contuve. No quería llorar ni pensar en lo que podría haber pasado. Solo quería estar con Fernando.

Él se soltó del abrazo pero continuó sosteniéndome por los hombros.

—¡Sabrina! ¡¿Te volviste loca?! ¿Un baño? ¡¿Tú sola?! —me gritaba molesto— ¡¿Qué estabas pensando?!

Yo no sabía qué decir. Lo último que esperaba era este arrebato suyo gritándome en el medio de la calle, y mucho menos luego de lo acababa de pasar.

—¡Yo te voy a decir! ¡Nada! ¡No pensaste en nada! O peor, pensaste que no ocurriría nada malo, porque al final todos son tan buenos como tú… ¡Pues no! ¡No lo son, Sabrina! ¡En el mundo hay escorias y basuras como ese maldito que casi te..!

No podía terminar la frase. Yo tampoco quería que lo hiciera. Pronunciarlo solo lo haría más real de lo que ya había sido.

—Perdóname —dijo con la voz temblorosa, todavía sujetándome fuertemente en los hombros—. De verdad, perdóname. Si no hubiese ido a ayudar a Álvaro o si hubiese venido más rápido, o le hubiese dicho a Andrés que se quedara contigo… ¡Mierda, Sabrina! ¡Perdóname! Yo pude haber evitado esto, yo pude evitar que esto sucediera. Perdóname, por favor. Te fallé.

La molestia de Fernando no era conmigo, sino con él. No había motivos para que se sintiese responsable, la única imprudente había sido yo y, sin embargo, ninguno de los dos era culpable porque el único que cometió una falta fue el animal ese del baño, la basura que no sabe cómo comportarse ni vivir en un mundo donde las mujeres se respetan y a quienes hay que escuchar cuando dicen que No. Porque ¡No es NO!

Lo abracé.

—Todo está bien, Fer. Yo estoy bien.

Fernando me miraba aún con semblante triste mientras acunaba mi rostro con sus manos.

—No creo que tengas idea lo mucho que significas para mí y lo especial que eres —y, al decirlo, me besó. Fue un beso rápido, casi como una estrella fugaz que cruza rápido el cielo nocturno, pero igual de contundente. En ese beso Fernando me transmitió su alivio y la alegría de tenerme a salvo. Quizás fue un impulso o su manera de hacerme saber lo que las palabras no podrían expresar en un momento como este, pero, al mismo tiempo, sentí trascendencia más allá de eso.

Era mi primer beso con Fernando.

—Voy a llevarte a casa —no era una pregunta; me lo estaba informando. Nuevamente, tomó mi mano entrelazando nuestros dedos y fuimos hasta el carro. En el trayecto permanecimos en silencio, pero continuaba sosteniendo mi mano. Creo que tomaría algunos días para que dejara de sentirse culpable.

Al llegar al apartamento le repetí que estaba bien, que me sentía bien y que el tipo nunca había llegado a ponerme una mano encima, ¡todo lo contrario! Era yo quien había arremetido contra él cuando vi sus intenciones.

—Siéntate, voy a buscarte algo de tomar. Necesitas un poco de glucosa.

Me senté en el sofá y luego llegó a mi lado con un vaso lleno de jugo.

—De verdad, no tengo sed, estoy bien. En serio no necesito azúcar.

—Sabrina, por favor —dijo casi como súplica—, hazlo. Tómate el jugo, tu cuerpo acaba de tener un shock muy fuerte. El azúcar te hará bien.

Decidí no darle más vueltas al asunto y comencé a beberme el jugo. Simplemente el hecho de verme tomarlo ya hacía que Fer cambiara su semblante. Lo vi más tranquilo y lo complací al tomármelo entero.

Al terminar el jugo coloqué el vaso sobre la mesa y miré expectante a Fernando.

—Cuando te tomé las fotos te dije que no te repetía lo suficiente lo hermosa que eres, y hoy me di cuenta de que tampoco te digo lo importante que eres en mi vida. Eres mi Sabrina. Mi amiga, confidente, mi compañera de tardes, silencios y conversaciones por horas. Mi Sabrina. De verdad espero que lo sepas, que mi gélido exterior y mis maneras distantes no te engañen y puedas ver más allá de eso para saber lo especial que eres para mí.

De todo lo que acababa de decir resonaba una frase contundente: *mi* Sabrina. Sé que seguidamente había dicho la palabra amiga, pero solo el hecho de que me hiciera suya en una oración aumentaba mi deseo de que también lo hiciera en la realidad. Yo quería ser suya, y, sobre todo, quería que él fuera mío. Pero no de una forma posesiva ni restrictiva, no de esos amores que representan cadenas, no. Yo quería a un Fernando de alma libre, del que me había enamorado, lo único que pedía a cambio era saber que él también me quisiese.

—Dime una cosa —ya podía imaginar lo que preguntaría. Seguramente quería tener la certeza absoluta de que el tipo no me había puesto una mano encima—. Ya me dijiste que eras virgen, pero, Sabrina, ¿te habían besado antes?

Su pregunta me tomó por sorpresa.

—No lo entiendo, ¿por qué lo preguntas?

—Antes, cuando te besé en el bar, tu beso de vuelta fue tan casto, tan veloz. No lo sé —continuó dubitativo—. Me hizo pensar que tal vez yo estaba siendo tu primer beso.

—No, ya me han besado antes. En la universidad salí con un chico llamado Anthony. Lo que pasa es que lo nuestro fue muy juvenil y él no era tan apasionado. —porque resulta que él prefería besar hombres.

Pero contar esa historia ya sería demasiado para la noche.

—¿En serio? —preguntó asombrado— ¿Solamente lo has besado a él?

—Sí, y ahora a ti.

—Pero lo nuestro no fue propiamente un beso. ¿A ti te pareció que sí?

—Pues sí, me pareció un beso —confesé apenada.

—No. Un beso no debe ser así. Un beso es mucho más. Hagamos algo, cierra los ojos. Voy a darte tu primer beso real.

Sentí un escalofrío.

Las luces de la sala estaban apagadas, pero las persianas del balcón estaban corridas y las farolas de la calle nos iluminaban suavemente. Podía verlo con el matiz de la noche y sus ojos parecían combinar a la perfección con ese escenario. ¿Cerrar los ojos? ¿Quién querría cerrar los ojos teniendo a Fernando al frente? No me sentía inhibida por lo que vendría a continuación, por la inminente enseñanza de lo que sería un beso de verdad. No, yo quería que Fernando me besara, pero, más allá de eso, quería transmitirle en ese beso cuánto lo amaba, que sin importar que él pensase que yo no sabía lo que yo significaba para él. ¡era él quien no tenía idea de lo que significaba para mí!

Decidí rendirme al momento y le hice caso. Cerré mis ojos y esperé el beso.

Sus labios aún no estaban sobre los míos, pero empecé a sentir sus dedos nuevamente acariciando mi clavícula como aquella noche en el taller. Yo tenía puesta una blusa de seda sin tirantes y cada toque de se sentía como el infierno mismo ardiendo en mi piel y obligándome a sucumbir a mis impulsos. Después de sus caricias sentí cómo su nariz respiraba en mi cuello e inhalaba profundamente; seguidamente, Fer emitió un sonido gutural, profundo. El mismo que estoy segura saldría de mí si continuaba con este recorrido de placer.

Luego, con una mano tomó la parte de atrás de mi cuello y entrelazó sus dedos en mi cabello y del lado donde me respiraba comenzó a trazar con su boca y lengua un suave camino de besos que fue dejando desde la base de mi cuello hasta casi llegar a mi oreja.

Sentí como cada parte de mí se estremecía ante este preámbulo de emociones. Ahora entendía que yo nunca había conocido la pasión, nunca había sabido lo que es desear profundamente y desde las entrañas a alguien.Fernando estaba despertando una Sabrina que quería ahogarse de placer y solo estaba esperando que él lo pidiera, que él también quisiese ahogarse.

Desde mi oreja rozó con sus labios suavemente mi rostro hasta llegar a mi boca y allí, sintiendo su aliento cerca del mío, junto a mi respiración densa casi jadeante. Allí, cuando de por sí me sabía a mí misma desalmada, desprovista de cualquier fuerza de voluntad, completamente a merced de Fernando y con la convicción de que diría que sí a cualquier insinuación que viniese después de esto. Allí, ya indefensa, Fernando me arrojó un ataque sorpresa.

Con su boca aún cercana a la mía, tan cerca que podía sentir el roce de sus labios y respiración, tomó la granada que tocaría lo más profundo de mí y la lanzó a quemarropa: *te quiero*, me susurró despacio e inmediatamente me besó.

Me besaba con vehemencia, como las películas te enseñan que una mujer debe ser besada, así lo hacía Fer, pero, también, más allá de eso, había una dulzura implícita, un tacto suave mientras acunaba mi rostro.

Sentí que despertaba. Que mi vida había sido un sueño de veinticuatro años del que recientemente me despertaba. Me sentía viva. Era ahora cuando podía responder la pregunta que Fernando me había hecho muchas lunas atrás: «¿Cuándo te sientes más viva?». ¡Ahora, Fer! Ahora que tú me besas y sé lo que siente amar y que te quieran.

¡Ahora es cuando me siento más viva! ¡Te amo! ¡Te Amo!

Quería decírselo, ¡solo Dios sabe cuánto quería decírselo allí mismo en ese instante!

Pero no lo hice. No podía. Hacerlo sería arriesgarme, sería perder al Fer con el que cuento ahora por un Fer que no sé si existe. Hoy tengo al Fernando que me quiere, sí, pero como a una amiga, no puedo arriesgarlo por uno que no sé si me ama.

Además, incluso si yo sintiese que estaba despertando y que era este beso casi una resurrección, continuaba siendo la misma Sabrina. No me atrevía a decirle de frente mis sentimientos de esa manera tan abierta, tan vocal.

Pero tampoco quería que su *te quiero* fuese en vano, así que lo besé de vuelta, le transmití en mi beso que yo también lo quería, que, más allá de eso, lo amaba. Se lo dije con mis caricias en su cabello, con el toque de su lengua con la mía; se lo dije posando mi mano en su pecho tocando su corazón.

Cuando nos separamos, ambos estábamos sin aliento y él continuaba acariciando mi rostro mientras nos veíamos fijamente.

Mi mano continuaba puesta sobre su corazón.

En mi fuero interno sabía que si Fernando me insinuaba ir más allá esta misma noche, yo accedería, accedería incluso sin ser su novia, sin tener la seguridad de que mañana permanecería aquí. Yo accedería porque deseaba estar tan cerca de Fernando como nuestros cuerpos y la vida misma lo permitiesen.

Pero también sabía que Fernando jamás haría una proposición como esa porque me respetaba demasiado. Hacerla sería algo propio del Fernando que tiene sexo desinhibido y disfruta el placer carnal sin medir en apegos… Ese no era Fer en este momento, él me había dicho que esta temporada que estaba pasando aquí no quería concentrarse en sexo y mujeres al azar. Que conocerme había hecho que quisiese explorar esta nueva faceta de lo que se sentía ser un buen amigo y, más allá de eso, ser amigo de una mujer respetando lo que eso implicaba.

¡Maldita sea! ¡Con qué ganas quisiera que me irrespetara esta misma noche en este sofá!

Pero eso no fue lo que sucedió.

—Quiero que sepas que mereces ser besada así cada día de tu vida y no quiero que nunca, ¡jamás!, te conformes con menos. Que cada día te besen como yo lo he hecho esta noche para que siempre te sientas deseada. Prométeme que no te conformarás con menos. Por favor, prométeme que buscarás la pasión en tu vida y que quien esté contigo será digno de ella.

Quien esté conmigo.

Nuevamente, Fernando había sacado otra arma, pero esta, a diferencia de la primera que había sido de *emoción masiva*, fue de *destrucción masiva*. Era su forma de poner el velo de la amistad platónica, aquella que solo involucraba a un hombre y una mujer que se aprecian, se respetan, comparten tiempo juntos y nada más.

Probablemente Fernando no estaba consciente de lo que había hecho, pero ahora esa yo, que hoy finalmente había despertado, estaba deseando encarecidamente estar dormida otra vez.

Habían transcurrido unas dos semanas luego del incidente, tanto lo del baño como el beso.

Sobre lo primero, luego de que Xavi y Melissa se enteraron, pasamos toda una tarde llorando. Yo no lo había procesado y solo una vez que lo hablé con ellos fue que me di cuenta de lo mucho que verdaderamente me había afectado. Melissa se sentía sumamente culpable y no dejaba de pedirme perdón; sentía que si no se hubiese emborrachado nada de eso hubiese sucedido y yo no tendría que haber vivido ese mal momento. Le dije mil veces que no tenía por qué sentirse responsable, que lamentablemente cosas así sucedían con mayor frecuencia de lo que uno remotamente se imagina y que, afortunadamente, mi episodio había tenido un desenlace mucho menos trágico. Esa misma noche alguien en el bar llamó a la policía, y al día siguiente yo fui a presentar la denuncia.

Respecto a lo segundo, también se los conté y junto a la narración vino también mi confesión acerca de mis sentimientos por Fernando. Debo decir que lo del beso les resultó mucho más sorprendente que lo de mis sentimientos.

—Ya era hora de que lo aceptaras —me dijo Melissa.

—Es cierto, reina —concordó Xavi—. Mel y yo lo hemos sabido desde hace meses, solo tú no querías darte cuenta.

—¿Pero creen que es muy evidente? —les pregunté preocupada— ¿Creen que Andrés o Álvaro se hayan dado cuenta? ¡¿O el mismo Fernando?!

—¡En lo absoluto! Sabrina, tampoco es que seas el ser más abierto y expresivo del mundo, difícilmente alguien pensaría que estas enamorada de Fernando, es simplemente que Xavi y yo te conocemos muy bien y sabemos que la forma en que le hablas y te comportas con él es distinta a la que tendrías con un amigo meramente platónico.

—¿Y ustedes qué opinan de Fernando? ¿Creen que yo le gusto?

—No sabría que decirte. Es claro que Fernando te quiere y que eres alguien especial para él, pero no sé si diría que le gustas como mujer —admitió Xavi.

—Ustedes no creen que Fernando esté enamorado de mí, ¿verdad? ¿Es eso lo que no saben cómo decirme?

Ambos se miraron como quienes sabían que llegaría el momento de esta discusión y desde hace tiempo planeaban sus diálogos.

—Mel y yo hemos hablado antes de esto. Nos preocupa que puedas ilusionarte con Fernando, no porque exista algo malo en ti o porque no haya razones por las que él podría enamorarse, ¡al contrario!, ¡existen innumerables motivos por los que él debería desbordar amor pasional por ti! Sin embargo, tenemos que ser realistas: Fernando siempre ha sido honesto contigo y ha dejado en claro el tipo de relación que tienen y, en general, su punto de vista sobre el amor y la estabilidad.

Fernando quiere todo aquello que tú rechazas. Mientras él es movimiento, viajes, exploración; tú eres rutina, estabilidad, calma. La idea de una relación no es que uno tenga que sacrificar parte de su esencia por el otro, todo lo opuesto, significa que ambos se encuentran en sus diferencias y semejanzas y estas son compatibles para que puedan estar juntos.

Genuinamente hablando y con toda la honestidad del mundo, dime: ¿tú crees que Fernando sacrificaría su esencia por ti?

—No, no lo haría.

—¿Y tú sacrificarías la tuya por la de él? —agregó Melissa.

—No, creo que no —dije sintiéndome derrotada.

—¿Entonces por qué torturarte con esos sentimientos? ¡Arráncate ese amor del pecho! Nada importa si Fernando te ama o no cuando el resultado es el mismo —exclamó Melissa, quien en este caso hablaba como la voz de la experiencia.

—Sí importa, Mel, claro que lo hace. Ustedes más que nadie deberían saberlo. Mi papá cambió su vida entera por el amor desbordado que tenía hacia mi mamá y ella siempre le fue indiferente a eso, nunca cambió. Bastó que llegara otra persona a su vida para, finalmente, darle freno a sus viajes incesantes. Yo no pido que Fernando cambie su espíritu nómada, y sé que difícilmente yo pueda ceder mi paz y estabilidad, pero tener la certeza de que él también me ama me daría la esperanza de saber que puede funcionar, que, de alguna forma inexplicable, ambos conseguiríamos que funcionase sin tener que comprometer nuestras formas de ser. Que existe un punto medio. Que nosotros podemos tener nuestro Lyon.

Ellos nuevamente se miraron sin comprender la referencia de Lyon. Parecían determinados en hacerme entrar en razón.

—Sab, escúchame —Melissa destilaba convicción en su voz—, te comprendo, sabes que lo hago. Y nadie más que yo te ha dicho hasta el cansancio que vivas, que sientas, que experimentes, que te des la oportunidad de ser arriesgada, pero hoy apelo a tu prudencia. Te estás aferrando a un barco en movimiento, a un barco que zarpará. Que no le importará dejarte aquí cuando lo haga, o bueno, discúlpame —se corrigió—, no es lo que quise decir, claramente le afectará porque eres su amiga y está muy unido a ti y te quiere, sin embargo, tú no vas a ser lo determinante para que él se quede.

Cuando él sienta que es momento de partir, lo hará, independientemente de a quién deje atrás. Y eso te incluye. Él no cambiará sus planes por ti, Sab, tienes que aceptarlo. De manera que no puedes armar tus planes y vida alrededor de él ni de su presencia.

—Hablando de eso —tomó la palabra Xavi mientras alzaba un sobre en sus manos—. ¿Qué piensas hacer con esto? Tienes hasta esta semana para dar una respuesta.

Lo que Xavi sostenía en sus manos era mi sueño hecho realidad. Hace seis meses había enviado mi postulación a un instituto de yoga en India en el que ofrecían una beca para estudiar allí durante dos meses y certificarse como profesores de yoga.

Entre el trabajo, Fernando, mis ejercicios y todo lo demás, me había olvidado por completo de la postulación, hasta que hace tres días había llegado un sobre a mi nombre enviado desde la India. Lo traje inmediatamente a la casa y junto a Xavi y Melissa celebramos gritando que había sido aceptada y que la beca, con pasajes incluidos, era mía. Tenía que dar respuesta esa misma semana, y partiría en diecisiete días.

—Todavía no lo sé, Xavi.

—Reina, este sobre representa tu sueño, tus ganas de conocer India, tu anhelo de ser profesora de yoga y aprender de los mejores. ¿De verdad estás considerando decirle que no a esto por Fernando?

No quería decirlo en voz alta porque sé que sonaría como la imbécil más grande del mundo. Yo, que me vanagloriaba de ser una feminista, una mujer independiente, una ejecutiva del mundo corporativo, ahora estaba pensando seriamente dejar ir esa oportunidad a causa de Fernando. ¡Pero es que sencillamente no toleraba la idea de estar lejos de él durante dos meses! Si me iba, corría el riesgo de que al volver ya él se hubiese marchado o descubrir que su partida estaba próxima y yo no había podido disfrutar unos momentos más con él.

No quise darle frente a Xavi para responder su pregunta, pero él asumió mi respuesta.

—¡Ni loca permitiré que hagas eso! ¡Tú no vas a desperdiciar una oportunidad como esta! Juro que si no entras en razón voy a llamar a mis padres para que hablen contigo y sean ellos mismos quienes lo hagan —exclamó Melissa perdiendo la paciencia.

—¡No te atreverías!

—No me provoques, Sabrina. Sabes perfectamente que te amo, que eres mi hermana y precisamente por eso no permitiré que te impidas cumplir este sueño.

—Melissa, ¡pero tú has hecho cosas así! Tú has tomado decisiones impulsivas en el ardid del momento y, después, sencillamente asumes las consecuencias.

—Sí, pero esa soy yo, ¿qué te hace pensar que quiero para ti lo mismo que me ha sucedido a mí? Sab, para ti quiero cosas mejores. Quiero que seas feliz porque nadie en este jodido mundo merece más la felicidad que tú. Y por eso estoy siendo una perra en este momento. Porque soy tu amiga y te amo.

—Reina —Xavi empleaba su voz conciliadora—, dinos algo: ¿qué necesitas saber para tomar esta decisión?

—Para ir a India e irme tranquila. Necesito saber si Fernando me ama o no. Si Fernando no me ama y ya es una decisión irrevocable, pues por supuesto me iré a la India, porque partiré teniendo la certeza de que estoy tomando la mejor decisión, y que a lo que voy es mejor que lo que dejo atrás. Solo en ese caso, y con la seguridad de que no me ama, es que partiré; de lo contrario, estoy segura de que me quedaré.

—Sabrina, te amo con la intensidad de mil soles y, francamente, no sé ni siquiera qué esperar ni puedo anticipar qué sucederá porque si algo he aprendido es que la vida es como un show: siempre existe espacio para las sorpresas y lo inesperado, de manera que solo espero que pase lo que sea mejor para ti. Y, de corazón, deseo que si la respuesta de Fernando es *no*, tengas la fortaleza y el coraje necesario de montarte en ese avión, porque, de lo contrario, Melissa y yo patearemos tu trasero hasta el mismo aeropuerto.

—¡Puedes contar con eso!

—Se los prometo. Esta misma semana enviaré una respuesta al instituto, ya sea aceptando la oferta o declinándola.

—Ahora bien, siguiente paso: ¿cómo se supone que averiguarás si Fernando tiene sentimientos por ti?

—Esa es una excelente pregunta, Xavi —repuso Melissa—, ¿acaso se lo preguntarás directamente?

—¡No! Tampoco podría exponerme de esa manera. ¡Déjenme al menos preservar mi dignidad! Mañana lo averiguaré. Me invitó a un club de jazz, allí buscaré la forma de preguntarle.

—Sab, no quiero sonar como un *drag* impertinente, pero ¿cómo demonios lograrás eso sin, de hecho, preguntarle si te ama?

—¡Mierda, Xavi, yo veré cómo! ¡Ya! He dicho que lo haré. Eso es lo único que ustedes necesitan saber por ahora, el cómo, me encargaré yo misma mañana.

—¿Mañana en la noche es lo del club de jazz? —inquirió de repente Melissa.

—Sí, mañana en la noche.

—¿Eso significa que no irás con nosotros al toque de Tierra Mojada? —preguntó decepcionada— Andrés, Álvaro y yo iremos.

Aquello tenía que ser un chiste. La observé fijamente en silencio.

—Bien, te lo pierdes. Pero que conste que en el toque pasado no te fue tan mal, después de todo allí conociste a Fernando.

Tenía razón.

Mierda. Punto para Melissa.

***

El día había transcurrido rapidísimo y, antes de lo pensado, ya era de noche. Esta sería la noche. Fernando me pasaría buscando en una hora e iríamos al sitio. Era uno de sus clubs de jazz favoritos en la ciudad y estaba emocionadísimo de que lo conociera.

Después de lo del beso todo seguía con normalidad entre nosotros. No hubo cambios repentinos ni incomodidad. Aquello que había sucedido se sentía como lo más natural, algo casi rutinario. Me pareció que Fer no le había dado mayor importancia y yo no quería ser la inmadura que lo estuviese trayendo a colación a cada instante. Después de todo, nuestra relación seguía igual. La verdad no tenía motivos para quejarme.

Excepto que yo quería más.

Abruptamente y sacándome de mis cavilaciones escuché tocar la puerta. Revisé la hora para ver si podía ser Fernando, pero todavía era temprano. Al abrir, descubrí a Andrés esperando al otro lado.

—Hola, preciosa, ¿cómo estás? ¡Ese vestido es increíble! —me saludó dándome un beso en la mejilla y haciéndose paso al apartamento.

—Hola, Andrés. Gracias. Estoy por salir con Fernando. Siéntete en casa, yo iré a terminar de arreglarme en mi cuarto.

Mientras terminaba de arreglar mi cabello comencé a practicar frente al espejo ciertos pasos de baile que fuesen al ritmo de la canción. Me sentía como la persona más descoordinada. No tenía idea de cómo bailar jazz.

—Preciosa, si vas a hacer eso, por favor, quédate sentada —dijo riendo mientras me espiaba desde afuera.

—¡Andrés! —le grité al sentirme descubierta— ¡No seas cruel! No es tan fácil como crees.

Me hizo un gesto de que yo estaba exagerando.

—¡Es en serio! La música es preciosa, pero simplemente no sé cómo agarrar el ritmo.

—Ven —dijo extendiendo su mano—. Yo te enseño. El jazz suave se baila de la misma forma que la música de orquesta de los años cuarenta. Tienes que bailar a Ray Charles de la misma forma en la que bailarías a Sinatra.

—Número uno, ¿cómo se supone que haga eso? Y número dos, ¿cómo se supone que tú sabes eso?

—Si tomas mi mano te enseñaré.

No tenía nada que perder en intentarlo. Tomé su mano y decidí seguir su guía.

Me estrechó por la cintura y me indicó que posara una mano sobre su hombro y la otra que todavía tenía sostenida a la de él la mantuviese así.

—La clave es dejar tu pose de mujer independiente domina mundo y permitir que sea el hombre quien guíe. Fíjate que si dejas que yo marque el paso, tal como lo estoy haciendo ahora —dijo mirando a sus pies e invitándome a que hiciera lo mismo para comprender a lo que se refería—, será más sencillo para ti imitar los movimientos. ¿Te das cuenta? Así. Y marcas el compás en cuatro tiempos. uno, dos, tres, cuatro. Suavemente. un, dos, tres, cuatro

Era increíble, pero tenía toda la razón. Siguiendo sus instrucciones era sencillísimo. Además, nunca lo hubiera imaginado, pero Andrés se movía con la gracia de un bailarín con años de práctica.

—Debo confesar que nunca pensé que serías tan diestro para un baile de este tipo.

—Hay muchas cosas que aún no sabes de mí —dijo mientras ladeaba su cabeza.

—¿Como cuáles? —pregunté enarcando una ceja.

—No pensé que yo te resultara tan interesante. Pero si cambias de idea y vienes con nosotros al club, tal vez te las pueda contar.

—Ya te dije que voy a un club de jazz con Fernando. Es una noche especial.

—¿Por qué? —preguntó curioso.

—Hay muchas cosas que no sabes —le respondí sonriendo.

—No lo dudo, Sabrina. Espero que todo salga bien esta noche, entonces.

Me miraba fijamente, con la claridad de sus ojos cuando ve más allá. ¿Acaso Andrés sabía que estaba enamorada de Fernado? ¿Sabía que hoy iba a averiguar si él también me amaba?

—Pero, pase lo que pase —continuó como si pudiese leer mis pensamientos—, quiero que sepas que estás preciosa.

De repente recibí una llamada de Fernando. Me solté del agarre de Andrés, le contesté y le dije que ya bajaba.

Tomé mi cartera y, antes de salir, miré a Andrés y sonreí.

—Rumbo a la guerra, soldado.

***

Cuando llegamos sentí que abandonaba el presente y era arrojada a 1950. Era un bar pequeño e íntimo, con paredes de ladrillos adornadas con luces que caían como lluvia. La luz era tenue e invitaba a la cercanía; el ambiente emanaba una sensualidad inexplicable que podía sentirse desde el momento en que cruzabas la puerta. El interior tenía una barra y mesas altas con taburetes alrededor. Había muchas parejas, cada una aprovechando al máximo la cercanía con su persona amada mientras disfrutaban del cuarteto de jazz que daba un acompañamiento musical a la cantante, una morena muy bonita y voluptuosa vestida de época y con los labios color magenta. Ella cantaba con emoción profunda cada una de las canciones.

Fernando estaba guapísimo. No podía evitar mirarlo con disimulo a cada instante. Tenía una barba incipiente que lucía muy varonil y que se sentía divina al tacto. Tenía puesta una camisa manga larga blanca que llevaba por fuera y un pantalón de vestir negro con zapatos que hacían juego. Su piel blanca, sus grandes ojos negros y cejas gruesas usando, además, esos colores, hacían que todo su atractivo se multiplicara, sin mencionar que yo me sentía como la mujer más afortunada de la noche al entrar en ese club con él de la mano.

Pero yo no era la única que arrojaba miradas furtivas y Fernando tampoco podía evitar mirarme a cada tanto. Deliberadamente decidí sacar todas mis armas femeninas: me puse un vestido rojo ceñido al cuerpo que me quedaba por encima de la rodilla y se amarraba al cuello como en las siluetas de antaño. Además, usé mis tacones negros altos y ondulé mi cabello de lado para dejar un lado de mi cuello descubierto, y que en el otro solo se viese la larga melena espesa. Por supuesto, todo acompañado del labial rojo más intenso que tengo y suficiente máscara de pestañas y delineador para marcar muy bien la mirada.

Cuando Fernando me vio no pudo ocultar su sorpresa e, incluso, se mantuvo en silencio por unos pocos segundos al tiempo que sonreía ampliamente.

—¡Te ves hermosísima! De por sí eres preciosa, pero hoy te has excedido. Me mantendré cerca de ti toda la noche; no permitiré que nadie te robe de mi lado —al decirlo, sonrió. Con su sonrisa de lado que solo Fernando sabe hacer y con la que logra solo aquello que Fernando sabe lograr.

Si tan solo supieras que, incluso si lo intentaran, nadie podría robarme de tu lado.

Al llegar me sentí con escalofríos desde el primer momento. Sabía que tenía que tranquilizarme, si empezaba a verme inquieta, Fernando sabría que algo extraño estaba sucediendo.

Permanecimos de pie cerca de la pequeña barra hablando. Me contaba sobre unas remodelaciones que un arquitecto le había recomendado hacer a su taller y que de hecho estaba contemplando la idea, a mi me entusiasmaba de sobremanera que lo hiciera ya que eso significaba más tiempo en la ciudad, aquí. Conmigo.

Un grupo de pintores a quienes yo reconocía de exposiciones pasadas a las que había acompañado a Fer se acercaron a saludar. Eran tres hombres de la edad de Fernando, o quizás mayores, cada uno iba acompañado de una chica de la mano; sin embargo, ninguna de ellas me parecía familiar, ni recordaba haberlas visto en encuentros pasados.

Al aproximarse, los hombres y sus parejas se mostraron muy amables con nosotros. Fernando me sostenía muy cerca de sí por la cintura. Cuando le tocó presentarme ante las mujeres, lo hizo nuevamente como lo había hecho aquella vez con sus colegas. *Ella es mi Sabrina*. Mi nombre no ameritaba otro título ni prefijo que lo acompañara. Yo era simplemente *Sabrina*, o bueno, más allá de eso, yo era *su* Sabrina..

La sorpresa fue evidente, pues ellas obviamente conocían a Fernando de antes y nunca lo habían visto acompañado de alguna mujer (aunque su reputación de *Playboy* fuese bien conocida). Pero allí estaba yo, tal como en tantos otros eventos, acompañándolo y de la mano, siendo presentada como *suya*.

Al alejarse para volver a sus mesas todos se despidieron de mí con un beso en la mejilla.

Cuando se fueron, Fer me miró impasible y me dio un beso en el cabello, otro en la frente, uno en la punta de la nariz y, por último, en mi mejilla.

Estoy segura de que mi rostro tenía el mismo color que mi vestido. Le sonreí y le pregunté a qué debía la lluvia de besos.

—Quería compensar con mis besos todos los que ya te habían dado. Que mi marca fuese la última. Que yo fuese tu último.

¡Maldición! Este hombre iba a lograr destrozar el poco autocontrol que estaba reuniendo para esta noche. Sus palabras eran como lanzas arrojadas directamente al corazón. A lo más profundo de mi amor por él.

Él tenía que quererme. No puede ser que yo esté loca e imaginando cosas; Fernando también tenía que amarme. Tenía que ser así. Todas las señales eran claras: su comportamiento, su actitud, el incluirme en su vida, hacerme parte de su taller y, con ello, invitarme a integrar lo más íntimo de su ser, su arte. Su familia. Todo.

Yo soy una persona racional y me enorgullezco de analizar cada situación lógica y objetivamente. Y es por ello que tengo la certeza de que para Fer tiene que haber algo más. Esta ráfaga de sentimientos no puede provenir únicamente de mi dirección.

Fernando también debía sentirlo.

—Bailemos —le dije de repente.

—Por supuesto. A eso vinimos —me llevó por la cintura hasta la pequeña pista de baile y allí, de acuerdo a lo aprendido esa tarde con Andrés, lo dejé guiarme y que marcara el paso. Bailábamos tan cerca como nuestros cuerpos lo permitían y yo tenía posadas mis manos alrededor de su cuello.

—Baila el jazz como si perteneciera a la época, mi hermosa dama.

—Y usted, caballero, ciertamente habla como si también fuese el pasado su hogar.

—¿Qué es el hogar después de todo? ¿Una época, un sitio? Quizás el hogar sea solo un momento, y si es así, mi hogar es este momento contigo. Esta noche tú eres mi hogar.

—En ese caso, tenga por seguro que cuidaré bien de usted. Que haré de este un hogar cálido. Seguro.

—¿Cuidar de mí, señorita? Tendrá que disculparme, pero creo que ha habido un error. Soy yo quien quiere cuidar de usted y en esto soy firme e irreductible.

—No es ningún error, caballero. Es la verdad. Si soy su hogar, considéreme un refugio. Un mar inagotable de acuarelas para colorear su vida.

—¡Ah! —exclamó complacido— Ha sabido usted tocar una fibra sensible en mí, bella dama. Sabe que el arte es donde yo claudico y me entrego.

—Entonces hoy es su renuncia. Esta noche se entrega a mí —le dije mirándolo fijamente a los ojos.

Fernando no apartaba su mirada y me observaba detenidamente.

—Nuevamente, se ha equivocado, señorita.

Mi corazón se detuvo.

—A usted me entregué desde esa primera noche en que la vi.

Ya. Ya. ¡Era suficiente! Tenía que ser ahora o nunca. Tenía que reunir el coraje de decírselo.

La banda comenzó la transición a la siguiente canción. Reconocí el ritmo y sentí que el destino me estaba apoyando. Era *Love Me or Leave Me*.

—Fer —le dije tratando de ocultar el temblor en mi voz—, quiero que escuches muy bien esta canción. Es preciosa. Escúchala,, por favor oye la letra.

La cantante comenzó y, junto a ella yo sostenía suavemente a Fernando por el cuello acariciando su cabello, mientras, yo también, cantaba la canción, pero en español, convirtiendo las palabras de la canción en las mías, para que esas letras confesaran el amor que yo no podía. La bella morena dirigía su canto al público, pero el mío tenía solo un oyente: él era mi público.

—Este suspenso me está matando. No puedo soportar la incertidumbre, dime ahora, tengo que saber, si tú quieres que me quede o que me vaya. Ámame o déjame, o déjame estar sola, no me creerás pero te amo solo a ti. Prefiero estar sola que feliz con alguien más.

La cantante continuaba la melodía, pero yo ya no podía más. Durante todo mi canto solo le canté a él, mirándolo, acariciando su cabello y dejándole saber que esa canción tenía su nombre escrito. Que yo lo amaba, lo amaba profundamente y que esperaba que él también lo hiciera.

Fer no decía nada. Estoy segura de que sabía que más que simplemente cantar, yo le estaba cantando a él, directamente a él.

Su silencio me mantenía petrificada.

—Tienes razón, Sabrina —dijo finalmente muy despacio y sin sonreír—, es una canción preciosa. Transmite mucho amor, pero no puedo evitar sentirme mal por la cantante que la escribió originalmente. Debió ser terrible encontrarse en esa situación de incertidumbre por saber si era querida o correspondida, y no tener la certeza de qué esperar a cambio de ese alguien amado. Eso suele suceder mucho, a mí me pasó bastante con las mujeres con quienes tenía algo.

Por eso, desde el primer momento me he sentido cómodo contigo, porque al ofrecerte mi amistad me aceptaste como yo era, con lo que podía y no podía ofrecer. Hay gente que nunca llega a comprender eso —decía mientras me reaseguraba con los ojos la convicción de sus palabras—, pero tú sí. Tú desde el inicio comprendiste que yo solo podía ofrecerte mi amistad, que no había nada más a lo cual aspirar y que sin importar el desarrollo de nuestra relación el resultado siempre sería el mismo. Tú serías, al final del día, quien fuiste al comienzo. Mi Sabrina. Mi amiga.

Y, al decirlo, me dio un beso en la mejilla.

¿Era eso una consolación? ¿Habría Fernando verdaderamente comprendido todo lo que yo quería decirle? ¿Era acaso esta su forma de rechazarme sin herirme? ¿De decirme que eso es lo único que yo siempre sería para él? ¿Su amiga?

Reuní todas mis fuerzas para sonreírle y no desplomarme en ese mismo instante. Apoyé mi rostro en su hombro para así evitar mirarlo, y mientras hacía uso de todo mi autocontrol para no salir de allí e irme a llorar a mi casa, nuevamente el destino comenzó a hablarme a través de una canción.

Esta vez con *I'm a Fool to Want You.*

¡Y vaya que yo era una grandísima tonta!

¡Maldición! ¡Claro que sé que está mal! ¡Por supuesto que debe estar mal! Pero eso no significa que mágica e instantáneamente deje de amarlo.

¡Por Dios! No podía creerlo, pero me encontraba cautiva. Literalmente me encontraba presa de mis sentimientos sin poder hallar una salida racional de ellos. Fernando acababa de reafirmarme lo que sentía, que me veía como solo su amiga, que sin importar cómo continuase desarrollándose nuestra relación y amistad, ese siempre sería mi desenlace: ser su amiga.

Y aquí me encontraba yo, consciente de todo aquello y sin maneras de poder evitar querer seguir a su lado. Estaba siendo rehén de mis propias emociones y lo peor de todo es que, en el fondo, yo no quería hacer nada para evitarlo. No quería alejarme de Fernando.

Una amistad con la que yo no me sentía conforme era infinitamente mejor a la inexistencia de cualquier vínculo que me uniese a él.

Qué patética soy.

Me he convertido en el cliché más grande de mujer enamorada. Aquel en el que juré nunca convertirme.

Maldición. Soy mi padre.

¿Ahora que iba a hacer? ¿Cómo decirle a Melissa y Xavi que incluso sabiendo que Fernando no me amaba, yo no quería irme a la India y alejarme de él? ¿Cómo explicarles que la persona lógica y organizada del grupo se había vuelto loca? Porque básicamente es eso lo que me dirían, que me he vuelto completamente loca y he perdido el juicio… ¡Y tendrían razón!

¡Esto es una locura! ¡Un maldito callejón sin salida! Yo he anhelado jodidamente esta oportunidad de ir a India. La amo sin siquiera conocerla.

Pero también lo amo a él. Mucho.

—Sabrina —inició Fernando y con quien yo continuaba bailando en modo autómata—, sabes que no me gusta presionarte en que me digas las cosas, pero ¿no hay algo sobre lo que quieras conversar conmigo?

¡Mierda! ¿Era esto una pregunta directa con respecto a mi declaración?

—¿A qué te refieres? —inquirí de manera calmada.

—¿Acaso no me vas a dar la oportunidad de organizarte una fiesta de despedida en mi taller? ¿O cuándo pensabas decirme sobre tu viaje a la India?

—¡¿Quién te lo ha dicho?! Nadie lo sabe.

—Melissa lo sabe, y ella se lo dijo a Álvaro, y Álvaro, quien pensó que ya yo lo sabía —dijo mientras enarcaba una ceja—, me preguntó si pensaba hacerte una despedida o algo por el estilo, porque seguramente Melissa también querría estar involucrada.

—No es que no haya querido contártelo, es solo que no le he dado demasiada importancia al asunto.

—¡¿QUÉ?! Sabrina, ganaste una beca entre cientos y quizás miles de postulantes. La gente de ese instituto te está diciendo que entre otros tantos yoguis en el mundo, eres tú quien merece estudiar junto a ellos, de ser la mejor profesora de yoga y, sobre todo, de conocer India. La vas a adorar. No entiendo cómo es que no estás emocionada.

—Porque ni siquiera sé si aceptar la beca —le confesé finalmente. Su semblante cambió de repente y adoptó una pose severa.

—¿De qué estás hablando? ¿Cómo que estás dudando sobre si aceptar la beca? La respuesta debería ser un sí rotundo.

—No es tan sencillo. Hay muchos factores que considerar. No puedo simplemente irme y dejar toda mi vida a un lado durante dos meses.

—¡Son solo dos meses! ¡Es tu sueño! Absolutamente todo con lo que cuentas en el presente continuará aquí cuando regreses. ¿Por qué quieres impedirte cumplir este sueño?

—¡¿Todo?! ¿Estás seguro de eso? ¿Incluyéndote? ¿Acaso tú vas a estar aquí en dos meses?

Mi pregunta lo tomó de sorpresa y al oírla, en lugar de responderme, me hizo otra pregunta:

—Sabrina, no creo que sea yo una de las razones que te esté impidiendo irte de viaje, ¿verdad?

Por supuesto que no eres *una* de las razones, ¡ERES LA RAZÓN!

—No —mentí—. Por supuesto que no. Te menciono porque ahora eres mi amigo, y es una realidad que en esos dos meses puedas irte.

Mi respuesta no parecía convencerlo.

—Eres mi amiga —¡deja de repetir la jodida palabra!—. Quiero que seas feliz. Inmensamente feliz. Y tú sabes tan bien como yo que India representa esa felicidad. La consecución de un sueño. Recuerdo claramente cómo tu rostro se iluminaba mientras hablabas de eso durante aquel almuerzo en mi taller. No lo dejes ir. No dejes ir a India y a tu sueño.

¿Y qué se supone que haga Fernando? ¿Dejarte ir a ti? No puedo.

—Dime la verdad —continuó—. La verdad, Sabrina… ¿Hay algo o alguien que de forma específica te esté impidiendo ir a ese viaje?

Subí la mirada y la posé fijamente en él.

Tú. Eres tú, Fernando. Eres tú quien está impidiendo que me vaya porque te amo y no quiero alejarme de ti y correr el riesgo de que a mi regreso ya te hayas marchado.

Él pareció captar mi mensaje.

—Nada ni nadie merece ese sacrificio —me dijo escrutándome como quien busca penetrar el rincón más profundo del alma—. Nadie.

—Todavía tengo unos días para enviarles mi decisión. No te preocupes. Te avisaré sobre lo que decida.

—Estoy seguro de que tomarás la decisión correcta. Me haré cargo de ello.

Melissa había dormido esa noche en el apartamento de Álvaro y Xavi tenía show hasta la madrugada, así que al regresar de mi cita con Fernando, tenía el apartamento para mí sola.

Afortunadamente pude descansar y dormir. Necesitaba estar solo yo y mis pensamientos sin tener que explicarles cómo había salido todo.

Fatal.

Esa hubiese sido la respuesta más sincera y la que no podía confesar. A ellos tendría que decirles que nunca me atreví, que todavía no sabía cómo se sentía Fer. Esa era la única forma que tenía de ganar tiempo para pensar cómo decirles acerca de mi renuncia a la beca.

Ya podía imaginar el drama que estaba a punto de desatarse y, por supuesto, ya tenía que ir pensando cómo explicarle todo a los padres de Melissa, porque estoy segura de que la amenaza de contarles no había sido en vano.

Que difícil iba a ser todo esto.

Pero había que ser realistas: India siempre estaría allí, en cualquier momento yo podría ahorrar y comprar un pasaje e ir de turista o quizás más adelante hacer un curso. Toda mi vida siempre he sido organizada y planificada, siempre he hecho lo que se supone debo hacer. ¿Por qué sería tan reprochable que esta vez decidiese lanzar todo a la borda por amor? ¿Por vivir un romance con el hombre que adoro? ¿No puede una ser libre de tener un arrebato en la juventud? ¿Cuál sería la diferencia en este caso?

Que Fernando no me ama.

Y allí, justo allí, la voz de mi consciencia, aquella que por más alocada que yo tratara de ser en este instante, continuaba tratando de hacerme entrar en razón. Era esa parte de mi cerebro recordándome lo estúpido que sería tomar una decisión como esa y arrojar todo a la borda por alguien que hace mucho ya había zarpado sin mí.

Buen trabajo, Sabrina. Te has convertido en el objeto de repudio de toda feminista. Una mujer que decide dejar todo por un hombre. Eres peor que Bella Swan abandonando su humanidad para ir a tener sexo salvaje con un vampiro que brilla en el día.

Qué bajo has caído.

¡Mierda! ¿Qué hago? ¿Me quedo y me arriesgo a enamorar a Fernando y hacer que me ame? O si eso no sucede, simplemente quedarme a disfrutar de su compañía por el tiempo que dure su estancia aquí… ¿O me voy a India a expensas de lo que pueda encontrar o no a mi retorno?

¡¿Qué hago?!

Casi como si mi diálogo interno fuese una comunicación directa con el universo, recibí un mensaje de texto a mi celular.

Para: Sabrina

Hola. Saludos desde el desorden de mi taller, te tengo una propuesta.

¿Aceptas?

Para: Fernando

Hola desde mi cuarto ordenado.

¿Qué clase de propuesta? Tienes que darme detalles.

Para: Sabrina

Deja espacio al misterio. Si me dices que aceptas, te diré todo.

Pero solo si me dices que sí.

Para: Fernando

De acuerdo, ¡tú ganas! Acepto. Ahora cuéntame de qué se trata.

Para: Sabrina

Esta noche iremos nuevamente al club de jazz.

Siento que ayer quedaron algunas cosas inconclusas y hoy quiero dejar todo claro.

Para: Fernando

No lo entiendo... Anoche la pasamos bien.

¿De qué estás hablando?

Para: Sabrina

Me refiero a que después de esta noche estoy seguro de que tomarás la decisión correcta sobre India.

¿Esto de verdad estaba sucediendo? ¡Mierda, sí! ¡Lo sabía! Fernando me ama. Se arrepintió del rechazo sutil de anoche, seguramente mi viaje lo había alertado acerca de perderme y recapacitó. ¡Sí! ¡Sí! ¡Sí! ¡Fernando me ama!

Para: Fernando

De acuerdo. Está bien.

¿A qué hora me pasas buscando?

Para: Sabrina

De hecho, creo que es mejor que nos encontremos allá.

No dejes que Álvaro, Xavi o Andrés te lleven. Por favor, lleva tu propio carro.

Para: Fernando

Ok. Como tú digas. Nos vemos allá.

Dime la hora.

Para: Sabrina

A las 7:00 p.m., pero es en serio. Prométeme que llevarás tu carro.Que tú misma vas a manejar directamente hasta allá y que de regreso no tendrás que esperar que nadie te busque.

Prométělo.

Para: Fernando.

Está bien. Ya entendí.

¿Puedes dejar de ser tan intenso?

Para: Sabrina

Perdóname.

Eso sí era inusual: una disculpa de Fer ante mi sarcasmo. Normalmente hubiese respondido algo más sarcástico y continuaríamos hablando.

Supongo que lo de esta noche lo tiene tenso. Podía entenderlo, pero no había razón para que él estuviese así, después de todo, debería ser mucho más sencillo si ya sabe cómo me siento.

Pero hay cosas que no encajan, por ejemplo: que no sea él mismo quien me venga a buscar. ¡Odia que yo llegue sola en mi carro! ¿Habría algo malo en el suyo? Pero eso es imposible porque ayer tarde cuando me trajo todo estaba perfecto. Y además ¿Por qué insistir en que nadie me llevara? Y decir que así no tendría que esperar a que alguien me busque ¿Qué tendría de malo esperar? ¿Por qué quería que yo pudiese ir y regresarme inmediatamente?

Pensándolo bien, hay algo extraño en todo el asunto ¿Fernando se me va a declarar esta noche o hay algo más?

Definitivamente algo va a pasar esta noche, pero ¿Qué? Quizás estaba ahogándome en pensamientos innecesarios y permitiendo que mi ansiedad domine la mejor parte de mí.

¡Ya! ¡Detente, Sabrina! Tienes que dejar de darle vueltas a esto.

Es una simple cita con Fernando. Tal como muchas otras que has tenido. La única diferencia es que te pidió conducir tú misma, lo cual no es tan descabellado, así que no hay nada de qué preocuparse.

Todo va a salir bien.

Me repetí esa frase alrededor de quince veces mientras respiraba profundamente y me serenaba.

Durante toda la tarde no había visto a Melissa ni a Xavi y deliberadamente decidí ignorar sus mensajes y llamadas. Estaba segura de que al regresar esta noche ambos estarían en el apartamento y no habría escapatoria: iba a tener que confesarles cómo había salido todo, pero ahora quizás el desenlace que les contaría sería distinto al que originalmente hubiese tenido que decirles anoche.

Hice que mi tarea durante la tarde fuese relajarme y en la noche decidí escoger un atuendo más sencillo: una blusa manga larga de seda azul celeste y unos bonitos pantalones ajustados color blanco, acompañados de unos tacones del mismo color, maquillaje sencillo y el cabello suelto lacio.

Me sentía bonita, y sabía lo mucho que a Fernando le gustaba cuando usaba azul. Era su color favorito.

Eran las 7:00 p.m. y me sorprendió no recibir ningún mensaje. El único que había recibido había sido el de la mañana hablándome de la cita y ya. Nada más de él a lo largo del día.

Me dije a mí misma que estaba haciendo un alboroto mental a causa de nada. Probablemente su ausentismo era porque ya todo lo que tenía que decirse sobre esta noche lo había dejado por sentado en su mensaje.

Sí, tenía que ser eso.

Me monté en mi carro y al llegar al bar noté que estaba mucho más concurrido que la noche anterior.

Estuve tentada a llamarlo y decirle que ya había llegado, pero tampoco quería sonar como una adolescente reportándose. Simplemente entraría al local y trataría de encontrarlo.

***

Al llegar, mi encuentro con Fernando se dio mucho más deprisa de lo que había anticipado: estaba junto a la barra de la entrada tomando un vaso con un líquido transparente. Me pareció que su ubicación no había sido aleatoria sino que, al contrario, estaba esperándome. Al mirar a la dirección de la puerta y verme allí de pie, se levantó del taburete en el que estaba sentado y con el vaso en la mano y sonriendo vino hacia mí y me recibió con un gran abrazo.

¡Mierda! Aquel vaso era vodka y Fernando apestaba a ella. Cuando me separé de su agarre pude detallarlo con más cuidado.

—¿Hace cuánto llegaste? —le pregunté inmediatamente sin medir en saludos— ¿Y por qué estás tomando vodka y no vino?

Fer me sonreía con displicencia y su energía era la de alguien cuyo peso corporal estaba diluido en alcohol.

—Llegué hace rato y como estaba solo decidí tomar un par de tragos. ¿Y sabes una cosa? —dijo posando un brazo pesadamente alrededor de mis hombros— Me dije: «Fernando, maldito infeliz, la vida es demasiado corta para solo tomar jugo de uvas fermentadas… ¡Bebe algo de verdad!». Y fue por eso que dejé que mi espíritu ruso aflorara y me he tomado unos cuantos vasos.

Rápidamente tomé el vaso de su mano y le di un sorbo. ¡Qué asco! Era vodka pura, sin soda, ni jugo, nada. Solo vodka. Fer me arrebató el vaso inmediatamente y se puso serio.

—¡No! ¡Tú no, Sabrina! Tú vas a manejar, no tomes nada esta noche, ¿de acuerdo? —incluso borracho era precavido, aunque solo respecto a mí, porque claramente no estaba tomando la misma precaución con él.

—¡¿Y tú?! —inquirí de forma más severa de lo que pretendía— ¿Puedes decirme cómo demonios vas a manejar en ese estado?

—Yo no manejé —y al decirlo sonrió como quien tiene todas las respuestas—. Tomé un Uber y vine. ¿Ves? No eres la única con respuestas a todo.

—No lo entiendo, ¿de qué se trata todo esto? Mírate, estás borracho y solo está comenzando la noche. Ven, es mejor que nos vayamos. Te puedes quedar a dormir en mi apartamento.

Fernando quitó el brazo de mis hombros y me miraba seriamente, incluso estando tomado su mirada reflejaba una entereza que nunca veía en nadie más.

—¿Por qué eres así? ¿Por qué incluso ahora, justo en este momento, te comportas como un ángel? No lo entiendes, ¿verdad? A veces los demonios de una persona son más grandes que el cielo que podemos ofrecerle. Ten presente eso. ¿De acuerdo?

Sus palabras eran profundas y aunque tal vez era el alcohol hablando, me era difícil saber si no habría un poco del Fernando sobrio en ellas.

Nuevamente se dirigió a la barra y yo le seguí el paso. Cuando estuve a punto de ordenar, se me adelantó y me pidió un jugo de naranja. Al recibirlo, me lo entregó.

—Recuerda que esta noche tú no bebes —y, acto seguido, tomó un sorbo largo del vaso con vodka que nuevamente le había servido el bartender.

—Pero claramente eso no aplica a ti, ¿verdad? ¿Puedes decirme a qué vinimos esta noche? O mejor dicho, ¿para qué me invitaste? Por lo visto tú objetivo esta noche es emborracharte, pero dime algo: ¿cuál se supone que sea el mío?

—Conocerme —y, dicho eso, se puso de pie dejándome sola en la barra y se fue a hablar con un grupo de mujeres que desde que estábamos hablando en la entrada no le quitaban la vista de encima.

Absolutamente todo acerca de esta noche hasta este momento me parecía bizarro. Todo resultaba obscenamente atípico de Fernando. ¿Cómo lo conocería?

Afortunadamente, una de las novias de los pintores de la noche anterior estaba allí con unas amigas y me invitó a sentarme con ellas. Les dije que estaba con Fernando, pero lo hice sonar muy casual, así no sería tan humillante reconocer que me había dejado sola para ir a hablar con otras mujeres.

Había transcurrido alrededor de una hora y cada vez que volteaba a ver a Fernando tenía nuevamente el vaso lleno. No comprendía por qué bebía de forma tan desmedida cuando él mismo sabía que no toleraba bien los tragos. Fernando se paseaba por las mesas como el anfitrión más espléndido, cualquiera hubiese pensado que era el dueño del local, nunca había visto a Fer tan conversador y tan dispuesto a hablar con desconocidos.

—Mira hacia allá, ¿puedes creerlo? Hay mujeres que desconocen la palabra elegancia —Sandra, la novia del pintor con quien estaba sentada, señaló en dirección a la puerta para que mirara y, para mi sorpresa, aquella mujer que Sandra me indicaba como claro ejemplo de vulgaridad era nada más y nada menos que Natasha, la jefa de Melissa, y quien nuevamente había decidido no usar sostén y dejar expuestos sus pezones radioactivos. Su seguridad al pavonearse en el local era abismal; los hombres la miraban sin vergüenza alguna y en sus ojos se reflejaba todo aquello que les inspiraba.

Ella se movía determinada, como una fiera localizando su objetivo, y luego se detuvo, acomodó su larga cabellera y sonrió. El objetivo había sido localizado. Seguí con la vista a dónde se dirigía y casi me caigo del taburete cuando veo que con DOS besos en la mejilla saludó a Fernando.

Me encolerizó y me puse de pie para dirigirme hacia ellos. No sé qué se apoderó de mí ni por qué lo estaba haciendo, pero mis pies se movían casi en piloto automático. Lo extraño no era la confianza con la que Natasha parecía dirigirse a Fernando, sino la ausencia de sorpresa de Fer ante su llegada y saludo.

Al llegar a ellos, Fernando me miró con un gesto que no pude identificar, pero que de tener que darle un nombre, diría que era satisfacción. Ella también volteó en mi dirección y, por su sorpresa, pude adivinar que me había reconocido.

—Sabrina —inició Fernando con una voz que destilaba ebriedad—, ya conoces a Natasha, ¿verdad? Ella asistió a la exposición que organicé para Melissa. Resulta que también es una fanática del jazz, así que la he invitado esta noche.

¡¿QUÉ?! ¿QUÉ CLASE DE CHISTE ASQUEROSO ERA ESTE? MALDITA SEA, FERNANDO SAVATER.

Traté de mantener la poca compostura que me quedaba e hice el intento de emitir una oración coherente que no dejara en evidencia todo el asco e indignación que sentía hacia ese momento:

—Sí, claro que la recuerdo. De hecho, Fer, justo venía a decirte que se me está haciendo tarde y tengo que irme. Cuídate mucho y trata de no beber más.

¡Mierda, Sabrina! ¡Cállate! ¡Cállate! No muestres preocupación hacia él cuando ES MÁS QUE OBVIO que durante toda la noche él no ha mostrado ninguna hacia ti. No te dejes en evidencia.

—Pero todavía es temprano, Sabrina —dijo como si nada—. Ni siquiera hemos bailado, ven —tomó mi mano—. Vamos, una canción.

—No —le dije soltándome bruscamente de su agarre—. Ya me tengo que ir.

—Yo puedo bailar contigo, Fer —Nastasha hablaba con voz seductora.

Fernando me miró y, sin mediar palabras con ella, la tomó por la cintura y se dirigieron hasta la pista de baile. Yo estaba indignada. Aquello se sentía como un balde de agua fría, una cachetada y el choque de un camión, ¡todo al mismo tiempo! Tenía que irme de allí inmediatamente. Darme la vuelta y marchar con la dignidad que me quedaba hasta la salida.

Pero no pude.

Yo tenía que ver con mis propios ojos lo que vendría a continuación.

Natasha se movía con decadencia rozando todo su cuerpo con el de Fernando y él, incluso borracho, podía mantener el ritmo como un dios y corresponder cada uno de los movimientos de ella. Era una canción lenta y romántica, la que estoy segura de que, en otro escenario, yo hubiese bailado dichosa junto a él. ¡Mierda, Fer! ¡¿Por qué hiciste esto?! ¿Qué te pasó esta noche?

Sentí como esa fuente profunda dentro de mí, aquella de donde brota la tristeza y se convierte en lágrimas, estaba preparándose para un derrame. Y seguía siendo incapaz de moverme.

En un momento de la canción, Fernando volteó en dirección a mí. Me miró por unos segundos y, acto seguido, tomó a Natasha por la cintura, estrechándola más hacia él y la besó. La besaba sin vergüenza alguna de los mirones impertinentes, ni del sitio en el que se encontraban. La besaba con deseo, con la pasión con la que se besa a una mujer que se sabe también es experimentada. La besaba como un claro preludio de lo que ocurriría más tarde esa noche.

Listo. Esa había sido la gota final. Me di media vuelta y sin mediar palabras con Sandra ni con nadie más me dirigí hasta la salida. Una vez fuera del local me abracé a mí misma dejando que la noche pudiese de alguna forma borrar mis recuerdos de aquella escena.

De repente, sentí que alguien me tomaba por el brazo y me giraba para mirar en su dirección.

Era Fernando.

Su rostro no tenía expresión de arrepentimiento ni mostraba señales de disculparse; tampoco lucía complacido o feliz, no. Era un rostro inexpresivo.

—¿Lo ves? —inició— Tú siempre tuviste razón: soy un maldito imbécil.

Al decirlo me soltó y se marchó nuevamente hacia el local sin mirar atrás.

Aquello había roto el muro de contención. Sin poder evitarlo más rompí en llanto de camino a mi carro.

Durante el trayecto a casa solo resonaban sus palabras: «Tú siempre tuviste razón: soy un maldito imbécil».

***

Lo que sucedió a continuación fue producto de la determinación y la fuerza que necesitaba para hacer lo que debí haber hecho desde el primer momento. Al llegar al apartamento, con los ojos rojos y llorosos, no hubo necesidad de decirles a Xavi y a Melissa lo terrible que había sido mi noche. Lo que les sorprendió fue que en silencio fui directamente hacia mi *laptop* y con una certeza casi mecánica envié un correo al instituto diciéndoles que sí, que aceptaba la beca y que en dos semanas me tendrían allá.

Listo. Era definitivo. Partiría a India en dos semanas y no había marcha atrás. Aunque, claro, después de esta noche tampoco quería que la hubiese.

Luego de enviar el correo pude sentarme con Xavi y Melissa y contarles todo lo sucedido. No solo lo de esta noche, sino, también, lo de ayer. Xavi se había adelantado y empezó a preparar un té caliente mientras yo narraba todo lo acontecido. Ambos estaban en shock absoluto.

—Mierda —inició Melissa—. Verdaderamente, ese fue un giro inesperado.

—Aún sigo en shock —continuó Xavi—. Debo confesar que una parte de mí realmente llegó a creer que Fernando te diría que sí, que él también te amaba.

—¿De verdad? ¿Así que no era yo la única loca imaginando cosas? ¿Tú también pensaste que me correspondería?

—Sí, mi amor, por supuesto existía la duda por las cosas que él mismo te había confesado acerca de su personalidad y su fobia al compromiso, pero hay cosas que van mucho más allá de lo que decimos, cosas que trascienden. Como, por ejemplo, la forma en la que te miraba discretamente mientras reías, o cuando te acariciaba el cabello, o a veces cuando sin motivo alguno te rodeaba con sus brazos. Ese tipo de gestos no pueden fingirse. ¡Es imposible! Son demasiado naturales como para hacerlo.

—Supongo que ambos estábamos equivocados —dije nuevamente llorosa. ¡Maldita sea!

—Inclúyeme a mí también —confesó Melissa en voz baja—. No puedo decir que no me contenta que hayas aceptado la beca porque sería una mentira. Estoy muy orgullosa de ti, pero me duele que estas sean las circunstancias para que aceptaras. Me lastima verte de esta manera, Sabri.

Eres mi hermana. Desde que empezaste a frecuentar a Fernando traté de sacarle a Álvaro toda la información posible acerca de su pasado, pero no sabía mucho, solo rumores: que era un mujeriego, que nunca se le veía con nadie, pero, al mismo tiempo, se sabía que estaba con todas, que jamás llevaba a nadie consigo a las exposiciones, y bueno, todo lo demás que incluso él mismo Fernando te admitió.

Pero lo que sí sabía Álvaro con toda seguridad es que Fernando era un tipo reservado, agradable, pero siempre con una sana distancia entre él y el resto de la gente; nunca exponiéndose demasiado. Y luego lo vio contigo, y tanto él como sus amigos empezaron a conocer a este otro Fer, uno abierto, de mirada alegre, que reía y participaba en las exposiciones del gremio; un Fernando pleno, sin murallas —Melissa hizo una pausa y me miró fijamente—. Un Fernando que era así porque estaba contigo.

—Y a pesar de todo, ¡mira la semejante mierda que me ha hecho! ¡Maldición! Toda esta noche fue tan rara, ¡Fernando ni siquiera bebe! ¡Sabe que no puede manejar los tragos! Y hoy bebió como si su vida entera dependiese de ello. Debieron verlos en la pista, aquello fue horroroso, tan crudo y animal, y luego ese beso – al recordarlo comencé a llorar desconsolada- ¡Maldita sea ese beso! A esta hora seguro se están revolcando en algún sitio, quizás en un motel, o en la casa de ella ¡O quizás en el taller de Fer! ¿Y yo? Díganme quién soy yo. ¿La amiga virgen? ¿La que nunca le inspiró siquiera un poquitín de deseo y amor? – ellos me miraban silentes, y en sus rostros era claro que no sabían acompañarme en este momento con más que su silencio- Me siento como una basura. Es decir, ¿Qué hay de malo conmigo? ¿Por qué ella y no yo?

—Sabrina —Xavi hablaba serio—, detente inmediatamente. No quiero volver a escucharte decir que te sientes como una basura. ¡Tú vales oro y todas las jodidas piedras preciosas de este planeta y sus alrededores! Que este episodio no te haga dudar de lo que vales. Eres increíble y Fernando lo supo desde el primer momento, además, ¿a qué te refieres con que por qué ella y no tú? ¡¿Honestamente crees que Fernando la está eligiendo a ella por encima de ti?! Porque si tú crees que esta noche marca el inicio de la vida en pareja del señor Fernando y la futura señora Savater, ¡pues estás equivocada! ¡Fue solamente deseo! Lo que nos describiste entre ellos dos solo tiene marcado l-u-j-u-r-i-a. ¿Cómo puedes comparar eso con lo que Fernando tenía contigo? No busco defenderlo, pero ¡El hombre te presentó a su familia! Fuiste, y creo honestamente que sigues siendo, más importante para él, que cualquier otra presencia femenina en su vida.

No comprendo qué llevó a Fernando a comportarse de la manera en que lo hizo, pero no puedes dar marcha atrás. Lo que significa que, en primer lugar, no puedes borrar lo sucedido, ocurrió, fue un patán, *un maldito imbécil*, como él mismo se autodenominó, y ninguna otra reflexión ni pensamiento repetitivo podrá cambiar lo sucedido. Ahora, en segundo lugar, tampoco puedes dar marcha atrás a los últimos meses ni cambiar lo que sientes por él. Ni lo que, estoy seguro, él siente por ti. Quizás no sean los sentimientos románticos que de alguna forma u otra todos esperábamos, pero te sigue adorando como una amiga. Su única amiga. Y aunque ahora no quieras reconocerlo, su presencia en tu vida te ha cambiado para mejor. Solo porque no te haya podido dar lo que tú querías, no significa que no te dio nada, al contrario: te entregó todo lo que podía. Y eso debería ser suficiente para que puedas perdonarlo y mirar más allá de lo ocurrido esta noche.

—Xavi tiene toda la razón —añadió Melissa—. No puedes hacer con Fernando lo que muchas veces intentaste hacer conmigo y Xavi. Tienes que romper tu coraza y sanar tu orgullo magullado porque, después de todo, lo de hoy fue un error. Un error humano. No podías esperar de Fernando algo más allá de eso, la conducta de un simple mortal y, como tal, también comete errores, y este fue uno de ellos. Por supuesto, creo que lo de hoy merece una patada en las bolas, de eso no hay duda alguna, pero lo que no merece es que te cierres a él a partir de ahora. Continúa siendo tu amigo. A pesar de todo, él sigue siendo *tu* Fer.

Y, además, mira lo que ha traído consigo. Quizás sin saberlo, te ha dado el mejor obsequio: su error te ha permitido aceptar lo que, estoy segura, será una de las mejores experiencias de toda tu vida. Fernando acaba de regalarte India.

Ambos tenían razón. Sus palabras parecían una ducha fría en medio del remolino ardiente de mis emociones,. Ellos lograban calmar mi deseo de elevar nuevamente mis murallas, pero los dos coincidían en algo: una noche y un error no podían borrar los meses pasados.

Tenía que verlo objetivamente por lo que había sido: un error. Necesitaba salir de mi papel de mujer dolida y adentrarme en ser su amiga, su confidente. Fernando no me había traicionado como mujer, porque sencillamente no me veía de esa manera.

Yo misma me puse de protagonista en una película cuyo rol no me correspondía. Sí, él se había comportado como un patán y no puedo negar que rompió mi corazón verlo bailando y besándose con Natasha, pero, a pesar de todo, Fer continuaba siendo mi amigo. Y, más allá de eso, Melissa había hecho un excelente punto: Fernando acababa de obsequiarme India. Incluso sin saberlo, su actitud fue lo que me llevó a aceptar la beca y a entender de una vez por todas que tengo que soltar esta ilusión de que me ame.

Fernando no me amaba. No de la manera en que yo deseaba ni tampoco en la posibilidad de que llegasen a nacer esos sentimientos. No, Fernando no me amaba. Y repetirlo varias veces hacía que mis lágrimas se fuesen secando. El encuentro con la realidad suele ser bastante duro, especialmente si no se hace a través de pequeños pasos. El de esta noche no había sido un encuentro, sino más bien un choque abrupto y sin frenos, pero era el que yo necesitaba.

La masoquista dentro de mí necesitaba una confirmación de esa magnitud y hoy la había recibido.

No, Fernando no me amaba. Pero eso está bien, porque ahora entiendo que no todos los sentimientos deben ser correspondidos y que la satisfacción más grande es la de amar sin medida y sin esperar nada a cambio.

¡QUÉ MIERDA ESTOY PENSANDO!

Me vino la bilis a la boca con solo pensar en esa última frase que parecía extraída directamente de algún libro de autoayuda «porque ahora entiendo que no todos los sentimientos deben ser correspondidos y que la satisfacción más grande es la de amar sin medida y sin esperar nada a cambio». ¡Qué montón de basura! ¡Por supuesto que duele! ¡Por supuesto que es una jodida mierda que no me ame! ¡Yo quería que me amara! ¡Por supuesto que sí!

No obstante, debo ser consciente y enfrentar fríamente los acontecimientos de esta noche; es decir, que esta noche Fernando de manera muy contundente dejó claro que no tiene un interés romántico (ni sexual) en mí. ¿Cómo me siento al respecto? Pues obviamente mal. Aunque su rechazo siempre había sido una posibilidad, también pensé que sería una oportunidad conquistarlo, que él estaría abierto a enamorarse de mí, pero no era así. Esta noche dejaba muy en claro que esa no era siquiera una posibilidad remota, de manera que solo una irracional continuaría con el deseo de seguir insistiendo, y yo podía ser muchas cosas, pero, ante hechos como los de hoy, no podía ser una irracional.

Qué difícil es querer a alguien. Ni siquiera cuando descubrí el engaño de Anthony me había sentido tan lastimada. Con Fernando todo era diferente porque las cosas entre nosotros evolucionaron de forma tan natural y sin esfuerzo que no podría señalar un punto específico en el que comencé a amarlo.

Quizás lo quise desde esa primera noche, pero me tomó muchas noches más darme cuenta y reconocerlo.

Y he aquí donde entraba el segundo punto: todavía lo quería. Lo amaba como hombre, pero, sobre todo, lo quería por su esencia, porque era Fernando, *mi* Fer. Y, en consecuencia, lo amaba como amigo, y allí sí estaba completamente segura de que mis sentimientos eran recíprocos y transparentes. Quizás no tenía al Fer como hombre, pero tenía al Fer como amigo, ¡y Vaya que ese era extraordinario!

A medida que continuaba hablando con Xavi y Melissa, fui confirmando lo que ellos decían y era cierto: me quedaban dos semanas en la ciudad, por supuesto serían dos semanas agitadas y llenas de trámites, quizás de por sí no tendría tiempo para ver a Fernando con la frecuencia de siempre, pero, sin duda, él tendría que formar parte de mi despedida.

Y aunque no se los dije a ellos, ¡cuánto deseaba que también estuviese en mi llegada!

***

A la mañana siguiente me desperté muy tarde. Me sorprendí mucho al encontrarme con quince mensajes de texto de Fernando, todos desde muy temprano. El mismo mensaje una y otra vez:

Por favor, dime si llegaste bien a casa.

Lo raro era que solo tenía mensajes, ninguna llamada perdida. Estuve tentada a no responderle y dejarlo sufriendo un rato, pero por la hora de los mensajes y la hora en que yo los estaba leyendo, era claro que ya había recibido su dosis de preocupación.

Para: Fernando

Hola, Fer, me acabo de levantar y estoy leyendo tus mensajes.

Llegué a casa bien. Todo en orden.

Me pareció que era un mensaje apropiado, nada severo ni dejando entrever molestia, pero tampoco en un estado de dulzura usual. Después de todo, se había comportado como un imbécil.

Inmediatamente recibí su respuesta.

Para: Sabrina

¡Gracias a Dios! No había podido conciliar el sueño. Me alegra saber que llegaste bien.

No había disculpa ni arrepentimiento por la noche anterior. Nada en su texto que revelara que lo sentía o que había hecho mal en besarse con Natasha y haberse emborrachado dejándome sola.

Para: Fernando

No vuelvas a tomar como lo hiciste anoche. Renuncia al vodka y quédate con el vino.

Tu versión rusa da asco.

Sentí que mi mensaje dejaba claro que anoche se había comportado terriblemente y que, también, me preocupaba por él. Que a pesar de todo era mi amigo.

Para: Sabrina

No te tendrás que preocupar más por eso. El vodka fue solo un medio para un fin.

Dime algo: ¿has pensado acerca de tu beca?

Para: Fernando

Sí, de hecho sí. Ya confirmé mi aceptación. Me voy en dos semanas.

¿Puedes creerlo? La estructurada Sabrina irá a un Instituto para yoguis en otro continente.

Para: Sabrina

¿Cómo te sientes respecto a tu decisión?

Para: Fernando

Bien. Sé que tomé la mejor decisión.

Para: Sabrina

No me cabe duda de que lo hiciste.

No te molestaré estas dos semanas, pero, por favor, deja que te organice una fiesta de despedida en mi taller.

Para: Fernando

Te lo agradezco, Fer, pero ya Xavi me pidió que lo deje organizarla. Quiere hacerla en un club donde ha estado haciendo sus shows.

Para: Sabrina

¿Te molestaría si voy? Me gustaría mucho despedirte.

Para: Fernando

¡No seas absurdo! ¡Por supuesto que estás invitado!

Para: Sabrina

Te lo agradezco. Ahora, dime:¿te sientes feliz?

Para: Fernando

Muchísimo. Estoy muy feliz. Siento que será un viaje muy especial.

Para: Sabrina

Si tú eres feliz, entonces todo valió la pena.

Nos vemos en dos semanas.

Los días siguientes pasaron volando. Se sentía como una experiencia surreal: ¡me iba a India!

Cuando notifiqué al departamento de recursos humanos que finalmente tomaría mis vacaciones acumuladas, las chicas estaban contentísimas, decían que una trabajólica como yo merecía un descanso. Me sentía tan a gusto con mi decisión que incluso les conté qué haría en ese tiempo. No se lo podían creer, ¡y eso me encantaba! Me encantaba la adrenalina de una aventura próxima e inminente; me encantaba sentir que saldría de mi zona de confort y que, de alguna manera, demostraba a todos (y sobre todo a mí misma) que yo era más, era mucho más que la Sabrina tensa y estructurada amante de las rutinas, que en mí también había una mujer dispuesta a perseguir sus sueños y a emprender nuevos retos.

Y, por supuesto, no podía evitar pensar en Fernando. Era irónico, porque por él casi desisto de la beca, pero también fue por él que acepté. Nuevamente, Fer representaba una dualidad y, una vez más, me sentí agradecida por él, porque a pesar de que hubiese sido el motivo de no querer irme, hoy era justamente la razón por la que me iba.

Xavi me dijo que él y Melissa tirarían la casa por la ventana con mi despedida y que el club era lo suficientemente grande, de manera que podía sentirme libre de volverme loca e invitar a cuantas personas de mi trabajo quisiera. Invité a las chicas del departamento de recursos humanos, a todos los de mi piso y, por supuesto, también a Mateo.

—¡Claro que iré! No me lo perdería por nada. Mañana estaré allí. Me siento muy feliz por ti, pero al mismo tiempo será deprimente venir todos los días y no verte.

—Estoy segura que encontrarás a alguien por cuyo escritorio pasar cada mañana.

—A mi me gusta verte a ti. Sabes una cosa, a veces sólo se necesita darle a alguien una oportunidad para saber que puede ser la oportunidad definitiva.

—No te lo tomes a mal, es sólo que yo te veo como un buen compañero del trabajo a quien aprecio, y como te he dicho antes, mi atención ha estado en otras cosas, y ahora más que nunca estoy enfocada en mi viaje, de verdad nunca he querido ilusionarte en vano y es por eso he preferido no aceptar tus invitaciones. Espero aún así asistas a mi despedida. Me dará gusto verte allí.

—Por supuesto que iré Sabrina, será agradable verte fuera del trabajo, incluso si es para despedirte, sólo quiero que sepas algo—, se detuvo y me miró con una sonrisa—, cuando llegues estaré aquí, esperándote, y esperando escuchar todo acerca de tu viaje.

Al decir eso Mateo garantizaba su presencia mi regreso, lo cual era una certeza, como la misma que sentía hacia Xavi y Melissa, después de todo, dos meses no es tanto tiempo como para cambios trascendentales en mi ausencia, y aún así, permanecía la duda de si Fernando estaría o no.

Durante los últimos días no había sabido nada de él, sólo hablamos cuando le dije que mi despedida sería mañana y le indiqué hora y lugar. Me dijo que estaría allí puntualmente.

Ya había adelantado todo lo posible en mi trabajo y terminado las asignaciones pendientes en mi área; además, había entrenado a una pasante que se estaría ocupando de las partes administrativas, así que estaba cubierto. De resto, tuve que comprar maletas nuevas, productos de aseo, un nuevo mat de yoga, algunos conjuntos frescos que fuesen apropiados al clima de la zona, compré guías turísticas y un libro de teoría acerca de los beneficios terapéuticos del yoga, además tuve que vacunarme y comprar una buena provisión de medicamentos para llevar conmigo como botiquín de primeros auxilios.

***

Antes de lo pensado, ya era la noche de mi despedida, Xavi quería todo un show y me dijo que llegara de última, lo cual me pareció ilógico porque él y Melissa no conocían a muchos de mi trabajo y yo tenía que recibirlos, pero insistieron en que la agasajada debía llegar después que el resto. De manera que tuve tiempo de sobra para arreglarme con tranquilidad. Me puse una falda de jean hasta los tobillos, unos botines marrones de cuero y una blusa nueva de tirantes vaporosa y con un estampado de mandala precioso. Ondulé mi cabello y me maquillé sencilla.

Al llegar, me sentí abrumada por la cantidad de personas que habían ido. Estaban todos mis compañeros de trabajo, incluido Mateo, amigos de Xavi a quienes yo conocía, Andres, Álvaro, Melissa, sus padres (a quienes casi lloro de emoción al ver) y, por supuesto, estaba él: Fernando.

Xavi hizo un gran anuncio para darme la bienvenida e invitó a todos a recibirme con un gran aplauso. ¡Yo estaba roja como un tomate! ¡Quería matarlo!, pero, al mismo tiempo, no podía evitar reírme al ver en su rostro la felicidad absoluta al ser el anfitrión soñado.

Todos se acercaron para abrazarme y saludarme. Casi de inmediato abracé efusivamente a los padres de Mel, a quienes yo sentía como propios y también me llamaban *hija*; de hecho, los regañé por no haberme dicho que vendrían a pesar de haber hablado por teléfono la noche anterior, pero me confesaron que Melissa los tenía amenazados con mantener la sorpresa y claramente había funcionado.

Poco a poco me fui haciendo paso entre la gente saludando a todos y dándoles las gracias por venir. Les dije que se divirtieran y que esta noche sería estupenda.

Al final, todos me habían dado la bienvenida, excepto Fernando. Esperó a que yo estuviese sola y lentamente se fue abriendo paso hacia mí. Aún tenía la barba, usaba jeans oscuros y una camisa tipo polo color rojo, y por si todo su ser no fuese suficiente, también llevaba consigo algo más: un paquete envuelto en papel de regalo.

Habían pasado dos semanas desde la última vez que estuvimos juntos. Desde esa primera noche en que nos conocimos no habíamos pasado tanto tiempo sin vernos. No pensé que lo extrañara tanto hasta que lo tuve nuevamente frente a mí.

Sentí el corazón palpitar a toda marcha, como un tren sin frenos destinado a una colisión y, al mismo tiempo, había una paz habitual en nuestro encuentro, una paz que me sosegaba y que hacía que todo el contexto de mi partida y todas mis dudas desaparecieran ahora que lo tenía frente a mí.

Me sonrió ampliamente y me abrazó sin mediar palabras. Hice lo mismo y en ese abrazo olvidé el beso con Natasha, su borrachera; olvidé su rechazo al son de una canción e, incluso, olvidé que lo amaba sin ser correspondida. Olvidé todo y me aferré a él y su toque con una sonrisa, aspirando su aroma y tratando de memorizarlo para llevarlo conmigo a India.

—No te imaginas lo feliz que me hace verte —me dijo soltándome y mirándome a los ojos.

—A mí también. Me alegra mucho que hayas venido. De verdad quería que formaras parte de esta despedida.

—¿Cómo te sientes?

—Bien, de hecho, mucho mejor de lo que pensaba. Hay momentos en los que no puedo creer que de verdad vaya a hacerlo, y hay otros en los que simplemente se siente correcto, como algo que me debía a mí misma y que ahora voy a cumplir. No sé, quizás te parezca raro porque los viajes forman parte de tu vida, pero para mí es casi darme de frente con aquello de lo que tanto he huido, quizás en el fondo ese era uno de los motivos de duda: saber que voluntariamente iría directo a aquello de lo que huí siendo niña y adolescente.

—Pero ¿lo ves? Ahí está la diferencia, acabas de decirlo: *voluntariamente,* este viaje es tu decisión, no hay una madre esperando audicionar en India, ni tampoco un padre que la aliente incondicionalmente a pesar de tus deseos. No, aquí estás solo tú y allá será igual. Solo tú. Así como en aquel momento escogiste la estabilidad porque era tu forma de recobrar esa libertad de elegir lo que tus padres te habían arrebatado, ahora eliges viajar como una forma diferente de libertad.

La vida es un gran ciclo. A veces, aquello de lo que huimos en el pasado es precisamente hacia lo que necesitamos correr en el presente.

Viajar ha formado parte de mi vida desde hace mucho, y respondiendo tu comentario anterior puedo decirte con toda certeza que no creo que sea raro cómo te sientes, al contrario, ¡Es exactamente lo que deberías estar sintiendo! Cada viaje debe sentirse como algo que te debías a ti misma, como la respuesta a una pregunta. Viajar debe simbolizar libertad. Y eso es lo que quiero que exprimas hasta la última gota Sabrina. Esa sensación de libertad, de perderte, de hallarte, de frustrarte por no entender el idioma e incluso llorar cuando la experiencia resulte abrumadora, pero también reír, reírte de todo, incluso de los pequeños momentos de crisis que serán inevitables.

Quiero que vivas Sabrina, que veas el mundo, pero sobre todo — hizo una pausa y me regaló una sonrisa que no provenía de sus labios, sino de sus ojos grandes y negros que me miraban expresivos— que dejes que el mundo te vea a ti. Porque eres especial— al finalizar me entregó el paquete en mis manos.

—Ábrelo.

—Fer, pero ¿qué es esto? No era necesario. Tu presencia aquí esta noche es más que suficiente —«esta noche y en mi vida», pero eso solo lo pensé y no lo dije en voz alta.

—Sólo ábrelo y entenderás.

La curiosidad podía más que mi fuerza de voluntad y nada delicadamente rompí el papel de regalo y me encontré con una caja marrón. En su interior había una cámara fotográfica profesional. Pero no era una cámara cualquiera. Yo la reconocía.

Esa cámara era de Fernando. Recordaba haberla visto en el estante en el taller. Lo miré sorprendida.

—No soy un hombre de atesorar posesiones. Las cosas materiales resultan aparatosas cuando se lleva una vida nómada, pero esta cámara es el objeto más valioso que tengo. Fue la primera cámara que compré, aquella que llevé a India y a través de cuyo lente redescubrí mi amor por la pintura. Y ahora es tuya. Para que veas India a través de mis ojos y ella también te ayude a descubrir y redescubrir cosas nuevas de ti.

No podía creerlo, tenía un nudo enorme en la garganta y, nuevamente, sentí aquel fuego avasallador consumiéndome e instándome a querer besarlo. A amarlo.

—No sé qué decirte… Esto es demasiado. No puedo aceptarlo, yo sé lo mucho que significa esta cámara para ti.

—Precisamente por eso tienes que hacerlo. Porque comprendes el valor que tiene y lo especial que es.

—¡Pero es que es demasiado!

—No, no lo es. Porque tú también significas mucho para mí y mereces algo que sea digno de ti. E incluso, dándote esta cámara, aún no es suficiente, nada es suficiente para demostrarte lo que significas para mí.

—Tú también significas mucho para mí, Fer —fue lo único que pude decirle, lo único que mi fuerza de voluntad me permitía articular sin comprometer mi dignidad, o por lo menos el restante de ella luego de lo que había pasado. ¿Cómo decirle que un solo te amo de él hubiese cambiado todo?¿Que este viaje no estaría sucediendo? ¿Cómo hacerle saber que, a pesar de todo, yo igual lo amaba profundamente como Fernando, como mi amigo?

—Prométeme que vas a disfrutar muchísimo, que nunca saldrás sin la cámara y tomarás infinidad de fotos, desde las más turísticas y clichés hasta las más sencillas de la vestimenta colorida de las mujeres y los niños jugando en la tierra. Prométeme que vas a absorber al máximo toda la experiencia.

—Te lo prometo —al decirlo, me lancé a sus brazos y lo apreté fuertemente en un gran abrazo. Era mi amigo y lo amaba.

—Te voy a extrañar mucho —me dijo cuando lo solté y me posicioné nuevamente frente a él—. Aunque, claro, debo confesar que me da la impresión de que no seré el único. Hay un chico a tu espalda que no ha parado de mirarnos durante toda nuestra conversación.

Me giré para ver de quién se trataba y mi sospecha fue correcta: era Mateo, quien, impávido al verse descubierto, se volteó súbitamente y comenzó a servirse comida en un pequeño plato. No pude evitar reír sonoramente.

—Es Mateo —le dije como quien hablaba de un personaje frecuente en nuestras charlas, aunque era primera vez que Fernando escuchaba el nombre—. Es solo un compañero de trabajo.

—Pues ese *solo compañero de trabajo* no te ve como *solo una compañera más*.

—¿Por qué lo dices? —inquirí enarcando cómicamente una ceja haciéndome la desentendida.

—Además del claro acoso visual a la distancia, pues resulta evidente por la forma en que te miraba. No de forma lasciva, ni extraña, sino más bien contemplativa, observándote con detenimiento, casi buscando memorizarte.

—¡Wow! ¿En serio has podido detallar tanto? —le pregunté asombrada por su capacidad de descripción.

—Por supuesto. ¡Soy pintor! Mi trabajo es ver más allá de lo perceptible. Y entre esas cosas está el poder captar lo que esconden ciertas miradas. Además, la de él se parece un poco a como estoy seguro es la mía cuando te miro.

—¿Eso significa que si quiero saber cómo te ves cuando me miras solo debo fijarme en cómo lo hace Mateo? ¿Tú me miras igual?

Sonrió dulcemente mostrando sus hoyuelos.

—No. Definitivamente él nunca podría verte de la misma manera en que yo te veo.

¿Qué quería decir con eso? ¿En qué Mateo me veía con interés romántico mientras él solo lo hacía de forma platónica? ¿Pero por qué la sonrisa?¡¿Por qué la maldita sonrisa con los malditos hoyuelos derrite corazones?!

—Sabrina —inició muy despacio—, debo irme ahora.

—¿Pero de qué hablas? ¡La fiesta apenas comienza! Hay mucha comida, cócteles y buena música. Quédate un rato y disfruta. Así como yo debo absorber India, tú debes conservar una imagen de mí que te dure dos meses en mi ausencia, así que quédate.

—Tengo tanto de ti en mi memoria como para que me dure no solo dos meses, ¡sino toda una vida! Pero de verdad debo irme. No puedo explicar mucho al respecto, pero no puedo quedarme toda la noche. De hecho, solo vine a entregarte tu regalo y a desearte un feliz viaje, porque es lo que te mereces: ser siempre muy feliz.

—¿Seguro que no puedo hacer nada para que te quedes?

Me miró detenidamente y pareció estudiar con cuidado mi propuesta, como si tuviese un debate en su cabeza.

—No —respondió definitivo—. Adiós. Feliz viaje —al despedirse me dio un beso en la mejilla.

—Adiós, Fer —traté de contener las lágrimas y mantener la compostura mientras veía su espalda dirigiéndose a la salida. Nuevamente no miró hacia atrás. No miró a ver lo que dejaba.

A mí.

—¡Hola, hola, mujer de la noche! ¡¿Lista para el karaoke?! —Xavi había saltado a mi espalda abrazándome fuertemente por detrás. No me sorprendería que hubiese estado observando en la distancia toda mi conversación con Fernando y que ahora, gracias a que, en efecto es un ángel, haya querido animarme en el momento oportuno.

Me volteé para darle el frente y lo abracé fuerte.

—¿Te animas nuevamente a una canción en portugués inteligible? —le dije haciendo mi mejor esfuerzo de sonrisa.

—¡Leíste mi mente, cariño! —me tomó del brazo y me llevó hasta el micrófono.

Toda la noche se sintió mágica: hubo risas, canto, la comida era deliciosa y todos congeniaban de maravilla. Quién hubiese pensado que unos estirados de una trasnacional tendrían tanto en común con los miembros del equipo creativo del trabajo de Melissa.

Me sentí querida. Cada palabra de ánimo y entusiasmo con motivo del viaje me llenaban de ánimo sobre lo que estaría por descubrir al día siguiente. Quería llenarme de todo y de todos, memorizar cada gesto y cada rostro. En el instituto estaban terminantemente prohibidos los celulares y cualquier otro dispositivo electrónico de comunicación. Sería una beca de aprendizaje, pero, también, una especie de retiro espiritual para conectarnos con nosotros mismos. Al principio me había parecido un poco extremo, pero luego comprendí su filosofía. El yoga implica mucha introspección, así que su política de *cero comunicaciones externas* era irreductible.

La noche concluyó y, con ella, los abrazos y despedidas finales. Me cargué de sus buenos deseos y me sentí renovada.

Melissa, sus padres, Xavi y yo llegamos agotados al apartamento. Todos iban a acompañarme mañana al aeropuerto. Pensamos que dormiríamos inmediatamente por el cansancio, pero la ansiedad, mezclada con emoción, nos mantuvo en vela toda la noche. Con la Titi, la mamá de Mel, estuve revisando hasta más no poder la lista de cosas indispensables que había empacado, mientras su papá me preguntaba por millonésima vez si tenía todos mis documentos importantes en mi bolso de mano.

Los pobres estaban hechos un manojo de nervios. Mel me contó que su mamá hasta llamó al instituto para asegurarse de que resguardaban bien a sus estudiantes y que las condiciones fuesen las prometidas en la beca y nada menos.

Xavi trataba de mantener un ambiente relajado, pero lo conocía demasiado bien y sabía que era solo una fachada. En más de una ocasión, al vernos con las maletas y organizando todo, tuvo que retirarse al baño y tomar un momento. Xavi quería que yo fuera a India, pero, al mismo tiempo, sabía que me extrañaría mucho. ¡Mierda no sé cómo haré para pasar dos meses sin escuchar sus notas de voz de catorce minutos! O ayudarlo a maquillarse para sus shows. Incluso pensarlo me ponía sentimental. Y ni hablar de Melissa: aunque ella era quien mejor llevaba toda la situación, pensar que me despertaría cada día en un sitio distinto a nuestro hogar me ponía nostálgica incluso sin haberme ido. Le había dejado instrucciones muy específicas y casi militares a Álvaro para que cuidara bien de ella; al decírselas solo se río y me dijo que él sabía que le diría todo eso porque ya Melissa se lo había advertido.

La cabra de Mel sabía que mi mayor preocupación sería dejarla sola y a merced de sí misma, e incluso me dejó un mensaje con Álvaro indicándole que cuando yo le dijese eso, él tendría que decirme a mí que todo estaría bien, que no debía preocuparme por nada más que por disfrutar la experiencia del viaje, y esas eran órdenes directas de Mel.

***

El sol despuntó más pronto para lo que cualquiera de nosotros hubiese estado preparado y antes de darnos cuenta ya estábamos en el aeropuerto, tan listos como alguna vez lo estaríamos para despedirnos. Por supuesto, la escena tendría un matiz en exceso dramático para algunos espectadores curiosos quienes sin disimulo veían cómo todos en mi comitiva teníamos los ojos rojos del llanto únicamente a causa de un viaje de dos meses, pero no era solo el tiempo, era el gran paso que significaba y todo lo que estaba a punto de suceder tan pronto yo cruzara esa puerta.

De pronto, una voz casi automatizada comenzó a indicar que era hora de que los pasajeros se dirigieran a sus respectivas puertas de embarque. Era oficial: era el momento de la despedida. Melissa, que había sido la mejor manteniendo la compostura, se quebró al escuchar el altavoz y rompió en llanto mientras me abrazaba fuertemente.

—Cuídate mucho. No me interesa que sea un instituto de yoguis pacifistas. Si alguno de esos bastardos flexibles intenta propasarse, ¡patéale una bola! ¡Y nunca salgas sola de noche!

¡Ni de día! Te quiero sana y salva. Nunca podría conseguir una hermana como tú.

—¿Ni siquiera en el mercado negro? —le pregunté tratando de hacerla reír. Funcionó.

—Ni siquiera. Te amo, anda, ya es hora.

De nuevo todos nos abrazamos, me desearon lo mejor y yo crucé en dirección a las puertas de embarque.

No había vuelta atrás. La aventura a India daba inicio.

Narrar todo lo que había significado mi estancia en la cuna de Ghandi sería imposible. Desde mi llegada y hasta el último día todo había sido transformador. Por momentos incluso sentía que no era yo quien estaba viviendo todo, que no era esta Sabrina del presente, de veinticuatro años, no, que conmigo también había venido la Sabrina temerosa y callada de nueve años y la adolescente con ansiedad de trece; las tres nos habíamos embarcado en esta aventura juntas, la suma de recuerdos del ayer y hoy me abrumaron tan pronto llegué. Cuando me indicaron cuál sería mi habitación me senté en la cama y, mirando al infinito, comencé a llorar.

No podía decir exactamente por qué lloraba, creo que el sentirme tan profundamente sola, únicamente conmigo misma como compañía y reencontrarme con mis yo del pasado hizo que me diera de bruces con la carga emocional que, sin saber, llevaba a cuestas. Lloré desconsoladamente por lo que estoy segura se sintió como más de una hora; apretaba mi pecho y las lágrimas continuaban desbordándose. Por un momento me asusté y pensé que estaba teniendo un ataque de pánico y que necesitaría asistencia médica, pero, al mismo tiempo, sabía que no se trataba de eso, que lo que salía de mí eran años de tristeza reprimida.

Aquello se sentía catártico. Me sentía muy triste al recordar mi pasado, el abandono de mis padres, mi infancia itinerante y, luego, la esperanza en mi adolescencia marcada por un amigo que desencadenó todo lo bueno que continuaría en mi vida. Estar en ese cuarto sola, en un país foráneo, había dejado al descubierto y a plena vista toda mi vulnerabilidad, y el repaso que hacía de mi vida era producto de la fragilidad que sentía en ese instante. Pasé de la tristeza más desconsolada a la felicidad más profunda al recordar mi encuentro con Xavi y, posteriormente, con Melissa; a sentirme amada bajo el cobijo y protección de sus padres, que ahora también eran míos, todo ese vaivén de emociones hasta llegar a Fernando. Y allí el río de lágrimas se convirtió en una cascada de sentimientos que no podía identificar. Era amor, sí, de eso no había duda, pero, también, decepción por no sentirme correspondida; había deseo, amistad y, sobre todo, había gratitud. Estaba y estoy segura de que estaría siempre agradecida con Fernando por enseñarme lo que es amar con el alma, a fuego lento; amar enteramente, sin cuestionar y sin idealizar, porque yo a Fernando lo veía tal como era, con sus virtudes y defectos, con imperfecciones que eran parte de su esencia y con pequeños moretones y bruces producto de la vida misma, y así, así y todo, yo lo amaba y se lo agradecía.

¡Por supuesto hubiese querido que él me amara! Pero incluso sin hacerlo, yo aún lo quería. Y el amor debe ser eso, la incondicionalidad sin comprometer nuestra propia persona. Y allí nuevamente lloré.

Lloré porque casi arrojaba toda esta experiencia por la borda a causa de alguien más y amor no es eso, allí se delimita la delgada línea entre amor e ilusión, el amor nunca te impide llevar a cabo algo que tu corazón anhela, nunca la otra persona debe prohibírtelo y nunca uno mismo debe ceder los deseos del alma para complacer a alguien más.

Entendí que en ese amor tan avasallador hacia Fernando, en ese querer encontrarme con él y el amor que yo anhelaba tuviese para mí, allí, justo allí casi me perdía a mí misma. Uno no puede abandonarse para hallar a alguien más.

Y nuevamente comprendí, mis lágrimas a causa de Fernando provenían de la seguridad en que tenía que soltarlo, dejar ir el deseo de ser correspondida y soltarlo genuinamente, porque soltándolo a él podía ir en busca de alguien más.

De mí misma.

Empecé a calmarme y respirar profundo. A los pocos minutos escuché que tocaban la puerta.

Grité «adelante» y se hizo paso un señor de unos cuarenta años, calvo, vestido de blanco con una barba gruesa y sosteniendo en sus manos una taza con alguna bebida caliente.

Yo estaba sentada al borde de mi cama y él también tomó asiento a mi lado en silencio entregándome la taza. Le di un sorbo y comprobé que era té de manzanilla.

Por regla general odiaba que me viesen llorando. Detestaba el sentimiento de desnudez emocional que acompañaba a las lágrimas, pero no me sentí cohibida por la presencia de este hombre siendo testigo de mi rostro rojo, mojado e hinchado. Además, lo más probable es que incluso previo a verme ya me había escuchado.

Cuando el alma llora jamás es en silencio.

—Mi nombre es Martín —dijo en tono suave y agradable— soy uno de los guías del instituto. Mi trabajo consiste en dar la bienvenida a los nuevos estudiantes y acompañarlos en su proceso de estabilización.

—¿Eso quiere decir que usted es uno de los profesores?

—No, mi acompañamiento no es académico. Mi tarea consiste en ayudarlos a tener una visión más clara de sí mismos, a conocerse. Aquí recibirán una preparación profesional para certificarse como profesores de yoga, pero, además de eso, hay una segunda preparación que deben llevar a cabo con ustedes mismos, y es que conocer su cuerpo y los asanas no será suficiente a menos que conozcan su propia esencia. Hace mucho tiempo atrás yo también estuve en tu posición siendo estudiante acá y la experiencia me transformó tanto que decidí quedarme y trabajar en el instituto. Por eso me identifico enormemente con el proceso que los estudiantes deben atravesar durante su tiempo aquí.

—No sé qué me pasó —confesé—. Tan pronto me senté en esta habitación fue como si el mundo se me viniera encima y de repente sentí que me quebraba por dentro y lo único que salía era dolor.

Él sonrió cálidamente.

—Te he escuchado; por eso he traído el té. Uno nunca sabe que está perdido hasta que se encuentra. Hay heridas que evitamos tocar porque sabemos que duelen hasta lo más hondo de nuestro ser y, sin embargo, emiten un ruido que es imposible ignorar para siempre. Puede que con el trajín diario de la vida y los compromisos logramos silenciarlo, pero jamás de forma permanente. Por eso, cuando la gente viene aquí y tiene este primer encuentro con el silencio absoluto y la calma y soledad que brinda el hallarse lejos de todo, ese sonido empieza a resonar más fuerte que nunca, nos obliga a escucharlo y, por supuesto, nos derrumba por completo.

Siempre sucede; al llegar los estudiantes rompen en llanto. Es inevitable, casi como una avalancha que no pueden controlar. Entran en sus habitaciones y de forma casi inmediata empiezan a llorar, para algunos dura unos pocos minutos, y otros en cambio pueden pasar todo el primer día tendidos en la cama sollozando. Para cada uno el proceso es distinto porque viene con una historia personal diferente. Pero lo más importante es que lo hagan ¡Que lloren! ¡Que se rompan por dentro! Porque sólo así podrán reconstruirse.

Cuando yo vine por primera vez, mi esposa acababa de fallecer a causa del cáncer. Sentí que lo estaba manejando muy bien, mi vida continuaba en orden e incluso había aceptado un ascenso en mi trabajo.

Un día en el gimnasio al que asistía llegó un tipo con unos folletos acerca de la magia del yoga, me pareció una disciplina tan interesante que decidí investigar más al respecto y fue así como di con este sitio. Sin sobre analizarlo demasiado esperé a mis próximas vacaciones del trabajo y pagué la matrícula para un curso intensivo en el mes de diciembre. Pensé que sería una experiencia relajante donde aprendería una disciplina nueva, pero no fue así.

Al llegar, me quitaron en la recepción todos mis dispositivos móviles y electrónicos y me asignaron mi habitación. No había pasado más de una hora allí dentro cuando empecé a llorar.

Lloré por el amor de mi vida que había fallecido, lloré por los hijos que no tuvimos la oportunidad de engendrar juntos y lloré porque la extrañaba demasiado.

Atravesé en esa habitación el duelo que nunca pude experimentar en mi propia casa, y sólo así pude liberarme de tanto dolor, de un dolor que me quemaba y ni siquiera sabía estaba allí.

Todos tenemos que permitirnos sentir, incluso si eso significa dolor. No puede quedar palabra sin decirse ni emoción sin expresarse, absolutamente todo lo que venga de adentro debe exteriorizarse porque de lo contrario es como si tuvieses dentro de ti una pequeña llama y cada sentimiento adverso que te tragas es un soplo de aire que le propinas, así, poco a poco, sin que siquiera lo notes, tendrás un incendio dentro de ti, y si no lo apagas a tiempo te consume y quema.

Yo lo escuchaba atenta y no podía creer como alguien que había atravesado una pérdida tan significativa como la de su esposa había sido capaz de sanar tanto dolor hasta el punto de poder reconfortar a otros como ahora lo hacía conmigo.

De repente metió la mano en su bolsillo, sacó un pequeño saco de tela y hundió sus dedos índice y medio en él; luego, los puso en mi frente haciendo movimientos circulares.

—Estas son cenizas —me indicó mientras bajaba su mano de mi frente y nuevamente guardaba el pequeño saco—. Oficialmente eres un fénix. A partir de hoy es tu renacimiento —y al decirlo me sonrió y me dio un abrazo.

De repente escuchamos a lo lejos el sonido de un llanto desgarrador. Él me soltó, se puso de pie y volvió a sonreír.

—Ha llegado un nuevo estudiante. Iré a hacer más té.

Martín se fue y yo quedé con mi té y mis cenizas, lista para renacer a partir de ellas.

Las habitaciones eran completamente minimalistas, solo había una cama individual, una pequeña mesa de noche con una lámpara, un baño y un armario. Además, sobre la mesa de noche había un cuaderno y lápiz que teníamos instruido usar como diario para documentar nuestra experiencia.

En total éramos dieciocho personas becadas por el instituto, con edades entre los veintidós hasta los treinta. Eran diez mujeres y ocho hombres. En la clase introductoria todos tuvimos que dar una breve presentación de nosotros mismos y decir de qué manera el yoga había influenciado nuestras vidas. Me sorprendió conocer a ese grupo tan variado; todos teníamos profesiones muy distintas: había chefs, artistas plásticos, ingenieros, dos médicos, una abogada, algunos licenciados y, también, una pintora. Lo que más me sorprendió fueron las motivaciones que los habían llevado a optar por la beca y conocer cómo el yoga los había ayudado a lo largo de su vida.

Como un círculo de terapia, empezamos a sincerarnos acerca de los beneficios que nos había traído practicar el silencio y la concentración a través de nuestro cuerpo. Todos narramos nuestras historias personales y había mucho dolor implícito, pero, también, grandes alegrías. Nuestro grupo reflejaba la vida misma, llena de ambigüedad.

Sorpresivamente nadie lloró, pero por las cenizas en las frentes de todos era claro que ya habíamos tenido nuestra fase previa de llanto y ahora oficialmente éramos aves fénix renaciendo.

***

Los días transcurrían con lentitud y yo me permitía perderme en la calidez del pueblo donde se encontraba el instituto. La primera semana nos comprometimos a salir siempre en grupo, pero ya para la segunda nos sentíamos como lugareños y teníamos la suficiente confianza como para ir solos a donde quisiéramos.

Esta experiencia era una travesía en la que estábamos juntos, pero que inexplicablemente cada uno tenía que atravesar a su propio ritmo. A medida que empecé mis caminatas en solitario seguí las indicaciones de Fernando y llevaba su cámara conmigo.

La fotografía no era algo que practicaba a menos que fuese en el teléfono y para capturar las típicas *selfies* durante algún momento de vanidad. Hacerlo a través de una cámara profesional y con la intención consciente de capturar el momento realmente te obliga a mantenerte presente y mirar con sumo cuidado todo tu entorno. Recordé las palabras de Fernando sobre mirar India «a través de sus ojos cada vez que usara la cámara» y, en efecto, era así, me sentía igual de contemplativa que Fernando y con la capacidad de mirar más allá de lo perceptible.

Adoraba dar esos paseos. Caminaba por horas y me detenía a jugar con los niños en la calle. Yo, una obsesa por la comida sana y libre de condimentos, cedí al encanto de las ricas especias de la gastronomía india y la adoré. Me encantaba sentirme como una extraña y, al mismo tiempo, como parte de la zona, tomar un camino diferente cada día para emprender mis paseos y que cada día fuese distinto.

En el instituto ninguna clase tenía la misma metodología que la otra, y afuera ningún encuentro era el mismo que el del día anterior.

***

—Martín, ¿cómo puedo lograr que el cambio no me abrume? Antes de venir acá me encantaba la rutina, sentía que ese era mi punto de equilibrio, pero ahora que estoy viviendo aquí siento que abrazo el cambio y quisiera continuar abrazándolo a mi regreso. ¿Qué puedo hacer para no dejarme arrastrar otra vez por la monotonía?

—Buena pregunta Sabrina, los monjes te dirían que tu cuerpo encierra un alma muy antigua— replicó sonriendo mientras continuaba amasando la mezcla para el pan de esa noche—, Lo que te asusta del cambio, no es el cambio per se, porque a ver, ¿Qué es el cambio? Pues no es más que una modificación de la realidad tal como la conocías y como estabas acostumbrada a percibirla, no es el cambio lo que las persona temen, sino el no estar preparados para lo que este puede traer consigo,sentirse indefensos. ¡Eso es lo que asusta del cambio!

Para no temer a él las personas tendrían que rendirse a lo que sucede, y con esto no me refiero a vivir irresponsablemente sin hacer planificaciones y proyecciones, no, decir eso sería absurdo tomando en cuenta que vivimos en un mundo enteramente práctico, lo que quiero decir es que podemos hacer planes, proyectos y prepararnos todo lo que consideremos necesario de acuerdo a todos los escenarios factibles, y no obstante a todo ello, algo puede ocurrir que no hayamos previsto ¿qué hacer entonces? —estiró sus manos y cerró los ojos—rendirnos al cambio. O dicho de otra manera, fluir con el—abrió sus ojos nuevamente y siguió su faena con la masa— no oponer resistencia sino dejarte llevar por él e ir trabajando en función a lo que vaya ocurriendo

¿Sabes la causa número uno por la que las personas se ahogan? Contrario a lo que puedas pensar no es porque no sepan nadar, es porque aún sabiendo nadar, puede llegar una ola o corriente muy fuerte, arrollarlos desestabilizándolos por completo y ellos pierden el control. Se desesperan, y es esa angustia lo que les impide concentrarse en llegar a la orilla. Si tan sólo se diesen cuenta que lo que deben hacer es todo lo opuesto a agitar el agua y nadar desorientados, sino más bien flotar, recuperar el aliento, y poco a poco ir dirigiéndose a la orilla.

Lo mismo sucede contigo Sabrina, odiaste tanto los cambios mientras crecías que te aferraste a una rutina rígida como quien se afianza a una balsa salvavidas, pero lo que no sabes es lo siguiente; esa balsa no te garantiza estabilidad porque tu empresa en algún momento puede quebrar, mudarse o a ti te pueden despedir, y también porque si sólo te quedas amarrada a ese salvavidas te cohíbes de explorar muchas cosas más.

La estabilidad es buena, nos trae calma, pero ella no puede ser calma y asfixia al mismo tiempo. Cuida tu estabilidad pero siempre nada Sabrina, nada y adéntrate en las profundidades de lo que el gran océano de la vida tiene para ofrecerte, y si llegase a venir una corriente desequilibradora ten la confianza de que eres una mujer fuerte y sabrás flotar por encima de ella hasta nuevamente encontrar tu orilla.

Al concluir sacó un pedacito de masa de su mezcla y me dio a probar.

—Le falta sal —comenté sonriendo.

Me miró con un gesto al que ya me había acostumbrado.

—Para ti siempre le falta sal. Dame eso y anda... ¡Sigue tomando fotos!

***

Cada día en el instituto se sentía como una nueva oportunidad de aprendizaje infinito, como si solo el hecho de despertar en esas tierras ancestrales trajese consigo sabiduría milenaria.

¡Las clases eran difíciles!, pero me gustaban mucho, me gustaban la exigencia, el profesionalismo y la seriedad con la que los profesores abordaban cada sesión. Era impresionante, pero descubrí que muchos de los asanas que yo juraba podía ejecutar hasta con los ojos cerrados, los venía haciendo mal desde hace años. Bastaba un mínimo cambio en la postura para que la figura no aportara los beneficios que debería y que, al contrario, al hacerla mal uno estuviese perjudicándose sin saberlo.

Mucho de lo que se centraban las clases prácticas era eso, en el perfeccionamiento de las figuras y asanas, y las teóricas en las bondades terapéuticas del yoga, no sólo como ejercicio, sino como elemento importante para una vida en equilibrio, además de ello, ya que el programa consistía en certificarnos como profesores había un componente holístico de vital importancia, y era allí donde nuestro entorno jugaba un papel importante.

Yoga era sinónimo de introspección y encuentro con uno mismo, para ser buenos maestros y ayudar en un futuro a los estudiantes a hallarse, primero debíamos hacerlo nosotros, y no era una práctica sencilla. Había sesiones de meditación de hasta sesenta minutos, y charlas sobre la importancia de vivir el ahora, mantenerse en el presente y sobre todo del desprendimiento y el arte de soltar.

Uno de los ejercicios predilectos en este último tema y el cual repetíamos como mínimo tres veces a la semana era diseñar mandalas. Nos asignaban dibujar con tiza en el suelo mandalas de varios colores, que los hiciéramos con la forma que quisiéramos, geométricos, siguiendo algún patrón o los tradicionales en forma de flor, comenzábamos desde el centro y luego íbamos dibujando hacia afuera a partir de allí. Solíamos pasar hasta tres horas entregados a nuestro trabajo, dibujando incansablemente y coloreando con precisión, al terminar llegaba Martín y con una manguera limpiaba en un instante lo que a nosotros nos había tomado horas de trabajo.

La primera vez que lo hicimos, Ana, la pintora, se puso a llorar al ver como su dibujo se desvanecía, realmente su mandala había quedado precioso, era enorme y lo había coloreado con hermosos tonos pasteles. Para Ana el soltar y desprenderse resultaba una lección dura, porque precisamente esta beca había llegado pocos meses después de haber tenido un aborto espontáneo de su primer bebé. Cada vez que nos tocaba hacer el ejercicio, le decíamos a Martín que la dejara de última, que borrara el suyo al final, pero él siempre lo hacía de primero. Resultaba devastador verla romper en llanto cada vez que ocurría.

Cada mandala borrado simbolizaba una nueva despedida de su bebé. Solo fue hasta la quinta semana en que dejó de llorar al ver su dibujo siendo borrado; solamente respiraba profundo y con estoicismo lo miraba deshacerse.

Mutuamente todos nos dábamos grandes enseñanzas. Éramos tan distintos pero a la vez con historias que tenían matices muy parecidos. Quizás nosotros en nuestro pequeño mundo simbolizábamos al mundo entero, así era la humanidad: un conjunto de personas aparentemente muy diferentes, pero con grandes rasgos en común que se esconden más allá de lo que el ojo encuentra a simple vista.

Durante esos dos meses no supe nada de mis afectos. No tenía idea de cómo estaban yendo los shows de Xavi, qué tal seguían las cosas entre Melissa y Álvaro, cómo le estaría yendo a la chica que ocupaba mi puesto de trabajo en mi ausencia, cómo estaba Andrés y, sobre todo, si Fernando continuaba en la ciudad.

Martín tenía razón: uno no sabe que está perdido hasta que se encuentra.

Yo creí conocerme. Creí que las sesiones de terapia, el practicar yoga y tantos años de reflexión me habían permitido saber quién soy… No era así. No sabía lo perdida y ausente que estaba hasta que llegué a India y me vi completamente separada de todo lo que conocía y quería. Descubrí que soy más fuerte de lo que pensaba y que la resiliencia formaba parte de mi carácter; también reconocí que amaba explorar, que ahora que conocía lo que era el movimiento constante y el sentido de aventura diario me costaría nuevamente adaptarme a la rutina, pero también redescubrí lo mucho que amo mi trabajo. Entendí que el mundo no es solo blanco y negro y que hay muchos matices que nunca llegas a descubrir por completo. También descubrí que me gustaba mucho la fotografía y que probar cosas nuevas desde ahora tenía que formar parte de mi vida, ser más asertiva y decir que sí a lo nuevo, a lo diferente, a correr más riesgos.

Llegando me inscribiría en un curso de fotografía.

Al llegar quería que las cosas se sintieran diferentes, abrirme a nuevas personas, darle la bienvenida a nuevos amigos y amigas, a ser más sociable y no tener miedo de las despedidas o la decepción. Si algo había aprendido durante mi estancia en el instituto es que sólo existen dos opciones, permanecer estático e inmutable ante los cambios, o vivir.

Vivir y abrazar todo aquello que implicaba. Lo bueno y lo que no lo sería tanto.

Yo elegía la segunda opción. Yo decidía vivir.

Con esa actitud descendía del avión de vuelta a casa, lista para darle la bienvenida a esta nueva vida que comenzaría con una Sabrina mejorada, auténtica, libre de rencores emocionales y con cicatrices viejas sanadas. Al salir del área donde se retiran las maletas no era yo la única lista para darle la bienvenida a esta Sabrina, ¡sino que todos mis seres queridos me esperaban para recibirme! Con una pancarta gigante estaban Melissa, Xavi, Andrés, Álvaro y los padres de Mel, todos sonriendo esperándome.

Solté las maletas y corrí hacia ellos. Los abracé fuerte y los devoré a besos, algo no tan típico en mí, pero que ahora aceptaba en mi vida como parte de la expresión emocional más abierta que me permitía. ¡Estaba rebosando de felicidad! Solo habían pasado dos meses, pero se sentía como toda una vida, lo cual, creo, es un reflejo de cómo funciona el tiempo: a veces la vida de una persona deja de tener una medida cronológica y solo consiste en una medida basada en acontecimientos en cuyo caso se explicaba por qué sentía que había transcurrido tanto… ¡Era porque yo había experimentado mucho!

Y sentía que ellos también, como si mis cambios fuesen espejo de los que ellos también habían atravesado. Al principio había pensado que dos meses no serían demasiado, pero ahora que había vuelto me daba la impresión de que mucho había ocurrido en mi ausencia.

Todos me apretujaban y hacían preguntas de todo tipo, a la vez que me decían que me tenían una gran sorpresa. Nuevamente llegamos al sitio donde tuve mi fiesta de despedida, solo que ahora la temática era de bienvenida y, una vez más, se encontraban reunidos todos los de la vez pasada. Yo estaba vestida con un jean alto y una franela blanca de algodón sin usar una gota de maquillaje y, sin embargo, la libertad y la confianza eran tales que no me importó lucir como todo un desastre, sino que más bien me sentía como la persona más afortunada del mundo entero por tener a ese grupo de personas arropándome con su cariño.

Ese había sido otro de los grandes regalos de India: la gratitud constante como forma de vida. Luego de convivir tan cerca de la miseria y pobreza que rodea las aldeas de ese gran país no podía menos que sentirme infinitamente agradecida y afortunada por todo lo que había en mi vida, principalmente el afecto.

Luego de una hora de estar allí comiendo y disfrutando el ambiente a la vez que les respondía todas las preguntas que me hacían llenos de curiosidad, no pude evitar mirar a mi alrededor y notar una ausencia muy evidente.

Me acerqué a Melissa y a Xavi, quienes conversaban cerca de la mesa de la comida.

—Mel, Xavi, de verdad no saben cuánto les agradezco el haber organizado esta fiesta. ¡Todo es increíble! ¡El mejor recibimiento que pude haber pedido!

—Sab —inició Xavi—, lo mereces; además, debes saber que por ahora solo te estamos prestando al resto de la gente. Hoy me quedaré a dormir en su apartamento y así los tres podremos hablar toda la noche acerca de tu viaje. ¡Queremos saberlo todo!

—¡Por supuesto! Yo quiero contarles todo con detalles y también saber qué ha pasado por aquí.

—Grandes cosas, Sab —contestó Melissa con una sonrisa—. Creo que son bastante buenas y te gustarán.

—Estoy segura de que sí. Por cierto, Mel, ¿le avisaste a Fernando de mi llegada? ¿Él sabía acerca de esta fiesta? Es un maniático de la puntualidad y me sorprende que no haya llegado.

Xavi y Mel se miraron compartiendo un diálogo silencioso con sus ojos.

—Tienes que hacerlo ahora, Melissa —le instó Xavi—. Él te dijo que tenía que ser justamente a su llegada.

—Lo sé, pero es su fiesta. ¿De verdad te parece un buen momento?

—¿De qué están hablando? ¡Estoy aquí! No tienen que referirse a mí como si no estuviese presente, ya llegué.

—Sab, ¿no te parece mejor hablar del tema cuando lleguemos a casa? ¡Es tu fiesta! ¡Disfruta! Anda, come, baila, incluso hemos puesto nuevamente el karaoke. Cuando lleguemos podemos hablar de Fernando.

—No comprendo. ¿Por qué tendríamos que postergar el tema? ¿Qué está sucediendo? ¡¿Le ocurrió algo?!

—¡No! Fernando está muy bien, es solo que...

—¡Maldición, Mel! ¡Solo dale la carta! —exclamó Xavi.

Melissa volteó en su dirección e hizo un gesto claro avisándole que había hablado de más.

—Por favor, dime dónde está Fernando. ¿Por qué no está aquí?

Melissa fue hasta una mesa cercana donde estaba su cartera. De allí sacó un sobre sellado y regresó.

—Toma. Fernando me pidió que te lo entregara a tu llegada. Se marchó. Partió dos días después de que te fuiste a India y antes de irse me pidió que te entregara esta carta —al decirlo puso el sobre en mis manos.

Estoy segura de que mi cara lo decía todo, que mis temores iniciales no fueron infundados. Siempre fue una posibilidad que Fernando no estuviese a mi regreso, pero tal como sucede con todos los temores, uno nunca está preparado para cuando se vuelven realidad

—No tienes que leerla ahora —dijo Xavi acariciando mi cabello—. Puedes esperar llegar a la casa.

—¿Ustedes saben lo que dice?

—¡No! —respondió Melissa rápidamente— El sobre está exactamente como él me lo entregó. No tengo ni idea de lo que dice, pero puedo imaginarlo porque antes de marcharse Fernando habló conmigo.

—Voy a salir a tomar un poco de aire.

Ellos se mantuvieron en silencio mientras me hacía paso para dirigirme a la salida.

Una vez afuera sentí el sobre en mis manos y me vi frente a dos decisiones: o lo abría en ese momento y leía lo que Fernando quería que supiese tan pronto llegara, o esperaba que terminara la fiesta y la leía en casa.

¡A quién engañaba! ¡Tenía que averiguarlo ya! Rompí el sobre y dentro había varias páginas de lo que asumí era la carta.

Para mi amada Sabrina:

No hay forma sencilla de iniciar esta carta, si esto fuese un lienzo tendría una imagen clara de cómo debería ser el cuadro, pero esto no es una pintura, aunque tú, tú eres arte. Mi única certeza es el encabezado, "mi amada Sabrina" ¡Cuánto quisiera que en lugar de leerlo lo escucharas de mis labios! ¡Cuántas veces imaginé llamarte de esa manera! Sin embargo eso no será posible, porque escribo esta carta justo después de haber comprado un pasaje de ida a un nuevo destino. Me marcho Sabrina, y lo he comprado justo esta noche, un día después de tu partida para irme mañana mismo. Lo sé, parece apresurado, mi familia opina lo mismo, pero yo sé que si lo analizo un minuto más no podré hacerlo. Francamente no sé ni siquiera cómo comenzar a decir todo lo que quiero, esta carta debería llegar a tus manos justo a tu regreso de India, cómo quisiera estar allí para recibirte, para abrazarte y besarte, por ahora sólo ha pasado un día desde tu partida y ya te extraño, no puedo imaginar cómo me sentiré cuando leas esta carta y hayan transcurrido dos meses, dime ¿India fue todo lo que esperabas? ¿Te sientes diferente? Estoy seguro que eras la más hermosa en todo el instituto, tú siempre eres la más hermosa a donde sea que vas. Quisiera tanto escucharte responder mis preguntas, ver las fotos que tomaste, que me contaras todo acerca de la experiencia, pero sobre todo quisiera que estuviésemos sentados en mi taller comiendo y hablando. Adoro tanto escucharte Sabrina, la manera en que hablas moviendo las manos y expresando con todo tu cuerpo lo que tus labios dicen, me encanta mirar tu boca cuando sonríes y sobre todo me encanta poder ser yo quien te haga reír.

Te Amo Sabrina. Te amo con toda mi alma, con mis viajes errantes, con mi espíritu nómada, y si la reencarnación existe te amo con esta vida presente y también con todas las pasadas y con certeza en las futuras. Te Amo.

Déjame ir narrando poco a poco en esta carta el viaje más emocionante que he hecho hasta ahora, el que me llevó a ti. Yo no sabía lo oscura que era mi vida hasta que te conocí. Desde el primer momento me gustó tu ambivalencia, que fueses una ejecutiva del mundo corporativo pero que al mismo tiempo tuvieses un alma yogui, que fueses una brillante mujer de negocios y a la vez sarcástica y divertida. Eres tantas cosas Sabrina, y quiero que sepas que yo me enamoré profundamente de cada una de ellas.

Por regla general no me gusta hacer presentaciones en público, pero fue tanta la insistencia de los organizadores de aquel evento que decidí hacerlo. Decidí llegar más temprano, vi el sitio cerrado y había un grupo de personas afuera fumando y hablando y por cuyo estilo pude adivinar que eran pseudo-amantes del arte. Pero en medio de todos ellos estabas tú, sentada en la acera y mirando con profunda concentración el suelo. No parecías encajar allí. Y no recordaba haberte visto antes, para ese momento ya yo tenía seis meses en la ciudad y tu rostro no se me hacía familiar ni recordaba haberlo visto en otro evento o en alguna galería. Me preocupó que quizás estuvieses en problemas y me acerqué a ti. Cuando te hablé y subiste la mirada, tus ojos me observaron con transparencia abismal y tus labios rojo fuego me quemaron por unos segundos.

Eras preciosa. Tus ojos fueron el café que me despertó esa noche.

Te ofrecí ayuda e inmediatamente me sorprendió tu respuesta. Aquella fragilidad superficial escondía un espíritu de guerra, una mujer poderosa con una voz potente que marcaba distancia. Admiré tu valor de negar mi ayuda y ser precavida, pero también temí por ti, porque dejarte sola no se sentía como una opción. De forma impulsiva y sin poder evitarlo respondí tu comentario de forma siniestra y casi inmediatamente me arrepentí y esperé no haberte espantado. Tú reíste. Reíste con una carcajada sonora y extrañamente desde ese momento sabía que contigo no habría que usar disfraz.

Mientras hablábamos te escuchaba con atención absoluta. Podría decir muchas cosas que vinieron a mi mente para describir mi interés, pero es que era inevitable, sencillamente eras fascinante y algo en ti me llamaba a querer seguir sabiendo más.

Me arriesgué en invitarte a comer y sorpresivamente dijiste que sí, aunque claro, no sin antes dejar marcadas tus condiciones. Valoré eso, de alguna forma tu distancia me inspiraba a querer desplegar mi mejor comportamiento. Incluso desde esa primera noche ya comenzabas a motivarme en ser un mejor yo.

Siempre me había hastiado crear un vínculo con alguien y ni siquiera me entusiasmaba la idea de intentarlo, no lo sé, simplemente resultaba asfixiante el apego sentimental. Además, conocer a alguien implica que el otro también pueda conocerte y yo ¡odiaba hablar de mí! por naturaleza soy reservado y eso de estar desnudando el alma ante alguien más a través de palabras me parecía invasivo e innecesario.

Y he allí mi sorpresa más grande, tú eras igual. No te gustaba revelar mucho de ti misma, y más bien evadías todo tipo de preguntas íntimas y personales. Era como mirarme en un espejo, pero el reflejo era una chica preciosa, a medida que cenábamos me di cuenta que empecé a hablar de más, no porque me sintiese obligado o porque tú estuvieses bombardeándome con preguntas, no, era porque yo quería, deseaba que me conocieras, pero que lo hicieras realmente. Tenías una presencia dulce, pero también magullada, tu irreverencia resultaba deliciosa y cuando me llamaste "maldito imbécil" sin mediar en disculpas o vergüenza sabía que debías formar parte de mi vida. Que para ti tendría que haber un espacio que fuese completamente distinto a los que habían ocupado otras mujeres antes.

Quise que fueras mi amiga. Y sobre todo quería demostrarte que podía ser tu amigo. Me parece que ambos nos necesitábamos incluso sin estar conscientes de ello.

Y así comenzamos nuestra amistad, y quiero que sepas que genuinamente deseaba eso, una amistad, quería que tu presencia trajese un componente nuevo a mi vida ¡Y vaya que lo hiciste! Discretamente, entre conversaciones, salidas y una complicidad creciente me fui enamorando de ti. Para serte completamente honesto, desde el primer momento me gustaste, es decir, me atrajiste físicamente y me parecías hermosa, pero fue un shock total ver como poco a poco tu presencia se colaba en mis pensamientos diarios, de repente podía estar pintando en mi taller y usar un color en específico porque pensaba que podría gustarte. Te fuiste haciendo presente incluso estando ausente. Y yo me asusté. Como un maldito cobarde tuve miedo, miedo de sentir demasiado y perder el control de mi vida y libertad. Porque además, ambos deseábamos cosas completamente distintas. Tu calma, y yo movimiento.

Una y otra vez te repetía que no creía en el romance, ni los compromisos, ni la vida rutinaria, que todo aquello me daba asco y hastío, te dejaba en claro que eras mi amiga, que te veía solamente como eso ¿Lo notaste verdad? ¿Notabas como en los momentos en que no era necesario yo buscaba dejarlo claro? Sí, apuesto que sí lo notaste, pero lo que no te diste cuenta es que no lo hacía por ti, ¡sino por mí! para dejarme siempre claro la naturaleza de nuestra relación y también para dejar sobre tus hombros la carga de mantener la distancia entre ambos, esa tarea debía ser tuya ¡porque yo estaba fracasando rotundamente! Si de mí dependía yo no podía mantener la distancia entre los dos, y empezó a notarse, mi deseo de quererte más cerca.

Todo aquello que dejaba claro con palabras lo destruía con mis acciones, es que Sabrina, mi amor (con qué delicia quisiera llamarte así personalmente) ¿Cómo podía evitarlo?

¿Cómo podía privarme de acariciar tu cabello, tomarte por la cintura, o simplemente mirarte como un completo idiota mientras hablabas? No podía, era demasiado. Y allí empezó el punto de quiebre. Cuando las emociones empezaron a dominarme y supe que estaba escapándose de mi control.

Te llevé a mi hogar, a mi familia. Lo más íntimo y sagrado de mi vida, y tú encajaste con armonía perfecta, como si ese siempre hubiese sido tu lugar y créeme que fue recíproco, mis padres y hermanas te adoraron, después de ese día preguntaban todo el tiempo por ti y sobre cuándo te llevaría nuevamente. Quiero que sepas que aún cuando yo no esté, mi casa siempre será tu hogar, puedes ir cuando quieras, ellos me reprocharon terriblemente no decirles acerca de tu viaje a India, mi mamá hubiese querido organizarte un almuerzo especial, no podía decirles que te marchabas porque también tendría que decirles el papel que yo había tenido, y me avergonzaba demasiado admitirlo, pero supongo que más adelante tocaremos ese punto. Tampoco ellos tienen idea de cómo me siento hacia ti ni se explican por qué no les he revelado a dónde voy. La verdad necesito estar completamente en el anonimato por un buen tiempo.

A medida que pasaron las semanas y los meses estaba seguro que lo que sentía no era un encaprichamiento, ni algo pasajero, no, yo estaba enamorado de ti. Y puedo señalar el momento exacto en que sabía que tú lo estabas empezando a cambiar todo; fue cuando empecé a considerar unas remodelaciones para mi taller, ampliarlo y convertir el frente en mi propia galería, empecé a mirar en el periódico apartamentos en alquiler que fuesen más grandes, como para dos personas, y poco a poco me di cuenta que estaba construyendo en mi mente una vida para los dos aquí. Una vida nuestra. Donde tus raíces estaban.

Todo me tentaba a empezar esta vida contigo, mis ansias de amarte aumentaban cada día, sabía que era un hipócrita al seguir llamándote mi amiga y dejarte claro que sólo éramos algo platónico. Yo sentía que tú también me correspondías, o que incluso si no lo hacías, y yo estaba equivocado confundiendo las cosas, pues estaba la posibilidad que yo te conquistara, de que al decirte cómo me sentía tú empezaras a verme como algo más que un amigo.

¿Lo ves Sabrina? Era yo quien dudaba acerca de cómo te sentías, porque para mí siempre fue más que claro cómo me sentía yo, incluso en momentos en que me negaba a reconocerlo.

Atravesaba un debate interno fortísimo, era mi deseo de viaje, de exploración, desplazamiento constante, enfrentados contigo, con tu paz y tu estabilidad, con toda la calma que tú podrías traerme, ¿Pero yo? ¿Qué podía ofrecerte yo Sabrina? Si de algo estoy completamente seguro es que amo viajar, amo el movimiento, y aún cuando pudiese asentarme igual siempre existiría esa chispa motivándome a mi siguiente destino ¿Cómo podía arrastrarte a aquello que te hizo tanto daño siendo pequeña? Mi vida ambulante era todo menos lo que tú necesitabas y merecías.

Luego llegó esa noche del bar, mientras bailábamos al son de esa canción, esa que se ha vuelto inolvidable "Ámame o Déjame" y que tú cantaste en coro junto a la cantante, sólo que tú me la cantabas a mí, no eran las palabras de la cantante, eran las tuyas que me pedían que te amara o te dejara, porque tú también lo hacías ¡Tú me amabas! Y en esa canción me lo decías. Quería gritarte que yo también, que yo te amaba como el maldito nómada que era y que adoraba cada cosa acerca de ti, pero no pude, en ese momento entendí que yo no era capaz de darte lo que necesitabas, de darte calma y certeza. Todo en mí gritaba tempestad.

Y por si fuera poco, me había enterado acerca de tu beca a India sobre la cual curiosamente tú aún no me habías dicho nada y cuando te pregunté al respecto me dijiste que no sabías si aceptarla ¡Por Dios Sabrina! ¡India! ¡Era tu sueño! No podía creer que estuvieses siquiera considerando rechazarlo, y luego mientras hablábamos me dijiste que si yo estaría a tu regreso,

Y lo comprendí. Comprendí que yo era una de las razones que te impedían tomar la decisión.

Jamás me hubiese perdonado que perdieras esa oportunidad, yo no podía ser el responsable que te impidiera cumplir tus sueños. Y por eso me propuse firmemente ser quien te llevara a realizarlos, incluso si fuese a costa mía.

Te invité al día siguiente al mismo sitio de jazz, y desde el inicio fui un completo miserable. Recordé a aquella mujer de mi taller, la que había asistido a la exposición que organicé por el cumpleaños de Melissa, recordaba que no parecía ser mucho de tu agrado y por eso ella sería el factor determinante. La cité mucho más tarde que a ti, quería que la vieses llegar.

Yo llegué antes y si iba a hacer todo lo que tenía planeado necesitaba emborracharme, porque desde ya me sentía como un completo asco, y sabía que necesitaba de grandes dosis de alcohol si pretendía llevarlo a cabo. Entonces llegaste tú, luciendo como un ángel y comportándote como uno, yo ya estaba borracho cuando te vi pero recuerdo todo acerca de esa noche perfectamente, incluso que tú intentaste disuadirme de permanecer allí, sin importar el estado de malviviente en el que estaba tú igual te preocupabas por mí, y eso me enfureció, ¡me dio tanta rabia que fueses amable mientras yo me comportaba como un idiota! Me odié más a causa de lo que vendría a continuación.

Durante toda la velada te ignoré, pero quiero que sepas que en la distancia te cuidaba, Ricardo, el bartender, es un buen conocido mío, y le dije que no te despegara el ojo durante toda la noche, que no te sirviese alcohol y que si algún tipejo se te acercaba de forma imprudente que lo detuviese de inmediato.

Luego llegó el momento, Natasha llegó y fue a mi encuentro y junto a ella lo hiciste tú también, esa había sido la gota que rebasó tu vaso y lo supe porque me dijiste que te irías, yo fui un pedante que te pidió un baile y cuando tú me rechazaste, invité a Natasha a la pista. Pensé que te marcharías inmediatamente después de ver aquello, pero no, tú seguías parada al borde de la pista incrédula ante lo que sucedía, quizás justificando que todo mi comportamiento errático era a causa del alcohol, temí que creyeses que yo no estaba plenamente consciente de todo lo que hacía, y para demostrártelo esperé a hacer contacto visual fijamente contigo y cuando me encontré con tu mirada tomé a Natasha y la besé. La besé como el Fernando de antes, el sin vergüenza que no le importaban semejantes muestras de deseo. Fui una escoria Sabrina, pero había funcionado. Cuando volteé tú ya te habías ido y sabía que para que todo esto fuese contundente debía dar la estocada final, fui hasta la salida donde todavía estabas y mirándote te repetí aquello que te dije tantas otras veces, que yo era un maldito imbécil. E indiscutiblemente esa noche lo había sido. Pero sabía que era lo necesario. Tenía que lograr que te decepcionaras irreversiblemente de mí para que te dieras cuenta que no valía arrojar tu sueño por la borda por alguien como yo.

Y funcionó. Tu mensaje del día siguiente me indicaba que todo había valido la pena. Te ibas a la India.

Quiero dejar algo claro, y que sepas que estoy diciendo la verdad. No me acosté con Natasha esa noche, ni esa ni ninguna otra, ni siquiera la he vuelto a ver desde entonces. Cuando entré nuevamente al local, le invité un cóctel, y me excusé diciendo que estaba cansado. Inmediatamente Ricardo me llamó un taxi y me fui a casa. Nada más allá de ese beso ocurrió esa noche, y espero sinceramente que me creas.

No tenía moral para verte nuevamente. Además de la vergüenza que me producía saber que te había hecho pasar una noche tan terrible como aquella, estaba el hecho de que podía sucumbir ante un encuentro tan cercano. Te pediría perdón y seguramente en medio de la disculpa terminaría diciéndote toda la verdad acerca de cómo me siento por ti. Entonces esperé, esperé hasta la fiesta de despedida a la que muy gentilmente me invitaste.

Sólo habían pasado dos semanas pero verte fue sentir que esos catorce días en realidad habían sido meses ¡te extrañaba tanto! Y tú te veías radiante, complacida de la aventura que emprenderías, de todo lo que estaba a punto de comenzar para ti. Verte con esa sonrisa de oreja a oreja me confirmó que había hecho lo correcto, ¡Que empleé medios horrendos! pero que el fin lo justificaba. También sabía que no podía quedarme mucho, ya yo había decidido que me marcharía, y si pasaba un segundo más en esa fiesta cambiaria de opinión y capaz terminase comprando un boleto directo a India para irme contigo. Pero nadie mejor que yo sabe que India es una aventura que debe hacerse en solitario, y por mucho que quería quedarme hasta el final en tu despedida e incluso acompañarte al aeropuerto, no debía. O mejor dicho, no podía, no podía hacerlo si quería seguir con mis planes.

Y justamente a eso hemos llegado Sabrina. A que me voy, o bueno, para el momento en que estés leyendo esta carta ya me habré ido.

¿Y por qué me voy? Porque me rehúso a lastimarte, me niego rotundamente a ofrecerte una vida juntos cuando sé que más adelante querré viajar y llevarte conmigo, y tú no podrás hacerlo, porque esa vida gitana te causó mucho dolor en el pasado, y quiero que sepas Sabrina que con todo mi corazón te amo, y que jamás querría ser la causa de tu dolor, por eso hoy mi amada te pido perdón, perdón porque rompo la promesa que te hice acerca de irme sin despedidas, espero esta carta pueda justificar los motivos, y también te pido que me perdones porque estoy haciendo justamente aquello que me pedías en esa canción, pero lo estoy haciendo mal.

Te Amo y te dejo Sabrina, y espero que logres perdonarme, pero no podría vivir en paz sabiendo que no fui capaz de darte toda la calma que merecías. He vivido lo suficiente como para saber que esto que siento hacia ti es irrepetible, sin embargo apelo a tu buen juicio para que por favor seas feliz, para que estés con alguien que te valore, te respete y que sea capaz de darte aunque sea una ínfima parte de todo el amor que yo siento por ti, porque incluso esa ínfima parte será abrumadora, porque no hay medida en este mundo que pueda darte una noción de lo mucho que significas para mí.

Así que por favor sé feliz, sé amada, y ten la certeza que hay alguien en el mundo que siempre e incondicionalmente va a pensar que eres la mujer más jodidamente maravillosa de todo este universo.

Te Amo Sabrina.
Siempre.

Cuando terminé de leer la carta, una gota salpicó la hoja y me di cuenta de que estaba llorando.

Aquello tenía que ser una broma, un mal chiste, no podía ser cierto. Fernando se había ido y yo no tenía idea de cómo contactarlo... Obviamente su número no funcionaría, sus padres no tenían idea de dónde estaba, y ni siquiera había forma de rastrearlo sabiendo con qué aerolínea había viajado.

Esto y un par de fotos juntos era todo lo que me quedaba de Fer. Esto y la certeza de que me amaba.

¡Maldita sea, Fernando! ¡Esto no era lo que decía la canción! ¿Acaso no lo entendiste? ¡Tenías que amarme o dejarme! ¡Pero no ambas! ¡Jamás ambas!

Respiré profundo varias veces y sequé las lágrimas de mis ojos. Puse las hojas en el sobre y, nuevamente, comencé a respirar para tranquilizarme.

Esta era la ola de la que hablaba Martín, aquella que toma a la gente por sorpresa y hace que se ahoguen. Por eso era mi trabajo regresar a la orilla. Tenía que soltar a Fer, guardar todo su amor en mi corazón junto al mío hacia él y atesorarlo, ver las cosas desde otra perspectiva, saber que me había dado el regalo más grande que se le puede dar a alguien:amarlo.

Sin embargo, cuánto me hubiese gustado decirle que ahora yo abrazaba el cambio, que con él mi vida nunca hubiese sido itinerante porque mis raíces no estarían plantadas a un sitio sino a su corazón. Que su amor sería mi hogar y que juntos estaríamos bien. Que lograríamos hacer que funcionara.

Pero ya era muy tarde. Se había marchado y, con él, todas las posibilidades de lo que pudo haber sido, de manera que yo tenía que afrontar las cosas fríamente, saber que no podía quedarme en el pasado ni en lo que sucedería mañana. Mi día era hoy, era esta noche en esta fiesta junto a la gente que me quiere. Mi hoy era la confianza de que Fer también me quiso y estrechando el sobre muy cerca de mi corazón y sin poder evitar que las lágrimas nuevamente se corrieran, le agradecí, le agradecí por todo su amor y mentalmente también le dije *maldito imbécil* y melancólicamente sonreí a la nada, porque sin importar cuánta madurez me haya dado India, me hubiese gustado que siguiese aquí.

Regresé a la fiesta y les dije a Melissa y a Xavi que no se hablaría sobre el tema allí sino hasta que llegáramos al apartamento.

Yo no lo sabía aún, pero la carta de Fernando no sería el único tema de la noche.

Esa noche nos quedamos los tres en el apartamento. Los padres de Mel habían ido de vuelta a su casa esa misma noche. Hablamos de todo, como, por ejemplo, aquel pequeñísimo detalle de que FERNANDO ME AMABA, pero, también, supe que durante mi ausencia, nuestro apartamento había estado recibiendo a otro inquilino: Álvaro. Desde hace dos meses habían estado viviendo juntos y, al parecer, las cosas marchaban estupendamente. Mel me dijo que ella jamás podría reemplazarme y que nunca metería a Álvaro a nuestro espacio a riesgo de que yo me sintiese incómoda, pero que querían seguir viviendo juntos y empezarían a buscar su propio lugar. Al oír aquello la detuve inmediatamente y le dije que bajo ningún motivo lo permitiría, que agradecía su consideración, pero que realmente era yo quien debía mudarse. Este sitio era perfecto para ellos y, además, yo sabía lo mucho que a Melissa le encantaba.

En el instituto aprendí que la vida se mueve por una serie de acontecimientos que parecen no tener relación entre sí, pero que realmente se encuentran hilvanados por la gran mano que lo escribe todo.

Casualmente (o no), el compañero de Xavi se había mudado definitivamente del país dos semanas antes de mi llegada y ahora él estaba buscando una nueva compañera. Por supuesto, no hubo que pensarlo dos veces.

No le quise decir a Melissa, porque desde hace años ella y Xavi se comportan como niños pequeños que se celan en una típica actitud de *yo la quiero más*, pero, la verdad, desde que nos conocimos, Xavi y yo soñábamos con vivir juntos; esta iba a ser nuestra oportunidad.

A veces creo que él es mi alma gemela. Mi alma gemela gay.

Así que eso estaba decidido. Sin perder más tiempo, esa misma semana me mudaría con Xavi y Álvaro pasaría a estar definitivamente con Melissa. Ella me preguntó infinidad de veces si estaba segura, que yo no tenía que molestarme, que era ella quien debía mudarse, pero yo le aseguré que todo estaba bien, que, a decir verdad, todo se sentía correcto. El cierre de ciclos que iniciaría nuevos, y que ella y Álvaro merecían toda la felicidad de este mundo; además, le comenté que sería un alivio no tener que escuchar la versión audible del kamasutra cada noche desde mi cuarto.

Por si los cambios en casa no fuesen suficientes, las noticias continuaban llegando, solo que esta vez fue por parte de Andrés, quien me ayudó con la mudanza.

—Quiero que vengas este jueves a un sitio.

—¿Acaso podrías ser un poco más específico?

Me indicó una dirección y hora.

—Pero —le dije extrañada— conozco esa dirección. Allí lo único que queda es una universidad. ¿Qué se supone que vaya a ser allí a las 10:00 a.m. un viernes?

—Asistir a mi graduación como ingeniero en sistemas —me dijo con una pequeña sonrisa.

No pude evitar el gesto de sorpresa absoluta y él, por supuesto, no pudo evitar reír.

—¡¿Estás hablando en serio?!

—¡Es completamente en serio! Me voy a graduar como ingeniero.

—No lo entiendo… ¿Cómo? ¿Cuándo? No, no lo entiendo.

—Hace un par de años, luego de mi rehabilitación, comencé a estudiar en la universidad en el horario nocturno. No quise decirle a nadie porque no quería darle demasiada importancia al asunto, ¡incluso mi papá se enteró al tercer año de la carrera! Pero el punto es que verdaderamente amo lo que hago y amo mi trabajo y dije que si ya era bueno aprendiendo a través de tutoriales, ¡cuánto mejor podría ser recibiendo educación formal! El viernes me gustaría que asistieras. ¿Cuento contigo?

Me lancé en un gran abrazo y lo apreté con fuerza.

—Tomaré eso como un sí.

—¡Por supuesto que sí! Me siento muy feliz por ti.

No podía creerlo. Andrés tenía razón: había todavía mucho que yo no sabía de él.

Tampoco podía creer que me hubiese invitado a mí para ser parte de un día tan importante.

¿Era esta su forma de decirme que sí éramos amigos?

El día de su graduación usé un vestido sencillo color amarillo y el cabello suelto, y durante la ceremonia mi asiento estaba junto al de Álvaro y Melissa.

Entre aquel mar de gente no podía identificar cuál era el padre de Andrés, no quise preguntarle directamente a Álvaro, pero continuaba buscando con la mirada señores con rasgos parecidos a los de su hijo, no obstante la búsqueda fue inútil hasta el momento en que empezaron a llamar a los graduandos y apareció Andrés usando nada más y nada menos que una toga blanca. Él había dejado la mejor sorpresa para el final, era un geniecillo que se graduaba con honores, cuando pasó a recoger su diploma un señor alto de cabello negro y porte serio de repente se puso de pie eufórico y con lágrimas en los ojos comenzó a aplaudirle. Era evidente, ese era su papá.

Así fueron llamando a todos los graduandos uno por uno, y lentamente y siguiendo la rigurosidad que acompañan este tipo de actos, concluyó protocolarmente.

Al finalizar todos los invitados debíamos desplazarnos a un gran salón donde harían el brindis y se llevaría a cabo un brunch de celebración, estuve con Álvaro y Melissa hasta que vimos aproximarse al hombre del momento, Andrés ya se había quitado la toga y lucía guapísimo en un traje azul marino con una camisa blanca debajo de la chaqueta, el atuendo ocultaba todos sus tatuajes y apenas dejaba ver los del cuello, pero más allá de eso lo sorprendente es que no venía solo, junto a él venían el señor eufórico que le había aplaudido, quien ya yo había deducido era su padre, también una muchacha muy bonita quien iba de la mano de Andrés, y atrás tímidamente se veía una silueta femenina que les seguía.

Al vernos la muchacha le soltó la mano para que fuese libre y viniese a saludarnos, él nos abrazó efusivamente, y por supuesto lo felicitamos devolviéndole el mismo entusiasmo.

—Sabrina, quiero que conozcas a alguien —al decirlo, extendió su brazo y miró en dirección a la chica para que ella nuevamente lo tomara de la mano—. Ella es Miranda. Es mi novia.

La chica se me hacía extrañamente conocida, como si ya la hubiese visto en alguna parte, y casi de inmediato lo recordé: ¡ella era la chica con la que Andrés se estaba besando el día del incidente en el bar!

Así que ahora era su novia. Tal vez ella tenía un vacío que estaba llenando el de Andrés.

—Mucho gusto. Es un placer conocerte. Andrés me ha hablado mucho de ti y de cómo fuiste a hacer un curso en la India. Me encantaría algún día conversar sobre el viaje, tuvo que haber sido una experiencia increíble.

—¡Claro! Definitivamente podríamos juntarnos para un café y te contaré todo. Me da muchísimo gusto conocerte.

—Además de Miranda, quiero que conozcas a dos personas más —dijo Andrés incorporándose a la conversación—: él es mi papá —al decirlo, el señor estrechó mi mano. Era alto, delgado, tenía bigotes y ojos café que transmitían bondad. Se veía como alguien muy gentil y por la forma en la que miraba a Andrés era obvio que desbordaba orgullo por su hijo—. Y ella es mi mamá —de repente, la señora de atrás pasó de ser una silueta y se acercó a mí para estrechar mi mano. Casi me caigo de espaldas cuando escuché *mamá* y no pude evitar voltear en dirección a Álvaro, quien obviamente ya los conocía a todos y no estaba para nada sorprendido.

¡No podía creerlo! ¡Su mamá! Aquella mujer era bellísima, alta, con cabello rubio casi platinado y ojos verdes casi esmeralda. Andrés era su reflejo; todo su atractivo lo había heredado de ella.

Le estreché la mano y la saludé calurosamente. Ella me devolvió el saludo tímidamente. Pude notar que trataba de ser cuidadosa en sus interacciones, casi como si quisiese ser extra delicada en no hacer nada incorrecto y arruinar el momento de Andrés.

De repente empezaron a llamar para las fotos familiares y Andrés y su papá se excusaron para ir al sitio. Su novia y su mamá quedaron atrás con nosotros.

—¡Ven, mamá! —llamó de repente Andrés— Si nos tardamos la fila de espera será eterna.

Puedo jurar que la señora casi pierde la compostura y se va en llanto cuando escuchó a Andrés decirle *mamá,* pero no se movió, se quedó estática en el sitio y pude atrapar un intercambio de miradas entre ella y el padre, casi como si le estuviese preguntando si estaba bien acompañarlos.

—Andrés tiene razón —añadió su padre con una cálida sonrisa—. Date prisa, que si nos tardamos luego la espera será infinita.

Dicho eso, ella avanzó hacia ellos y los tres partieron a las fotos familiares mientras Miranda se quedaba con nosotros hablando.

Ella era muy simpática. Tenía veinticinco años y era enfermera. Nos comentó que le organizaría una fiesta a Andrés esa noche y que debíamos ir.

No podía creer todo lo que había sucedido durante mi ausencia. Mientras yo atravesaba mi propio proceso de transformación, todos los demás vivían el de ellos aquí. Todos estábamos siendo transformados por los cambios al mismo tiempo.

Habían pasado casi cinco meses desde que había llegado de India y la realidad de ahora era una completamente diferente a la que dejé antes de mi viaje: vivía en un nuevo apartamento; tenía un nuevo compañero (aunque no sé si describir a Xavi como *nuevo* sea correcto, pero era la primera vez que compartíamos apartamento); Andrés y su novia continuaban juntos y tenían planes de tomar un mes sabático para viajar, y como si eso no fuese suficiente, también me contó que a partir de su graduación él y su mamá habían comenzado a ir a terapia juntos, como una manera de ir trabajando en su relación y empezar a tener nuevamente contacto de forma más frecuente.

Andrés no solo había ganado una batalla con su sobriedad, graduación, su novia y ahora el reencuentro con su madre, no, era un soldado que definitivamente había ganado la guerra, y donde antes existía vacío ahora sólo habían cosas buenas.

También había una nueva noticia: Melissa y Álvaro acababan de comprometerse; por supuesto lloré como una bebé al saberlo y sentí que desbordaba de alegría. Sabía lo mucho que Álvaro la amaba y también sabía que ella se sentía plena a su lado; además, mi felicidad era doble porque tendría un rol en la boda y sería la madrina.

Todos aquellos cambios y las decisiones de mis amigos en decirle un sí rotundo a la vida de alguna forma me motivaron a que yo debía hacer lo mismo. Desde mi llegada no había sabido absolutamente nada de Fernando más que la carta a la que aún me aferraba y releía en las noches, por supuesto pensaba en él y por supuesto que lo extrañaba. Cada mañana cuando hacía mi rutina de yoga pedía a Dios que lo cuidara, que donde sea que estuviese se encontrase a salvo y que su arte continuara tocando corazones. Pero también pedía soltarlo y que en el sitio donde esté hubiese alguien amándolo y cuidándolo tanto como yo lo haría.

Quizás fue la ola de cambios a mi alrededor o quizás fue mi propio reloj diciéndome que era hora de dejar de aferrarme a un fantasma, no lo sé, pero independientemente de lo que haya sido, sólo sé que cuando Mateo pasó por mi escritorio un viernes invitándome un café le dije que sí. Creo que hasta él estaba tan acostumbrado a mis excusas y rechazos disfrazados que no se esperaba mi respuesta. ¡Ni yo misma supe qué me impulsó a decirle aquel sí!

Pero no me arrepentí. Ya había tomado una decisión y era la de abrazar la vida. No podía ser simplemente un caparazón de persona esperando a alguien que ya no volvería, debía dejar de privarme de vivir, especialmente cuando todos y todo a mi alrededor gritaba vida y la estaban disfrutando plenamente.

Para el momento de la boda civil de Melissa, ya yo tenía dos meses saliendo con Mateo. Era todo lo que yo anticipé sería: un tipo educado, encantador, con buenos modales y era claro que me quería y tenía las mejores intenciones. Me agradaba, sí, y era divertido salir con él, pero simplemente había algo que no terminaba de encajar por completo. Él me besaba y quería ir más allá, pero respetaba que yo no quería hacerlo. El problema no era él, el problema era yo. Mateo era un buen tipo, pero no era Fernando. Nadie lo sería.

Sin embargo, tenía que dejar de compararlo y eso era lo que intentaba. Después del primer mes me había pedido ser su novia, pero yo le dije que era mejor seguir saliendo y conociéndonos, que no quería un título ni nada oficial.

La verdad, secretamente me aterraba ser su novia. Se sentía como un compromiso definitivo hacia Mateo y, de cierta forma, no podía evitar sentir que era una traición a mi amor por Fernando, porque sin importar que ya hubiesen pasado siete meses, yo continuaba amándolo. No obstante, yo era, aun sin un título oficial, la pareja de Mateo, y le tenía cariño, aunque a veces no podía evitar sentirme como la peor persona del mundo cuando lo atrapaba mirándome mientras yo estaba distraída, y lo veía contemplarme con ojos de amor. Un amor que yo sabía que no estaba correspondiendo al máximo de lo que podría darle a alguien más y me dolía pensar que incluso lo poco que yo le daba, aquello que me esforzaba en transmitirle, era suficiente para él solo porque venía de mí.

La noche del civil todo estaba preparado para que fuese grandiosa. Su madre y yo habíamos tenido la tarea de organizar el matrimonio eclesiástico, pero Melissa quiso absoluta libertad para el civil. Y por ello escogió todo a su antojo, incluyendo el tema. Y es que quiso recrear en esa noche la noche de su cumpleaños, aquella donde estuvo segura de que Álvaro era su persona.

Nuevamente iría a aquella galería y, una vez más, previo a la ceremonia con la autoridad civil, escuché a la misma banda de mierda. Todo parecía un *deja vu*, solo que esta vez usaba un vestido largo e iba de la mano con Mateo. Cuando fue el momento de la ceremonia, Xavi y yo no podíamos parar de llorar viendo cómo Melissa le decía un *sí* alto y sonoro a Álvaro y ambos firmaban el documento que los unía oficialmente ante la ley como esposos. Al besarse todos aplaudimos y brindamos por los nuevos esposos. Me separé del agarre de Mateo y me dirigí hacia Melissa. La abracé y, nuevamente, lloré de felicidad al verla feliz. Sabía que todo era un preludio al verdadero mar de lágrimas que vendría cuando la viese en su vestido blanco.

La noche iba bien y todos se divertían; Mateo era un bailarín fantástico y yo la estaba pasando increíble.

—Sabrina, quiero decirte algo —me susurró de repente al oído mientras bailábamos una canción lenta.

—Dime.

—Quiero que sepas que contigo lo quiero todo, que pienso que eres la mujer más increíble de este mundo y voy en serio.

—Gracias. Eres muy dulce. Yo sé que tú eres un tipo serio. No tienes siquiera que decírmelo.

—No me estás entendiendo. A lo que me refiero es que te quiero y respeto que quieras tomar las cosas despacio, pero necesito que sepas que estoy dispuesto a todo, incluso a ser los próximos que salten al agua.

Cuando lo dijo no pude evitar detenerme en el acto. Fue tan inmediato que Mateo casi me pisa al verme fija de pie.

—No quiero asustarte ni presionarte —inició tratando de calmarme. Estoy segura de que mi rostro gritaba *pánico*—, es sólo que desde que me dijiste que sí a ese café he tratado de darte lo mejor de mí, porque te lo mereces, y me siento muy afortunado de que en medio de tanta gente en este salón sea yo quien te lleve de la mano. Contigo quiero una vida; sé que puedo hacerte feliz.

No sabía qué decir, aquello había sido demasiado sorpresivo. Yo sabía que Mateo me quería y que era un hombre serio, y supongo que cuando la gente se gusta eventualmente unen sus vidas... pero... pero es que... ¡Mierda, qué repentino! Y, además, ¡es Mateo!

—Debo salir y tomar un poco de aire Mateo —fue lo único que alcancé decir.

—¿Te sientes bien? ¿Quieres que te acompañe? —preguntó preocupado.

—No... No, estoy bien. Solo que quiero salir. Volveré en un momento.

Me hice paso entre la multitud y encontré la salida. Afortunadamente, esta vez las puertas ya tenían una manija por fuera, así que ya no estaba el riesgo de no poder entrar y perderme la celebración de mi amiga. Una vez afuera estaba completamente sola, solamente yo y el frío de la noche. Me sentí abrumada por las palabras de Mateo y me senté en la acera con la mirada fija en el piso.

¡Maldición! ¿Qué se supone que le iba a responder? ¡¿Qué se le dice a alguien que básicamente acaba de decirte que es solo cuestión de tiempo para que estén juntos por siempre?! Mierda, ¡no! Es decir, no lo sé. No sé si es lo repentino o lo que implica, pero me sentía ahogada, casi como si me hubiesen atado una roca pesadísima al pie y me acabasen de lanzar al mar.

Sentí que me hundía y que la única balsa de rescate era Mateo y yo ni siquiera estaba segura si quería montarme en ella.

—Disculpa, pero ¿te encuentras bien?

¡No puede ser! Dios mío, ¡no puede ser! ¡Dime por favor que me estoy volviendo loca! ¡Que estoy imaginando cosas! ¡Es que no puede ser!

Esa voz.

Esa frase.

Yo reconocería esa voz en cualquier parte.

Subí la mirada para encontrarme con la confirmación de lo que ya sabía. Maldición. Era él.

Era Fernando.

Estaba sin habla y con las piernas sintiéndose como gelatina. A duras penas me puse de pie para estar frente a él.

—Hola, Sabrina.

Aquella voz y su manera de decir mi nombre. Mi nombre dejaba de sonar como mío cuando él lo decía y pasaba a ser suyo. Estaba más robusto y parecía desaliñado. Tenía una barba abundante en lo absoluto típica de él. Usaba unos jeans oscuros y una camisa azul celeste arremangada.

—¿Qué haces aquí? —fue lo único que se me ocurrió decirle.

—Acabo de llegar del aeropuerto. He venido directamente hacia acá. Supe de la boda de Melissa y sabía que te encontraría aquí. No pensé que aceptarías verme de otra forma.

—¡Te desvaneciste! ¿Cómo pretendes que estuviese dispuesta a verte? —exclamé enfurecida— ¡Eso no se le hace a nadie! Desaparecer y dejar sólo una carta. ¡Y mucho menos a un amigo! ¡O peor! A alguien a quien se supone que… —no podía terminar la frase.

—¿Que ame? Te amo —era la primera vez que lo escuchaba de sus labios y juro que algo dentro de mí se incendió en ese instante—. Y precisamente porque te amo tuve que marcharme. ¿No lo ves? Yo no podía darte todo aquello que tú necesitabas y merecías. Mi vida estaba llena de viajes, de mudanzas, de maletas.¿Dónde se supone que ibas a estar tú? ¿Al lado de todo eso? Tú mereces un hogar, un jardín. Una familia.

—¿Quién eres tú para decirme lo que yo necesito? ¿Sabes una cosa? Cuando estuve en India aprendí muchas cosas sobre mí, cosas que nunca pensé que descubriría, pero así fue, como por ejemplo, que no me gusta tanto la rutina como yo pensaba, que me encanta explorar y que quiero siempre ver y sentir cosas nuevas. ¿Y sabes qué me ayudó a descubrirlo? ¡Tu maldito regalo! Cada día salía y daba largos paseos, paseos en los que imaginaba que veía India a través de tus ojos y anhelaba con todo mi ser contarte de mis cambios a mi regreso. Pero no pude hacerlo porque ya te habías ido.

—No sabes cómo lamento haberte lastimado… Estos últimos meses no han sido sencillos. Al principio pensé que te estaba haciendo un favor a ti, que irme sería lo mejor para ambos, luego me di cuenta de que principalmente había sido por mí, porque me rehusaba a renunciar a un maldito estilo de vida del cual me sentía orgulloso, siendo libre y sin apegos, así que empecé a recorrer toda Asia, y en cada nuevo país, en cada nueva aldea, algo no se sentía bien, ya no estaba esa emoción de llegar a un lugar diferente. Tú sabes bien que de viajar lo que siempre he detestado es la sensación de ser foráneo, pero me di cuenta de que lo que me pasaba no tenía que ver con eso. Era algo más. Me faltabas tú.Contigo no me siento como un extranjero Sabrina. Tú eres mi patria. Y juntos somos una nueva nación. Por favor, perdóname.

—¿Que te perdone? Me decepcionaste. Me dejaste sin siquiera darme la cara y decirme todas tus dudas e inquietudes de frente. Antes que nada éramos amigos, había confianza, pudimos haberlo conversado.

—No podía hacerlo. No sabía cómo. Y luego cuando me fui, sólo estando lejos y extrañándote me di cuenta que yo también anhelaba un hogar, pero no cualquier hogar, sino aquel donde estuvieses tú al otro lado de la puerta. Me di cuenta que yo también quería una familia, pero no cualquier familia, sino los hijos que fuesen producto de nuestro amor. Que tuviesen tu color de ojos y me miraran como me miras tú.

Me di cuenta que te quería a ti. Y quería una vida contigo. Que una vida juntos sería mi más grande obra de arte.

Tuve que contener todo mi ser para no desplomarme en ese momento escuchando sus palabras. Quería llorar, besarlo, gritarle ¡Maldita sea quería amarlo!

—Sé que he venido de forma abrupta y sé que quizás sea el peor momento. No he venido para quedarme es solo que… que no puedo dejar que pase más tiempo.

—¿A qué te refieres? —le dije mirándolo fijamente— Ah —entendí de repente—, alguien te ha dicho que estoy saliendo con alguien. Es eso, ¿verdad?

—Con el chico que te dije que te miraba como yo, o bueno, digamos que su mirada era una aproximación cercana. Pero sí, me lo han dicho y por eso aceleré mi venida. No tenía planeado tener esta conversación tan pronto. Aún hay cosas que no están terminadas...

—¡¿Podrías por favor dejar de ser tan enigmático? En primer lugar, dime quién te dijo lo de Mateo, seguramente fue la misma persona que te dijo lo de la boda, ¿no es cierto? ¿Fue Álvaro? ¿Acaso siempre mantuviste contacto con él?

—No tiene caso saber quién me lo dijo ni quién contactó a quién. ¡Eso no es lo importante! ¡Lo importante es por qué estoy aquí!

—¡Entonces dímelo ya! ¡¿Qué haces aquí?!

Aguardó unos segundos mirándome en silencio.

—Vine a decirte que finalmente podremos tener nuestro Lyon. Por eso no tenía planeado venir tan pronto. Luego de que recorrí Asia me di cuenta de que me faltabas tú y tuve la imperiosa necesidad de sentirte cerca y, por eso, decidí ir al lugar que en un momento compartimos como nuestro. Estando allí, incluso lejos de ti, ya no te sentía ausente, sino más bien cercana. Sabía que estaba en el lugar ideal y comencé a pintar; pintaba con la facilidad con que no lo hacía desde hace años y sabía que era porque cada cuadro te lo hacía a ti.

Los expuse en una galería importante y fueron un éxito rotundo. Allí conocí a un señor que estaba alquilando su estudio de arte y me preguntó si estaba interesado en echarle un vistazo. No dudé y le dije que sí. Aquel estudio se sentía como casa; era perfecto. Los detalles arquitectónicos, la forma en que la luz se colaba por los ventanales, absolutamente todo era increíble y, sin pensarlo dos veces, lo alquilé. También compré un apartamento grande y espacioso cercano al estudio; es un edificio antiguo y precioso. El apartamento ha necesitado varias remodelaciones, aún no está terminado y difícilmente me gustaría enseñártelo en ese estado, pero sabía que tenía que venir ahora. Melissa se estaba casando y me dijeron que ese chico con el que salías te miraba con devoción absoluta. Tuve miedo de que quizás fuese muy tarde y la siguiente en comprometerse fueses tú.

—¿Acaso me culparías si fuese así? ¿Tendría eso algo de reprochable?¿O acaso tu idea era que yo mágicamente dedujera que tú estabas en Lyon construyendo esta vida para ambos de la cual yo no sabía nada?

—No. Jamás podría reprocharte que hicieras justamente eso que te pedí en mi carta. Que fueses feliz. Que te sintieses amada. Pero también sé, y lo digo con toda la seguridad que me da ser el maldito imbécil que siempre dijiste que era, que jamás nadie podrá amarte con la vehemencia en que lo hago yo. Porque te amo con el alma. Y sí, he estado preparando esta vida para ti y para mí en Lyon porque ese es nuestro punto medio, allí ambos construimos nuestro puente hacia el otro.Solo dime que aún hay tiempo. Que aún me amas.

Su mirada era suplicante, anhelando escuchar la confirmación de mis labios.

¿Que si lo amaba? ¡Por supuesto que lo amaba! ¡Nunca había dejado de amarlo! Pero ya era muy tarde.

—Fernando, no hay nada que tengas que hacer aquí. Han pasado siete meses, tú has construido una vida en Lyon y yo he continuado con mi vida aquí. Si quieres escuchar algo de mí, lo único que puedo decirte es que no, ya no hay tiempo.

—¿Y lo segundo? ¿Qué hay acerca de lo segundo?

—Adiós —le di la espalda y antes de poder caminar en dirección a la fiesta, él me abrazó por detrás estrechándome por completo.

—Te amo —comenzó a decirme susurrando tan cerca que podía sentir el movimiento de su boca en mi oreja—. Te amo.

Te amo y quiero repetírtelo no solo esta noche sino cada día de nuestras vidas. Yo sé que aún hay tiempo. Porque tú también me amas, ¿verdad? Sé que me comporté como un patán, pero ahora soy digno de ti; he vuelto porque puedo ser el hombre que te mereces. Por favor déjame ser mi mejor versión a tu lado. Solo quiero hacerte feliz Sabrina, solo quiero que me dejes amarte. La vida recomienza si tú me miras, por favor mírame. Ámame.

—Suéltame —le dije desprendiéndome de su agarre y aún de espaldas a él—. No puedes pretender llegar de repente y borrar con unas cuantas palabras los últimos meses. No puedes ser tan arrogante y pensar que arrojaría todo por irme a Lyon contigo. Esto no es uno de tus cuadros en el que puedes hacer lo que te plazca. Es la vida real y aquí la gente se decepciona y no mira atrás —dicho eso, caminé hacia las puertas y, siguiendo mis propias palabras, no volteé a verlo.

Estaba segura de que no lo volvería a ver. Conocía demasiado bien a Fernando y sabía que él entendía lo definitivas que habían sido mis palabras.

Me hice paso entre la gente y llegué a la barra evitando tropezarme con Mateo o con cualquier otro conocido que quisiese conversar justo ahora. Le pedí un *shot* de tequila al bartender y, luego de beberlo fondo blanco, sentí a alguien a mi lado.

—Así que ya lo viste.

Giré a mi derecha y no podía creerlo.

—¡Fuiste tú, Andrés! ¡Tú le dijiste de la boda de Melissa y de Mateo!

—Sé que quizás estás esperando una disculpa, pero eso no va a suceder. No me arrepiento de haberlo llamado.

—¡¿Pero cómo?! ¿Cómo supiste dónde estaba o cómo contactarlo?

—Hizo una exposición en Francia y resulta que un buen amigo mío compró uno de sus cuadros. Cuando me envió la foto y vi la firma del artista le pedí que por favor fuese a la galería donde lo compró y pidiese los datos del pintor para contactarlo. Para ese momento tú apenas estabas saliendo con Mateo, pero era claro cuáles eran sus intenciones.Cuando finalmente pude tener el número, ya la boda de Melissa estaba programada y supe que tenía que decirle todo. Él me dijo que vendría inmediatamente.

—¿Por qué lo hiciste?

—Preciosa, con Mateo no vas a ganar la guerra, ni siquiera saldrás ilesa de la batalla. Fernando es tu verdadero soldado. He visto cómo te adora Mateo y es más que evidente su devoción hacia ti, pero también te he observado, y claramente tú no lo quieres de la misma manera. No existe esa magia ni chispa en tu mirada. A mí me gustaba más la Sabrina que estaba junto a Fernando, aquella que reía y se veía libre, que se sentía cómoda. Esa eres tú. Eres tú plenamente. Mientras que ahora solo eres una fracción de ti.

Tú me dijiste una vez que no podía perderme la oportunidad de acercarme a mi mamá, especialmente porque para ti era obvio lo mucho que yo la amaba, y mucho menos podía desperdiciarlo, porque ella continuaba queriendo acercarse a mí. Pues nuevamente estamos en la misma encrucijada. Tienes a Fernando acercándose a ti y tú continúas amándolo. La pregunta es: ¿qué vas a hacer?

A veces, las decisiones vienen a nosotros de forma muy clara. Un sí o no, y ya, así de sencillo, pero hay muchas otras respuestas que no vienen con la misma claridad. En ocasiones hay dudas y precisamente la duda existe porque hay algo que queremos hacer y hay algo que sabemos que deberíamos hacer.

Mientras estoy aquí con mi vestido de novia y del brazo del padre de Melissa listo para llevarme al altar, comencé a pensar en aquella conversación que había tenido con Andrés meses atrás, preguntándome qué iba a hacer. En ese momento no tenía la respuesta, pero ahora, tan pronto me viesen entrando en la iglesia, él y el resto de las personas sabrían qué decisión estaba tomando.

—Estoy seguro de que Mateo te hará muy feliz. Es un muy buen hombre —me dijo con ojos llorosos el padre de Mel, a quien desde hace años ya yo sentía como mío.

Sí, tenía razón. Mateo es un muy buen hombre y aceptar casarme con él había sido la decisión más acertada. En pocos segundos, tan pronto la banda comenzara la marcha nupcial y abriesen las puertas de la iglesia, yo caminaría directo a una vida de seguridad y calma, iría hacia alguien que me adoraba y que daría lo mejor de sí para ser un buen esposo y, por supuesto, yo haría lo mismo: trataría cada día de corresponder todo su amor. Incluso si no existía en mí una llama de deseo que se encendía cada vez que lo veía entrar en un sitio, o si tampoco sintiese que junto a él podía ser mi versión más real, porque con él era mejor ser una versión más contenida.

Pero no me importaba… ¡No, en lo absoluto!

De repente empezó la música. Aquellos acordes nos daban la marca para comenzar a caminar. Las puertas se mantenían cerradas y, justo cuando estuvimos cerca de ellas, vi que en el piso había unos manchones de pintura. Parecían ir desde la puerta de la iglesia y alejarse rodeándola, eran de diferentes colores y muy grandes. Casi como un rastro.

Me detuve de inmediato.

—Sabri, ¿qué sucede? Tenemos que avanzar. Ya van a abrir las puertas —me solté de su brazo.

—Papá, yo… yo… yo tengo que seguir la pintura.

—¡¿Qué?! ¿Te volviste loca? ¡Es tu boda! ¡No puedes seguir la pintura! Quédate tranquila, quizás sean manchas de cuando pintaron los murales de la iglesia.

—¡No! ¡No son manchas de murales! —exclamé mientras me alejaba y comenzaba a seguir el rastro. Es él. Estoy segura de que es él.

—¡¿Él?! ¿De quién hablas?

Súbitamente, me desperté. ¡MIERDA! ¡AQUELLO HABÍA SIDO UN SUEÑO! Ok. Ok. Vuelve en ti.

Comencé a mirar a mi alrededor y comprobé que estaba en mi habitación, en el apartamento que compartía con Xavi. Vi mi teléfono. Eran las 3:00 a.m. y por la fecha hoy fue el civil de Melissa, es decir que hoy vi a Fernando.

Mierda, ¡qué sueño tan bizarro!

Me quedé despierta y comencé a reflexionar en mi cama. Aquello tenía que ser una señal, un mensaje de mi propio yo tratando de decirme algo.

¿Pero qué?

La boda eclesiástica de Melissa fue ese mismo fin de semana. Al verla con su vestido blanco, riendo y besándose en la fiesta con Álvaro, supe exactamente lo que ese sueño significaba y también sabía lo que tenía que hacer.

Sí, en efecto hay decisiones que no se toman fácilmente, ya que en ellas existe la duda acerca de si estamos haciendo o no lo correcto, pero desde que tomé la decisión sobre lo que haría y las cosas que tendría que organizar durante las siguientes semanas para dejar todo en orden, supe que nunca había estado más segura de algo en mi vida.

Encontrar la dirección que buscaba fue más sencillo de lo que anticipé. Pensé en tocar la puerta, pero sentí que a estas alturas ya yo podía pasar sin anunciarme, así que me hice paso dentro.

—Disculpe. Es un estudio de arte privado.

—Pensé que podía venir a ver al hombre que amo.

Fernando estaba de pie y de espaldas a mí. Al escuchar mi voz soltó el pincel al piso y se volteó rápidamente. Su expresión era invaluable. Yo estaba allí de pie en la puerta con mis maletas y todo mi amor listo para entregárselo. Dejé las maletas en el suelo y caminé hacia él.

—Quiero que sepas que te amo. Te amo profundamente —le dije con lágrimas en los ojos— y desde que te vi en la boda de Melissa supe que cualquier otra decisión que tomara en mi vida en la que no estuvieses tú sería la incorrecta. Tuve la certeza de eso cuando esa misma noche soñé que me casaba con Mateo y justo antes de entrar a la iglesia vi unos manchones de pintura en el suelo y corrí hacia ellos solo con la esperanza de que fueran tuyos.

Y allí lo supe.

Supe que sería capaz de dejar toda la seguridad y estabilidad que me fuese dada para ir hacia todo el amor que tú me das. Por eso terminé con Mateo y le dije que siempre había estado enamorada de mi mejor amigo y solicité un traslado a mi empresa para venir a trabajar a la oficina de acá. Resulta que el cargo de aquí es mejor, así que técnicamente me promovieron —dije entre risas y aún con lágrimas en mis ojos—. Estoy aquí, Fer. Porque te amo. Y porque si voy a vivir, quiero que sea contigo. Y contigo quiero el hogar y el jardín, pero también los viajes y la aventura. Te quiero a ti.

Fernando no dijo nada y, sin mediar palabras, me tomó por el rostro y me besó. Me besó como sólo él sabía hacerlo y me hizo sentir todo lo que solamente Fernando podía.

Ese mismo día hicimos el amor entre lienzos y pintura, pero, para mí, lo más importante ha sido hacer de nuestra vida juntos arte. Y que el amor que hicimos esa tarde se refleje en cada día, porque sólo Dios sabe cuánto amo a ese maldito imbécil.

FIN

AGRADECIMIENTOS

Primeramente a Dios, siempre.

Escribir siempre me ha parecido un acto muy personal y extremadamente vulnerable, hay un pedazo de mí vertido en estas páginas y en cada personaje. Hay una versión mía de dieciocho años que existe en esta novela, porque fue la edad que tenía cuando empecé a escribirla, una versión de veintiuno porque fue la edad que tenía cuando la terminé, y una versión en sus treinta que finalmente se armó de valor en revisarla y publicarla.

Todas esas versiones existen porque hubo gente que incluso antes del inicio de este libro me motivaron a escribir, a ellos los considero mis primeros (y más fieles) lectores:

Mis padres, a quienes dedico este libro, y quienes sin su amor y confianza esto no sería posible.

A mis abuelos, por todo su amor, quiero usar esta oportunidad para dejar marcado cuanto su amor ha transformado mi vida.

A mi tío Rafito, quien supo que yo sería escritora, incluso antes de yo saberlo. Gracias tío, por tanto amor.

Creo profundamente que escribir es un acto de amor, el amor motiva la escritura, la guía y hace que te sobrepase y trascienda. Tal vez incluso el amor hace que escribas sobre algo que piensas es fantasía pero la verdad es una proyección futura.

Al igual que Sabrina, cuando yo tenía veinticuatro años también estaba trabajando en una multinacional, al igual que ella conocí a alguien de manera inesperada que se convirtió en un gran amigo, y que a medida que pasaban los meses entendí que aquello era mucho más que una amistad. Pero a diferencia de Sabrina, mi amigo no se fue, al contrario, un día me invitó a tomar un café y desde ese día irremediablemente supimos que no había vuelta atrás.

Así que quiero agradecer a mi Fernando, o mejor dicho, a mi esposo Pedro. Construir nuestra vida juntos continúa siendo mi historia favorita. Te amo con el alma.

RECONOCIMIENTOS

Traer este libro a la vida ha sido un esfuerzo de equipo, y quiero reconocer el maravilloso trabajo de las personas que han contribuido a ello.

Mi editora María José Espinoza (Instagram @BienMeEscribe), quien con su honestidad y entusiasmo contribuyó a transformar este libro en su mejor versión.

Quiero agradecer el trabajo de diseño de portada de Frederick Leonett (www.behance.net/fkleonett) gracias por tu paciencia, y por materializar mi sueño e incluso hacerlo mejor.

Por último, a Andrea Rivas y Alejandro Bayo (www.rewavemedia.com) por su trabajo de diagramación y acompañarme en la etapa final de publicación.

A todos, gracias por ser parte de este sueño.

www.ingramcontent.com/pod-product-compliance
Lightning Source LLC
LaVergne TN
LVHW090557110826
845146LV00001B/160

9798995664635